숨

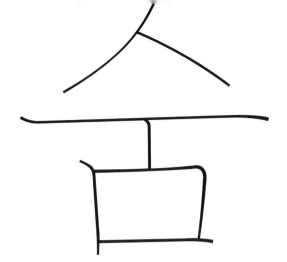

숨

송기원

명상소설

마음
서재

차례

들어가는 글

환락과 쾌락의 시간은 지나갔다.

이제 곧 밤이 오리니,

눈물에 취한 채 잠시 멈추고 보라.

머지않아 여행을 마치기에는 너무 늦으리.

— 라우족의 속요

　미얀마의 옛 수도 양곤 시외버스터미널에서 아침 일찍 버스에 오르자 오후 늦게 몰라민이라는 아랫녘의 항구도시에 도착했다. 거기서 더 아랫녘으로 운행하는 지방버스로 갈아타고 한시간쯤 달렸을까. 문득 버스가 멈춰 서면서 차장이 통로까지 가득 메운 승객들 사이로 나에게 소리쳤다.

　"파아욱."

　달랑 나 혼자만을 내려놓은 버스는 순식간에 도로에서 사라져버렸다. 나는 잠깐 망연한 눈길로 도로 맞은편을 바라보았다. 흰색 시멘트 기둥 두 개를 연결시킨 아치형 정문 안에서 길이 열대 수림의 어두운 터널을 뚫고 소실점으로 멀어지고 있었다.

동글동글 커다란 미얀마 글자 아래 영어로 조그맣게 덧붙인 파욱명상센터 정문을 올려보다가 천천히 배낭을 짊어졌다. 10분쯤 올라가자 아랫절이라고 불리며 주로 여자 수행자들이 거주한다는 작은 거리가 나왔다.

나는 그 거리에 있는 파욱명상센터 출입사무실에서 간단한 수속과 함께 여권이며 돈을 맡겼다. 명상센터에서는 초기불교의 계율에 따라 나같이 외국에서 온 수행자도 여권뿐만 아니라 돈이며 귀중품을 몸에 지니지 못하게 하는 모양이었다. 거기서 30분 정도 더 올라가는 깊은 골짜기의 열대 수림 속에 파욱명상센터 본부가 있었다. 윗절이라고 불리는 본부에는 승려와 수행자들을 포함하여 남자들만 거주하고 있었다.

반듯한 시가지를 이루며 돌연히 나타난 파욱명상센터의 풍광을 몸 전체로 마주 대하며, 나는 얼떨결에 한 걸음 뒤로 물러섰다. 여차하면 몸을 돌려 저 아치형 하얀 기둥의 바깥세상으로 도망이라도 칠 것처럼.

열대 수림에 감싸인 거리의 이국적인 모습이 나를 뒤로 물러서게 한 것은 아니었다. 기이하게도 거리의 풍광에는 시공간을 훌쩍 건너뛰어, 전혀 다른 시공간의 세계로 나를 잡아끄는 듯한 환영이 깃들어 있었다. 그 환영이 마치 수십 세기를 거슬러 올라 저 까마득한 붓다의 시대, 그이를 따르는 집단적 열광 속으로 나를 빨아들이는 기분이었다. 나는 쓴웃음을 지으며 그 환영 속으로 한 걸음 더 몸을 밀어넣었다.

주황색 승복의 테라와다 승려들이 숙소로 사용하는 아파트형 2, 3층 건물들이며, 매달 보름이면 우포사다라는 포살 형식의 법회가 열리는 빠띠목카 회당, 본부 사무실, 강의실, 도서관, 병원, 그리고 오전 열 시가 되면 수행자들이 저마다 발우를 옆구리에 낀 채 탁발을 하려고 긴 줄을 서는 식당이 환영 속에서 실루엣처럼 다가왔다가 사라져갔다. 그 환영의 어디에선가 《아함경》이며 니까야경이 붓다의 낭랑한 목소리로 울려오는 듯했다.

"비구들이여, 괴로움의 무더기가 일어나는 성스러운 진리란 무엇인가? 무명無明의 어리석음을 조건으로 어리석음을 행하려는 힘이 일어나고, 힘을 조건으로 알음알이가 일어나고, 알음알이를 조건으로 정신과 물질이 일어나고, 정신과 물질을 조건으로 눈·귀·코·혀·몸뚱이·마음 같은 여섯 감각의 토대가 일어나고, 여섯 감각의 토대를 조건으로 접촉이 일어나고, 접촉을 조건으로 느낌이 일어나고, 느낌을 조건으로 갈애渴愛가 일어나고, 갈애를 조건으로 취착就捉이 일어나고, 취착을 조건으로 존재가 일어나고, 존재를 조건으로 태어남이 일어나고, 태어남을 조건으로 늙음·죽음·슬픔·비탄·육체적 고통·정신적 고통·절망이 일어난다. 이것이 괴로움의 무더기가 일어남이다. 비구들이여, 이것을 괴로움의 무더기가 일어나는 성스러운 진리라고 한다……."

나는 천천히 거리를 거슬러 올라갔다. 거리가 끝나자 산 중턱에 압도하듯 웅장한 명상홀이 솟아올랐다. 정면 벽에 신상神像들을 부조한 직사각형의 2층 명상홀은 가파르게 이어지는 백여 개의 계단 위에서 한껏 위용을 자랑하고 있었다.

뜨거운 열대의 햇볕과 비를 막기 위해 계단 위에 설치한 양철 지붕의 중간쯤에 액자 하나가 걸려 있었다. 거기에는 고행 시절의 붓다가 삐쩍 말라 앙상하게 뼈만 남은 몸으로 결가부좌한 채 나를 지그시 노려보고 있었다.

나는 짐짓 붓다의 눈길에서 고개를 돌려 울울한 열대 수림을 둘러보았다. 열대 수림 속에는 명상센터에서 요기라고 불리는 동서양의 일반 수행자들을 위해 지어놓은, 꾸띠라는 단칸방 구조의 오두막들이 곳곳에 숨어 있었다.

명상홀 내부는 밖에서와는 달리 위아래 층의 구별 없이 드높은 공간으로 터져 있었는데, 창문이 닫힌 홀 안은 대낮인데도 마치 물밑에 가라앉은 것처럼 어두운 정적이 흘렀다. 주황색 가사를 입은 승려들이며 평상복 차림의 요기들이 뒤섞인 채, 글롯이라는 원통형 방충망 안에서 저마다 가부좌 자세로 눈을 감고 있었다.

명상홀에서 마침내 나도 한 사람의 요기가 되어 어두운 정적에 가라앉았을 때, 기다렸다는 듯 내 안의 저 깊은 곳에서 한 문장이 떠올라왔다.

'내 피는 더럽다.'

가부좌한 자세 그대로 나는 온몸으로 진저리를 쳤다.

내가 처음으로 유서를 쓴 것은 이제 막 사춘기에 접어든 중학교 2학년 무렵이었다. 그 유서의 첫 문장이 "내 피는 더럽다"였다.

사춘기의 남달리 예민한 감수성으로는, 얼굴조차 모르는 노름쟁이에다 아편쟁이인 건달의 사생아라거나, 오일장을 떠돌며 미역이나 멸치를 파는 가난한 장돌뱅이 어머니의 자식이라는 출신성분의 무게가 너무 무거웠는지도 모른다.

나는 유서를 바지 주머니에 넣고 캄캄한 밤길을 걸어 공동묘지를 찾아갔다. 그리고 공동묘지 옆에 있는 늙은 소나무 한 그루를 타고 올라 튼실한 가지에 새끼줄을 걸었다. 덜덜 떨리는 손으로 가지에 새끼줄을 묶었을 때, 나는 바지가 다 젖도록 오줌을 싼 것을 알았다. 주머니에서 유서를 꺼내 찢고 또 찢으면서, 나는 무엇보다도 바로 '더러운 피'를 없애지 못한 것이 분해서 울었다.

바지에 오줌을 싼 후로 10년도 지나 작가가 되어 문인 행세를 할 무렵, 나는 더 이상 참지 못하고 내 문학의 첫 출발점이 바로 "내 피는 더럽다"는 한 문장이었음을 고백했다. 어떤 문예지의 인터뷰에서였다. 내가 더러운 피에서 자유로워진 것은 결코 아니었다. 어쩌면 내 작품을 좋아하는 독자들에게 오물이라도 끼얹는 심정으로 그따위 고백을 했을 것이다.

문학은 내가 여전히 더러운 피를 간직한 채 세상에서 살아남을 수 있는 유일한 무기와도 같았다. 나는 더러운 피라는 직설적인 어법 대신에 탐미주의라거나 퇴폐주의, 반도덕주의, 그리고 위악주의라는 간접적인 어법으로 내가 짊어진 짐의 무게를 이데올로기화했다.

20대의 나에게 그런 이데올로기가 없다면, 한순간도 세상을 살아낼 수가 없을 것 같았다. 내가 절대로 가지지 못할 모든 깨끗하고 아름다운 것들…… 아침 이슬, 5월의 장미, 박하 향기, 티 없이 맑은 꿈, 밝고 환한 미래, 자신을 향한 믿음, 타인에 대한 너그러운 이해.

그중에서도 까닭 모를 적대감마저 불러일으킨 것은 길거리에서 우연히 마주친 예쁜 여자가 실없이 나를 향해 흘리는 포근하고 따스한 웃음이었다. 그런 웃음을 만나면 나는 대번에 숨통이 컥컥 막히면서 제대로 비명조차 지를 수가 없었다. 나는 이를 갈며 다짐했다.

'두고 봐. 다시는 그따위 실없는 짓을 하지 못하게 그 웃음을 짓뭉개고 말 테니.'

훗날 나는 여러 번 여자의 예쁜 얼굴에서 포근하고 따스한 웃음을 짓뭉갰다. 기이한 것은 그렇게 웃음이 짓뭉개진 얼굴에 비탄과 절망이 가득 덮이면, 비로소 나는 그 여자를 사랑하게 된다는 점이었다.

20대 시절 무기가 되었던 더러운 피는 마흔이 넘어서도 결코 사라지거나 가벼워지지 않았다. 아니, 가벼워지기는커녕 날이 갈수록 더욱 무거워져, 그 무게만으로도 살아서 숨 쉬는 것조차 힘들게 되고 말았다. 이를테면 내가 지니고 태어난 것에, 세상을 살면서 스스로 덧붙인 것까지 그 무게가 늘어나며, 더러운 피는 나에게 숫제 한 마리 괴물이 되어버린 것이었다. 내 안의 가장 깊은 어둠 속에서 똬리를 튼 채 꿈틀거리는 추악한 괴물.

나는 그 괴물에게 주문이라도 걸듯 다짐했다.

'추악한 괴물이라도 좋다. 괴물이 되어 무슨 짓을 해도 좋다. 세상의 온갖 손가락질을 받고, 모두에게 버림받아도 좋다. 적어도 괴물의 존재를 부정하지 않으마. 다만 한 가지만은 지켜라. 어떤 경우에도 위선은 안 된다. 절대로 위선만은 부리지 마라.'

어쩌면 나는 훗날 내가 짊어질지도 모르는 위선이라는 짐의 무게가 얼마나 무거울 것인가를 막연하게나마 짐작하고 있었는지도 모른다. 그리고 그 짐의 무게가 결국 자신을 지옥의 수렁에 빠뜨리리라는 것도.

군부독재정권 시절 소위 민주화 운동이라는 시대적 돌풍에 휩쓸려 나 같은 괴물마저도 빨간 딱지를 달고 감옥에 갇힌 적이 있다. 그전까지는 만약 내가 감옥에 갇힌다면, 간통이나 강간 같은 사회적·도덕적 혐오범죄 때문일 것이라고 믿었다. 그런데 군부독재정권은 도저히 상상할 수 없는 죄명으로 나를 감옥에 집어넣었다. 나 같은 자는 언감생심 기웃거리거나 얼씬거리는 것만으로도 그 자체를 모독할 것 같은 내란음모라는 죄명이었다.

나는 같은 죄명으로 함께 감옥에 갇힌 소위 민주화 운동권의 여러분들과 제대로 눈길조차 마주칠 수 없을 만큼 부끄러웠다. 나 같은 자에게 민주화 운동이란 평생에 한 번도 넘볼 수 없는, 아니 넘보아선 안 되는 지고지순한 성역이었다. 그런데 나 같은 괴물이 어느 날 그 성역에 슬그머니 발을 들이민 것이다. 그렇게 발을 들이민 성역에는 당연히 그 어디에도 괴물이 끼어들 자리는 없었다.

그럼에도 불구하고 나는 얼마 지나지 않아 그 성역에 빌붙어서 살아남는 방법을 배우고 말았다. 그 방법이 바로 위선이었다. 나는 괴물의 얼굴에 위선이라는 탈을 뒤집어썼다. 그리하여 운동권의 여러분들은 물론 세상을 향해, 추악한 괴물 대신에 위선으로 위장한 얼굴을 버젓이 내밀었다.

그리고 내 예감은 맞았다. 위선으로 위장한 괴물은 비록 세상과 운동권의 여러분들을 속일 수는 있었지만, 끝내 자신까지 속일 수는 없었다. 그 괴물은 자신조차 도무지 상상할 수 없는, 더러운 피와는 전혀 차원이 다른 교활한 별종이었던 것이다. 위선의 탈을 쓴 괴물에 비하면 더러운 피라는 본래의 괴물은 차라리 애완동물처럼 귀엽게 여겨질 정도였다. 그리고 무엇보다도 그 애완동물이 위선을 견디지 못했다.

가장 견뎌내지 못한 것은 정의롭다거나 올바르다는 상찬의 말이었다. 이런 배라먹을! 그따위 상찬을 받느니 차라리 자살이라도 하는 편이 몇만 배 나았다. 멀쩡한 정신으로는 단 하루도 위선으로 위장한 별종의 괴물을 참아낼 수가 없었다. 나는 괴물에게서 벗어나려고 혼신의 힘을 다해 몸부림쳤다.

어느 날 결국 신경정신과 현관을 들어서고야 말았다. 내 또래의 의사는 시니컬한 웃음을 머금은 채 한마디 내뱉었다.

"자기애성 성격장애라는 거요."

그리고 덧붙였다.

"그 괴물이란 녀석은 두 얼굴을 지녔소. 저주와 은총. 지금 환자는 저주라는 얼굴만 열심히 보는 중이고. 그러나 좀 더 살다 보면 언젠가는 은총의 얼굴도 볼 때가 오지 않겠소?"

아직도 빙긋이 웃는 의사를 건너다보며, 나는 그의 얼굴에 침이라도 뱉고 싶은 충동을 견딜 수가 없었다. 충동을 참아내기 위하여 굳게 입을 다물자 의사가 다시 말을 이었다.

"내가 의사 입장만 아니라면, 두 얼굴 중에서 구태여 어느 한쪽만 선택하라고 강요하지 않을 거요. 환자가 고통을 감내할 의지만 있다면, 차라리 저주 쪽을 선택하라고 권하고 싶구려. 훗날 만약에 환자가 은총의 얼굴을 보게 된다면, 그것은 바로 저주의 얼굴에서 도망치지 않은 결과일 거요. 어쩌면 그게 자기애성 성격장애를 제대로 살아내는 방법이기도 할 거고. 의사로서 이런 말을 하기가 뭐하지만, 나는 환자가 부럽기도 하오. 심지어는 그 위선까지도 말이오. 어떻소? 기왕에 견뎌왔으니 좀 더 위선을 부려보는 것도? 하하, 마지막 말은 농담이오, 농담."

신경정신과를 나오면서 무엇보다도 나를 비웃는 것 같은 의사의 웃음소리를 견딜 수가 없었다. 나는 보이지 않는 의사의 얼굴을 향해 힘껏 침을 뱉었다.

내가 드러내놓고 가정과 사회에서 출분하기 시작한 것은 바로 괴물의 얼굴에서 위선이라는 위장을 벗겨내지 못하리라는 절망감 때문이었다. 나는 틈만 나면 술이며 술집 여자에게 빠져들고, 상대를 망가뜨려야 직성이 풀리는 연애질을 하고, 절간이 있는 계룡산이며 지리산을 찾고, 심지어는 멀리 히말라야까지 더듬거렸다.

나는 스스로에게 물었다.

'이래도 안 벗겨낼 테냐, 이래도?'

달랑 배낭 하나만을 메고 비행기에 오를 때, 다시는 이 나라에 돌아오지 않기를 빌었다. 그렇게 위선으로 위장한 괴물을 데리고 라오스, 캄보디아, 베트남, 태국, 중국에서 인도의 히말라야까지 주로 아시아 일대를 헤매고 다녔다.

낯선 도시의 뒷골목에 있는 싸구려 도미토리의 삐걱거리는 침대에서 뒹굴며, 나를 비웃는 의사의 웃음소리를 자주 들었다. 그리고 어느 날 나는 만년설이 덮인 히말라야에 올라가 있었다. 만년설에서 까마득히 떨어져 내리는 크레바스의 깊은 구멍을 오래도록 내려다보았다. 내 온몸이 걷잡을 수 없는 희열에 덜덜 떨리고 있었다.

'한 걸음만 더 내밀면 나는 드디어 교활한 괴물을 저 구멍으로 떨어뜨릴 수 있다.'

중학교 2학년 때와는 달리 어떠한 두려움이나 주저도 없었다. 크레바스의 깊은 구멍 앞에서 나는 온몸을 떨며 끝장의 순간을 즐기고 또 즐겼다.

맞은편 설산의 하얀 봉우리가 황금빛으로 눈부신 황혼 무렵이었다. 사방에 땅거미가 깔리기 시작하자 이윽고 크레바스의 깊은 구멍이 더 이상 보이지 않았다. 바로 그때, 내 작은 두 눈에서 눈물이 솟구쳤다. 눈물은 쉼 없이 두 볼을 적시며 흘러내렸고, 나는 여전히 희열에 온몸을 떨고 있었다.

스스로 만든 환상 때문이었을까. 두 볼을 타고 흘러내리는 눈물이 괴물의 얼굴에서 위선이라는 위장을 벗겨내고 있는 것처럼 여겨졌다. 나는 가까이에서인 듯 의사의 웃음소리를 들었다.

'어떻소? 기왕에 견뎌왔으니 좀 더 위선을 부려보는 것도?'

비로소 의사의 농담을 인정할 수 있었다. 나는 입 밖으로 소리를 내어 의사에게 물었다.

"적어도 내가 위선에서만큼은 자유로워질 것 같지 않소?"

나는 의사의 대답을 기다리지 않고 스스로에게 말했다.

"그럴 수만 있다면, 내가 짊어진 저주의 무게 따위는 죽을 때까지 견뎌도 괜찮아."

나는 조금치의 주저도 없이 깜깜한 어둠에 묻혀버린 크레바스의 깊은 구멍에서 발길을 돌렸다. 그리고 바지에 오줌을 싼 사춘기 무렵 이후 처음으로 자신을 가엾게 여길 수 있었다.

혹시 누가 알랴. 내가 더 이상 괴물에게서 도망치지 않는다면, 언젠가는 저주가 은총으로 뒤바뀌는 기상천외한 일이 벌어질지도.

사마타 위빠사나

먼저 우리는 자신에게 물어야 한다. '붓다께서는 명상을 왜 가르치셨는가?' 또는 '명상의 목적은 무엇인가?' 라고. 불교 명상의 목적은 닙바나를 얻는 것이다. 닙바나는 정신과 물질의 소멸이다. 닙바나에 도달하기 위해서 우리는 탐욕, 성냄, 어리석음이 없는 건전한 정신 현상과 탐욕, 성냄, 어리석음에 뿌리한 불건전한 정신 현상, 둘 다를 완전히 제거해야 한다. 그것은 새로운 생로병사를 야기하기 때문이다. 만약 우리가 도의 지혜로 그것들을 완전히 제거한다면 우리는 닙바나를 실현할 것이다. 다른 말로 하면, 닙바나는 윤회의 괴로움으로부터 벗어남이고 생로병사의 중단이다.

— 파욱 사야도,《사마타 위빠사나》

파욱명상센터의 요기가 되어 가부좌한 내가 "내 피는 더럽다" 라는 문장에 온몸으로 진저리를 칠 때, 다음 차례라는 듯이 또한 문장이 뒤를 이었다.

'더러운 피는 결코 나에게서만 끝나지 않는다.'

나는 이미 잇몸이 망가져서 흔들리기 시작하는 이를 깨져라 악물었다. 서른을 갓 넘긴 딸이 치료약이 흔하지 않은 악성 바이러스 백혈병에 걸려 시한부 생명으로 병원에 입원했을 때, 나는 벼락을 맞은 듯이 깨달을 수 있었다.

'내 더러운 피가 바이러스가 되어 딸에게 전이되었다.'

대상포진을 비롯하여 온갖 망상과 환상과 환각 속에서 환희와 비탄 사이를 극과 극으로 오가는 조현병, 스스로에 대한 살기를 견디지 못할 때마다 커터로 손목이며 넓적다리를 마구 그어서 생긴 주저흔, 폐렴, 허파에 뻥뻥 구멍을 뚫어 풍선처럼 부풀어 오르게 하는 기흉, 유방암, 그리고 마지막으로 섬망까지.

악성 바이러스가 빚어낸 10여 가지의 병을 잡화상처럼 몸과 마음에 가득 늘어놓은 채, 딸은 애오라지 통증으로만 존재하고 있었다. 그런 딸의 통증을 옆에서 지켜보며 나는 그 통증이 다름 아닌, 내가 무기로 삼았던 더러운 피의 전이라는 사실을 인정해야 했다.

"아빠, 더 이상 견디기 힘들어. 살아서 숨 쉰다는 것마저 정말 무섭고 힘들어. 제발 이제 그만 나를 죽게 해줘."

침대에서 일어나는 것조차 힘들어진 딸은 통증을 견딜 수 없을 때마다 젖은 눈으로 나를 올려다보며 애원했다. 나는 딸에게 다짐했다.

"절대로 후아 너 혼자 죽게 하지는 않을 테다. 아빠가 함께할 거야. 죽는 순간만이라도 통증에서 너를 지켜낼 테다."

이를테면 나는 딸과 동반자살을 꿈꾼 것이었다. 그리하여 딸이 마지막에 겪어야 할 단말마斷末摩의 찰나나마 함께 껴안을 생각이었다.

딸뿐만이 아니라 나로서도 어쩔 수 없이 죽음은 공포의 대상이었다. 나에게 죽음이 공포의 대상이 된 것은 죽음의 순간에 누구에게나 반드시 찾아온다는 단말마 때문이었다. 원래 육체의 치명적인 급소를 의미하는 '마르만'이라는 산스크리트어가 음역되는 과정에서 '말마'가 된 것이다. 단말마란 바로 말마가 끊어진다는 뜻이다.

무릇 목숨 있는 자는 육체의 치명적인 급소가 끊어져야 비로소 죽게 되는데, 그 이유는 바로 말마가 끊어지는 고통이 너무 끔찍하여 산 자의 통각으로는 도저히 견뎌낼 수 없기 때문이라고 한다.

어쩌면 세상 누구보다도 혹독하게 온갖 통증에 시달려야 했기에 딸에게 단말마는 그 모든 통증의 집합이거나, 아니면 그 집합까지도 넘어서는 상상 이상의 공포일 수 있었다. 그런 딸을 옆에서 지켜보는 나 또한 딸 못지않게 단말마는 상상 이상의 공포였다. 바로 단말마의 공포 때문에, 나는 파멸적인 수단 이외에는 통증에서 딸을 지켜내는 방법을 알지 못했다.

딸은 나에게 고개를 끄덕이며 부탁했다.

"알았어 아빠. 절대로 나보다 먼저 죽지 마."

"너를 놔두고 내가 먼저 죽는 일은 없어."

"제발 나보다 단 한 시간이라도 더 살아야 해."

나는 평소 친하게 지내던 의사를 통해 모르핀, 도파민, 카테콜아민, 아편 따위 마약류를 조금씩 모으기 시작했다. 다량의 마약을 딸과 함께 복용하고, 그리하여 어떠한 통증도 없이 딸을 데리고 단말마의 찰나를 건너갈 작정이었다.

딸의 병세가 악화해 더 이상 나을 가능성이 없어지자, 나는 담당 의사에게 단호하게 선언했다.

"이 아이에게 더 이상 어떠한 검사나 수술은 물론, 치료랍시고 고통을 가하지 말아줘요. 다만 어떤 수단을 다해서라도 이 아이가 통증에 시달리는 일만은 없게 해줘요."

나는 딸의 항암치료와 수술을 거부하고, 목에 구멍을 뚫어서 호흡이 드나들게 하는 연명장치의 부착을 거부하고, 중환자실로 격리하겠다는 병원의 통고마저 딸을 내 시야에서 벗어나게 할 수 없다는 이유로 거부했다. 병원에서는 그런 나를 삐딱하게 바라보았을 것이다. 딸이 낫기를 바라기보다는 존엄사나 안락사를 바라는 시건방진 보호자쯤으로 여겼을 것이다.

딸이 죽기 전에 마지막으로 앓은 병은 섬망이었다. '다양한 원인에 의해서 갑자기 발생한 의식의 장애, 주의력 저하, 언어력 저하 등 인지기능 전반의 장애와 정신병적 증상을 유발하는 신경정신 질환'이 섬망에 대한 의학적 설명이다.

나에게 섬망은 그런 의학적 설명처럼 간단하지 않았다. 어느 날 딸이 침대에서 일어나자, 딸의 팔뚝에서 비롯된 링거줄이며 링거병 따위가 주렁주렁 매달린 거치대를 서둘러 손으로 움켜잡으면서 내가 물었다.

"화장실에 가려구?"

딸은 그런 나를 빤히 바라보다가 천천히 걸음발을 떼었다. 내가 앞서가 화장실 문을 열었다. 그런데 딸이 열린 화장실을 지나 곧바로 병실 출입문으로 향하는 것이었다. 링거 거치대를 잡고 뒤따르던 내가 얼른 딸을 막아섰다.

"화장실 안 가?"

모든 병균에 대한 저항력이 거의 없는 악성 바이러스 백혈병에 걸린 딸에게, 병실 밖은 금지구역이나 마찬가지였다. 자신을 막아서는 나를 물끄러미 바라보던 딸이 병실 문을 턱짓해 보였다.

"레온이 온다고 했는데?"

"레온?"

내가 묻자 딸은 나를 아주 멀리 있는 사람처럼 바라보았다. 원근이 가려지지 않는 희뿌윰한 눈길이었다. 그런 딸에게 내가 고개를 저었다.

"레온은 여기 없어. 독일에 있지. 저번에 독일까지 가서 만났 잖아."

딸은 전혀 알아들을 수 없는 말이라도 들은 것처럼 눈길을 더욱 희뿌옇게 만들었다. 나는 다시 고개를 저었다.

"레온은 이제 여기 안 와. 아니 못 와."

나는 한동안 딸을 지켜보다가 가만히 딸의 등을 밀었다.

"자, 어서 침대로 가자."

레온은 딸이 마지막으로 사귄 남자다. 백인답게 윤곽이 뚜렷한 이목구비에 창백하기까지 한 하얀 피부가 윤기 흐르는 검은 머리칼과 어울려 그의 외모를 이색적으로 돋보이게 했다. 어쩌면 레온은 부모로부터 동서양 혼혈의 장점만 이어받은 것인지도 모른다. 그의 아버지는 아리아 계통의 게르만 혈통이고, 어머니는 엉덩이에 몽고점이 있는 원시 퉁구스 혈통이다.

70년대에 소위 수출역군이 되어 광부와 함께 간호사로 독일에 수출된 레온의 어머니는 프랑크푸르트에 있는 종합병원에서 의사인 레온의 아버지를 만났다. 그리고 서로 눈길이 맞아 결혼에 이르렀다. 갓 스무 살 무렵 독일에 간 레온의 어머니는 나이가 들자 향수를 견디다 못해 그만 알코올 중독자가 되었다. 그리고 술만 취하면 어린 레온을 껴안고 흐느끼고는 했다.

"한국은 이 세상에서 가장 아름다운 나라야."

어머니의 향수병을 지켜보며 자란 레온에게 한국은 어쩔 수 없이 아름다운 나라가 되어 있었다. 프랑크푸르트에서 대학을 졸업하자마자 그는 아주 당연한 일처럼 어머니의 아름다운 나라를 찾았다. 아름다운 나라의 길거리에서 레온은 우연히 캐스팅되어 탤런트로 데뷔했다. 그리고 신비 대신에 화려한 무대 뒤편과 밤문화의 절망을 배울 무렵 딸을 만나게 된 것이었다.

섬망에 걸리기 얼마 전, 딸은 도주라도 하듯이 병원을 빠져나가 레온이 있는 독일에 다녀온 적이 있다. 어쩌면 마지막 여행이 될지도 모를 딸의 도주를 나는 드러내놓고 도왔다. 딸은 이미 독일에서부터 앰뷸런스에 실려 비행기에 오르고, 인천공항에서도 비행기에서 내리자마자 앰뷸런스에 실려 병원으로 되돌아왔다. 그 뒤로 딸은 레온에 대해 한마디도 입을 열지 않았고, 나 또한 한마디도 묻지 않았다.

그런 딸의 입에서 레온이라는 이름이 나온 것이다. 나는 그것이 섬망의 시작이라는 것을 알아차리지 못했다. 급기야 딸이 내가 떠먹이는 밥을 삼키다 말고 스르르 눈을 감고 잠 속으로 빠져들 때도 마찬가지였다. 잠든 딸의 숨소리가 어쩐지 불편하게 여겨져서 입을 벌려보자 맙소사, 입안에 고스란히 밥알이 담겨 있었다. 딸은 밥을 삼키는 일조차 잊어버린 것이었다. 대소변 가리는 것도 잊어버려서 딸의 사타구니에 기저귀를 채우고 물수건으로 하반신을 닦아줘야 했다. 그제야 나는 비로소 담당 의사를 통해 섬망이라는 병에 대하여 자세히 들을 수 있었다.

오후 두 시 무렵이었다. 나는 딸의 침대 앞에 앉아서 건성으로 책을 읽고 있었다. 아마도 책을 읽고 내용을 아는 일보다는 막막한 시간을 흘려보내기 위함이었을 것이다. 그때 간호사가 들어와 침대맡에서 딸의 이름을 불렀고, 딸 대신 내가 대답했다.

"좀 깊이 잠들었나 봐요."

간호사는 내 말에 고개를 끄덕이다 말고, 불현듯 딸의 코끝에 손을 가져다 대었다. 그러고는 몇 번인가 고개를 갸우뚱하더니 후닥닥, 병실 문을 열고 뛰어나갔다. 곧이어 담당 의사와 서너 명의 간호사가 한꺼번에 몰려들었다. 딸의 가슴에 청진기를 들이민 의사가 한참 후에 나를 돌아보았다.

"운명하셨습니다."

결국 딸은 섬망을 징검다리 삼아 내가 있는 곳과는 다른 시공간으로 훌쩍 건너가버린 셈이었다. 나는 딸을 와락 부둥켜안으며 얼결에 소리쳤다.

"이건 아니야."

겨울 햇살이 병실에 밝은 사선을 긋는 오후 두 시에, 바로 손만 뻗으면 닿는 거리에서 딸이 마지막 고비를 넘기는 단말마의 찰나를 나는 놓치고 만 것이다. 그 솜털보다 더 가늘고 짧은 찰나를.

딸을 화장해 유골을 가슴에 안고, 나는 소나타를 몰아 무작정

길을 떠났다. 그리하여 일찍이 내가 나고 자란 시골 장터며 장돌뱅이 어머니가 돌아다녔던 남해안 섬들을 위시하여 여러 곳을 찾아다녔다. 그 여러 곳에는 내가 감옥에 갇힌 사이에 스스로 목숨을 끊은 어머니의 유골이 이미 뿌려져 있었다. 그 여러 곳에 딸의 유골을 함께 뒤섞으며, 나는 무엇보다도 나로부터 딸을 차단한 그 섬망이 억울해서 밤마다 술에 취해 울었다.

딸과의 약속대로라면 나는 이제 딸을 따라서 죽어야 한다. 그러나 딸이 이승을 떠나 저승으로 간 단말마의 찰나가 언제인지조차 알지 못하면서, 딸이 어떻게 단말마로 고통스러워했는지조차 알지 못하면서, 딸이 삼켰어야 할 마약류를 대신 삼키면서 딸을 뒤따르겠다는 자체가 삼류 코미디처럼 우스꽝스러웠다.

딸의 유골을 다 뿌렸을 때, 어느새 남해안 일대에는 이른 봄이 시작되고 있었다. 나는 바닷가 낮은 언덕마다 샛노랗게 피어나는 유채꽃이며 수선화를 뒤로하고, 딸의 유골과도 헤어졌다. 당장 딸을 따라서 죽는 대신, 섬망에 대해 좀 더 알아보기로 했다. 엉뚱하지만 딸의 유골을 품고 돌아다니는 동안 나는 딸의 섬망에 차츰 경외심을 느끼고 있었다.

어쩌면 딸이 죽은 것은 의사가 청진기를 가슴에 가져다 댄 그날 오후 두 시가 아닐지도 모른다. 레온을 만나려고 링거 거치대를 끌고 병실을 나서려던 찰나에, 처음으로 섬망이 찾아온 그 찰나에, 딸은 벌써 죽음으로 첫발을 들이밀었는지도. 그리하여 그때부터 한 걸음, 한 걸음 섬망과 함께 죽음의 세계로 걸어 들어갔는지도 모른다.

아니, 아니, 아니, 그게 아니다.

정작 딸에게 섬망이 시작되어 죽음의 세계로 들어가게 된 것은 그보다 훨씬 까마득한 시절의 일일 것이다. 그것은 이제 막 딸이 임신부의 자궁에 자리를 잡은 지 3개월 된 태아 무렵부터일 것이다.

어쩌면 섬망은 동반자살을 하겠다는 나를 향한 딸 나름의 복수였는지도 모른다. 나와 함께 마약류 따위로 악성 바이러스의 마지막 통증에서 도망치는 대신에, 딸은 스스로 섬망을 택하여 내 더러운 피를 향해 통증을 벗어던진 것이다.

"자, 이제 나 대신에 아빠가 모두 가져. 어차피 이건 아빠 것이잖아."

언제부터 딸은 자신의 통증이 내 더러운 피와 연결되었다는 것을 깨달았던 걸까. 혹시, 아랫배를 부둥켜안은 채 온몸으로 거부하는 임신부의 등을 내가 억지로 떠밀면서 산부인과의 문을 들어선 그때가 아닐까.

나는 어금니를 깨물면서 몇 번이고 다짐했을 것이다.

'더러운 피는 나에게서 멈추어야 한다. 이 아이마저 추악한 괴물로 만들 수는 없다. 태어나지 않게 하는 것이야말로 이 아이에게는 더없는 축복일 것이다.'

파욱명상센터에서는 파욱 사야도라는 명상센터의 3대 선원장이 '사마타 위빠사나'라는 수행법으로 명상수행을 이끌고 있었다. 사야도는 명상 스승에 대한 존칭이다.

초기불교의 팔리어 경전에는 남아 있으나 붓다 입멸 이후 언제부터인지 모르게 사마타 위빠사나 명상의 사마타 수행법이 사라져버린다. 그리고 동남아 일대의 소위 남방불교에는 위빠사나 수행법만 남는다. 그렇게 사라져버린 사마타 수행법을 파욱 사야도가 찾아내었다.

사마타 수행법을 찾기 위하여 파욱 사야도는 머물던 사찰을 떠나 숲으로 들어가, 물경 13년을 숲속 수행자가 되어야 했다. 파욱 사야도는 서너 명의 제자와 함께 숲으로 들어갔다. 그리고 하루에 한 번 공양 탁발을 위하여 수십 리가 넘는 산길을 타고 마을을 오르내리며 숲속 수행자로 지냈다.

파욱 사야도는 초기불교의 니까야, 아비담마, 《청정도론淸淨道論》을 비롯한 각종 경전이며 주석서, 복주석서들을 일일이 확인한 끝에 마침내 사마타 수행법을 찾아내었다. 그리고 사라졌던 사마타 수행법을 세상에 알렸다. 파욱 사야도가 사마타 위빠사나라는 수행법을 들고나오기 전에 미얀마에는 당연히 위빠사나 수행법밖에 없었다. 그리하여 우리나라는 물론 서양인들도 미얀마에 오면 당연한 것처럼 위빠사나 수행법만 찾는 식이었다.

파욱 사야도의 사마타 위빠사나 수행법은 미얀마 불교계에서 한때 이단으로 몰리기도 했다. 그리하여 사마타 위빠사나 수행법은 정식으로 인정받지 못한 채, 한동안 일부 수행자들 사이에 필사본이나 복사본으로 몰래 나돌았다. 그런데 어느 눈 밝은 서양인이 필사본을 번역하여 책으로 발간하자, 유럽을 위시한 여러 나라의 명상계와 불교계에서 순식간에 놀라운 반응이 일어났다. 그러자 미얀마에서도 뒤늦게 국내 출판을 허가하고, 파욱 사야도를 급기야 파욱명상센터의 3대 선원장으로 초대하기에 이르렀다.

원래 붓다가 실제로 수행하여 깨달음에 다다르고, 또 제자들에게 가르친 것은 당연히 사마타 위빠사나다. 사마타는 삼매三昧, 위빠사나는 지혜智慧로 번역된다. 사마타 위빠사나는 결국 '삼매를 통해 지혜를 깨닫는다'는 뜻이다.

붓다가 보리수나무 아래서 사마타로 깊은 선정禪定에 들었다가 마침내 닙바나에 이르렀다는 것은 잘 알려져 있다. 닙바나는 고통으로부터 벗어나서 해탈에 다다르는 지혜다.

붓다는 중생들 앞에 나서서 중도中道의 사성제四聖諦인 고성제苦聖諦, 집성제集聖諦, 멸성제滅聖諦, 도성제道聖諦를 설하고, 사성제에서도 고통에서 벗어나는 길인 도성제의 팔정도八正道를 설했다. 바른 견해, 바른 사유, 바른 말, 바른 행위, 바른 생계, 바른 노력, 바른 알아차림, 바른 선정이 팔정도다. 그중에서 마지막

바른 선정이 삼매에 들어 선정에 이르는 수행인데, 붓다는 이 바른 선정을 무엇보다 수승한 도로 여긴 것이다.

사마타와 달리 위빠사나에는 삼매가 없다. 따라서 삼매 다음에 이어지는 선정도 없다. 다만 위빠사나의 지혜가 열리면 그때 삼매 비슷한 경지가 열릴 수는 있다고 한다. 위빠사나로 얻는 삼매는 근접삼매近接三昧라 하여 삼매에 가까울 뿐, 본삼매本三昧라고 부르는 사마타와는 달리 취급된다. 한편으로는 근접삼매 대신에 '마른 삼매'로 불리기도 하는데, 이런 근접삼매 혹은 마른 삼매로는 본삼매에 들어가야 열리는 선정의 경지가 불가능하다.

위빠사나는 애오라지 '사띠'라는 알아차림 수행의 지혜로 해탈에 이르는 식이다. 몸과 마음의 미세한 움직임을 어느 하나 놓치지 않고 낱낱이 알아차려서 궁극에 다다라, 무상無常과 무아無我와 고통苦痛의 세 가지 법을 헤아리게 되면, 바로 닙바나의 지혜가 열리는 것이다.

《청정도론》에서는 위빠사나의 해탈을 지혜해탈이라고 한다. 사마타 위빠사나의 경우 양면해탈兩面解脫이다. 양면해탈이란 사마타와 위빠사나를 순차적으로 수행하는 것으로, 먼저 삼매로 선정에 들어 이루는 해탈 후에, 무릇 생명 있는 것들의 법이며 진리에 대한 지혜가 열려 해탈에 들어서기 때문이다.

위빠사나의 지혜해탈이나 사마타 위빠사나의 양면해탈 따위는 전혀 나의 눈이나 귀에 들어오지 않았다. 그런 드높은 경지는 원래부터 무명 따위의 조건이 없는 선근善根으로 태어나, 사는 동안에도 욕심부리지 않고, 화내지 않고, 어리석지 않게 살아온 고아한 이들이나 넘볼 곳이었다.

붓다는 사바세계와 인연이 다해 마침내 육신을 벗어던질 때, 선정 중에서도 색계色界 사선정에 들어 입멸入滅했다. 사마타의 선정이며 위빠사나의 모든 단계를 훌쩍 넘어서 더 이상 다다를 데가 없는 지고의 닙바나를 열었던 붓다가 하필이면 색계 사선정을 골라 입멸했으랴.

색계 사선정은 어떤 고통도 없이 아늑한 평온만이 오롯이 자리하고 있는 곳이다. 우선 초선정初禪定의 걷잡을 수 없는 황홀에서 비롯하여 이선정의 넘치는 기쁨, 삼선정의 지극한 행복에 몸과 마음을 몰아넣는다. 삼선정의 행복을 지나면 드디어 사선정이다. 사선정에 이르면 지금까지의 선정에서 느꼈던 황홀이며 기쁨이며 행복이 눈 녹듯 사라지고, 깊고 아늑한 평온만이 남는다.

모든 감각이나 생각을 넘어서 마음의 활동마저 멈추고, 그렇게 의식마저 사라져버린 몸과 마음의 텅 빈 공간에 오롯이 평온만이 깃든다. 그 평온만이 있는 듯 없는 듯 언제까지나 깊고 아늑하고 아득하게 이어지는 것이 사선정이다.

내가 부득불 미얀마의 파욱명상센터를 찾은 것은 바로 사마타라는 삼매와 거기서 한 걸음 더 들어간 곳에 있는 선정 때문이었다. 사마타의 삼매와 선정에 들어갈 수만 있다면, 바로 그곳에서 딸이 들어선 섬망과 마주칠 수 있을 것 같았다.

나는 사마타 명상의 세계를 출발점으로 딸이 들어선 섬망의 세계를 찾아 나설 작정이었다. 딸이 어떻게 섬망에 들어섰는지, 그리고 섬망에서 어떻게 죽음으로 건너갔는지, 그 흔적이나마 찾고 싶었다.

언제부터인가 나에게는 사마타의 선정이 다름 아닌 딸의 섬망과 하나로 여겨졌다. 딸의 섬망을 옆에서 지켜본 나의 눈과 귀에 들어온 것은 사마타의 삼매와 그 삼매를 넘은 곳에 있다는 선정뿐이었다. '의식에 장애가 오고 언어력이 저하되며 인지능력이 없어진다'는 식의 섬망에 대한 의학적 규정이야말로 딸에 대한 모욕이다. 딸의 섬망은 결코 그따위로 규정될 수 없다.

섬망에 들어선 후의 딸에게서 나는 어떠한 통증은 물론 고통마저도 발견한 적이 없다. 그렇듯이 딸의 섬망에서 단말마며 죽음에 대한 공포감이나 두려움도 본 적이 없다.

나는 사마타 선정의 세계가 섬망의 세계와 뿌리가 같다는 것을 믿어 의심치 않았다. 비록 그 뿌리가 어느 지점에서부터는 빛과 그림자 혹은 선과 악이라는 명암으로 뚜렷하게 나누어질지라도.

섬망에 들어간 딸에게서 내가 본 것은 선정에나 있다는 그 평온이 틀림없었다. 바로 1미터 앞에서 섬망에 걸린 딸이 나를 떠나 다른 시공간으로 사라지는 순간에도, 내가 본 것은 평온뿐이었다.

파욱 사야도의 법문에 나오는 불교 명상의 목적이자 지고의 깨달음이라는 닙바나마저도 나에게는 딸의 섬망과 동의어로 여겨졌다. 불교적 입장에서는 모독일 수도 있겠지만, 나로서는 닙바나와 섬망의 차이를 구별할 수가 없었다.

딸의 섬망과 사선정의 평온이 무엇이 다르랴. 오히려 나에게는, "닙바나는 윤회의 괴로움으로부터 벗어남이고 생로병사의 중단"이라는 파욱 사야도의 법문마저도 딸의 섬망과 어떤 높낮이 없이 경계를 나란히 할 뿐이었다.

파욱 사야도의 법문뿐만이 아니라 사마타 위빠사나의 삼매와 선정을 위시한 지혜도 마찬가지였다. 그것들은 모두 내가 섬망에 들어가서 딸을 만날 수 있는 단 하나의 길에 불과했다.

딸을 뒤따라 죽지도 못한 아비라는 자가 그나마 딸의 흔적을 발견할 수 있는 길은 자신도 섬망으로 들어가는 것이다. 그렇게 섬망에서 딸의 흔적을 만나기 위해 아비라는 자는 사마타의 삼매며 선정 쪽을 기웃거린 것이다.

미얀마 양곤 근처의 흔한 위빠사나 명상센터들과는 달리, 파욱명상센터는 남녘으로 멀리 떨어진 몰마인이라는 곳에 외따로 자리하고 있다. 몰마인은 다른 지방에 비하여 우기의 극심한 더

위며 걸핏하면 물난리를 일으키는 장마 따위로 악명이 높았는데, 파욱명상센터 자체마저도 흉흉한 뒷소문이 나돌았다.

불교가 국교인 미얀마 신도들은 평생에 단 한 번만이라도 승려들에게 공양 올리는 것을 지극한 소원으로 삼는다. 그런 신도들의 넘치는 신심이 깃들어서일까. 양곤 일대 위빠사나 명상센터의 공양은 신도들에게 그 순번이 1년 넘게 밀리며, 식단 역시 거의 호텔 수준으로 화려하다고 한다.

이에 반하여 파욱명상센터는 채식주의여서 식단 자체가 부실하다, 나무로 지은 꾸띠도 오래되어 빈대며 벼룩 따위가 득시글하다, 게다가 수행시간도 에누리 없이 빽빽해서 자칫하면 몸이 망가지기 십상이다, 따위의 흉흉한 소문이 공공연히 나돌았다. 파욱명상센터에 관한 소문 또한 어쩐지 딸이 들어간 섬망의 세계와 안성맞춤으로 여겨졌다. 아비에게서 더러운 피와 악성 바이러스의 통증을 고스란히 물려받은 딸의 흔적을 찾기 위해서는 흉흉한 소문 말고 달리 어디를 더듬거리랴.

파욱명상센터의 명상홀에 가부좌한 나에게 드디어 딸의 흔적이 찾아왔다. 섬망과 죽음이 딸에게 함께 시작된 맨 처음 순간이 찾아온 것이다.

갓 서른이 넘은 젊은 아비가 임신부의 등을 억지로 떠밀며 산부인과 출입문을 밀치고 있다. 명상홀에서 눈을 감고 가부좌한 나에게 그 장면이 너무도 뚜렷하게 비치고 있다. 두뇌는 물론 팔다리도 미처 자리잡지 못한 앙증맞은 태아의 육체가 안간힘을 다해 버둥거린다.

"이건 아니야. 이대로는 더 이상 못 견뎌. 차라리 스스로 파멸해버리는 게 나아."

태어나는 순간이 바로 죽음의 순간이라는 설법이 있다.

> 태어나는 순간부터 우리는 죽어간다. 탄생과 죽음은 한가지이다. 둘 중 하나만을 가질 수는 없다. 죽음을 지켜보면서 사람들이 얼마나 슬퍼하고 비탄에 빠지는지, 그리고 탄생을 지켜보면서 얼마나 행복해하고 기뻐하는지를 생각하면 참 재미있다.
>
> 모두 미혹이다. 누군가의 죽음을 꼭 슬퍼해야 한다면 차라리 누군가가 세상에 태어날 때 우는 편이 낫다. 탄생이 곧 죽음이며 죽음이 곧 탄생이기 때문이다.

딸에게는 태어난 순간이 아니라 이제 막 3개월 된 태아로 임신부의 자궁에 실린 채 산부인과 출입문에 들어선 순간이 바로 죽음의 순간이 아니랴. 그렇게 태아인 채로 딸은 자궁 속에서 스스로 죽음의 순간을 슬퍼한 것이다.

아주 훗날의 일이다.

내가 사마타의 삼매와 선정의 과정을 거쳐, 색계 사선정이며 무색계 사선정을 수행할 무렵이었다. 아니, 더 나아가 위빠사나의 사성제며 물질과 정신, 그리고 십이연기十二緣起를 수행할 무렵이었는지도 모른다.

마침내 나는 딸의 섬망을 만날 수 있었다. 아니, 그 섬망 속에서 딸을 만날 수 있었다. 더러운 피와 그 무게는 물론, 딸의 악성 바이러스가 모두 십이연기의 무명과 그 무명의 어리석음으로 빚어진 업이라는 것을 알 수 있었다.

무명이란 바로 '더러운 피'였다. 무명이라는 어리석음을 업으로 더러운 피라는 업을 낳고, 더러운 피라는 업이 딸의 악성 바이러스라는 업을 낳고, 악성 바이러스라는 업이 통증이라는 업을 낳고, 통증이라는 업이 자기파멸이라는 업을 낳고, 자기파멸이라는 업이 급기야는 딸의 죽음, 슬픔, 비탄, 육체적 고통, 정신적 고통, 절망이라는 업으로까지 이어졌다.

좀 더 많은 시간이 지나, 내가 어쩌다 사마타 위빠사나의 지혜라는 닙바나를 흘낏 구경이라도 하게 되었을 때 나는 깨달았다. 육신의 눈이 아닌 선정이 빚어낸 또 다른 눈에서 닙바나는 환하게 빛나고 있었다. 더러운 피라는 무명의 어리석음, 딸의 악성 바이러스며 그 모든 통증이 바로 닙바나라는 보물이었다. 그 보물은 언제부터인지 모르게 내 더러운 피와 딸의 악성 바이러스며 통증 속에서 빛나고 있었다. 다만 내가 보지 못했을 뿐이다.

만약 내가 좀 더 일찍 더러운 피에서 닙바나의 눈부신 보물을 볼 수 있었다면.

만약 내가 좀 더 일찍 딸의 악성 바이러스에서 닙바나의 눈부신 보물을 볼 수 있었다면.

만약 내가 딸의 존재가 사라지기 전에 딸에게서 닙바나의 눈부신 보물을 볼 수 있었다면.

돌이켜보면 나만이 아니라 무릇 생명을 받은 세상 모든 유정물有情物의 피에 더러움과 깨끗함의 구별이 어디 있으랴. 무명이며 어리석음의 구별이 어디 있으랴. 그런 구별이 있기 전에 나에게는 애오라지 닙바나의 눈부신 보물만이 빛날 뿐이다. 그런 구별이 있기 전에 딸에게는 애오라지 닙바나의 눈부신 보물만이 빛날 뿐이다.

존재의 부재

나는 죽었다.

내가 죽은 것은 확실하다. 흔한 표현으로 하자면 나는 이승에서 저승으로 건너온 셈이다. 이승은 삶의 공간이고 저승은 죽음의 공간이니까, 죽은 나는 죽음의 공간에 와 있는 것이다.

죽음의 공간에서 나의 육체는 물론 존재하지 않는다. 그러므로 육체의 무게는 0그램인 셈이다. 물론 육체의 부피도 0제곱밀리미터일 터이다.

이승에서 시체가 된 나의 육체는 다음 날 남서울공원 화장장의 화장로에서 한 가닥 회색 연기가 되어 공기 속으로 사라졌다. 그리고 내 삶의 찌꺼기처럼 남은 한 줌의 재마저 아빠의 고향인 남해안 여기저기에, 아빠의 손으로 뿌려졌다.

아빠는 한 줌의 재가 담긴 항아리를 들고 그대로 차를 몰아 고향으로 갔다. 그리고 일부러 그랬겠지만, 아빠의 어머니이자 나에게는 할머니의 재를 뿌렸던 곳을 골라, 그 위에 내 것도 덧뿌렸다. 비록 한 줌의 재에 불과하지만 아빠는 나의 재가 할머니의 재와 섞여들어, 같은 공간에서 만나 서로 위로라도 주고받기를 바랐을 것이다.

아빠는 내가 남긴 한 줌의 재와 함께 남해안 여기저기를 돌아다녔다. 무엇보다도 간절하게, 나에 대한 죄책감에서 벗어날 수 있기를 바랐을 것이다.

아빠가 뿌린 한 줌의 재는 지금쯤 배고픈 물고기의 밥이 되었거나, 아니면 파도를 타고 저 멀리 태평양까지 너울너울 흘러갔을지도 모른다. 나는 화장장의 회색 연기나 태평양에 흘러갔을 한 줌의 재까지 나의 육체라고 여기지는 않는다. 그것은 어디까지나 이승에서의 내 삶의 찌꺼기일 뿐이다.

솔직하게 말하자면 살아생전에 나는 사후세계라든가 종교에서 흔히 말하는 천국이나 지옥, 극락, 연옥, 하늘나라 같은 것들에 대하여 한 번도 진지하게 생각해본 적이 없다. 어떤 종교에도 기웃거리거나 몰두해본 적이 없다. 하나님이나 부처님이나 알라나 힌두의 브라만이나, 하다못해 원시적인 정령사상이나 다신사상의 넘쳐나리만큼 풍성한 여러 신들의 존재에 대해서도 마찬가지다. 그 신들이 실제로 존재한다거나 존재하지 않는다거나 하는 존재의 유무마저 전혀 관심이 없었다.

어쩌면 나는 살아 있다는 그 자체를 허덕허덕 힘들어하며,

그만큼 사는 일에 가위눌렸을지도 모른다. 그렇게 살면서 느끼는 희열이나 슬픔, 갈증, 고통, 누군가에 대한 간절함이나 증오, 분노, 살기, 그 모든 것들이 어우러진 내 안의 깊은 수렁이 내 삶의 전부였을지도 모른다.

이승에서의 육체는 사라진 채 저승의 공간에 온 나에게, 희한하게도 육체의 감각이 아직 남아 있다. 그렇게 남아서 저승의 공간이 아닌 이승의 공간을 떠돌아다니고 있다. 이승에서의 소멸된 육체와는 다르게, 보고 듣고 맡고 씹고 만지고 스치는 여러 감각만은 아직도 오롯이 남아서 실존의 흔적을 찾아다닌다.

'도대체 육체가 소멸되었는데도 육체의 감각이 남아 있을 수 있는 것일까.'

죽은 후에도 아직 남아 있는 이 육체의 감각을 무엇이라고 구체적으로 이름 붙여 부를 수가 없다. 영혼이라는 것인가? 아니면 넋이라는 것인가? 아니면 오컬트나 심령, 영성이라는 것인가? 아니면 하다못해 원귀라거나 처녀귀신이라거나 몽당귀신이라거나 도깨비라거나 하는 것인가?

죽어서도 아직까지 남아 있는 감각이 무슨 이름으로 불리든 나는 개의치 않는다. 영혼이라고 해도 좋고, 넋이라고 해도 좋고, 아니면 오컬트, 심령, 영성이라고 해도 좋다. 심지어 유령이라거나 하다못해 원귀, 처녀귀신, 몽당귀신, 도깨비라고 해도 좋다.

　그 많은 이름 중 어느 하나도 죽은 다음에 나에게 남아 있는 육체의 감각과는 결코 맞아떨어지지 않는다. 중요한 것은, 육체가 사라지고도 아직 남아 있는 어떤 감각을 통해서 나라는 존재의 부재를 느낀다는 것이다.

　누구의 글인지는 기억나지 않는다. 내가 그 글이 적힌 책의 갈피에 밑줄 쳐놓았던 한 문장이 지금 존재하지도 않는 내 눈의 감각에 아프게 들어와 박힌다.

　　존재의 부재는 실종의 흔적을 증거한다.

　어쩌면 존재의 부재가 아직까지 감각 비슷하게 남아서 내 실존의 흔적을 증거하는 것인지도 모른다. 그렇게 나는 서로 닿을 수 없는 공간에 존재하는 아빠에게서 내 실존의 흔적을 찾는 것인지도 모른다.

　마치 육체의 한 부분을 잃은 사람이 그 부분에서 아직도 환상통을 느끼는 것처럼. 그리고 원래의 소리는 사라졌는데 건너편 산봉우리에서 아직도 길게 울리는 메아리처럼.

　내 실존의 흔적을 찾아다니면서 확실하게 깨달은 것은, 실존의 흔적이 분명하게 드러나는 곳은 다름 아닌 나 자신의 죽음의 순간이라는 점이다. 바로 죽음의 순간에 내 실존의 흔적이 가장 극명하게 모습을 드러내고 있다. 이승에서 나를 그토록 힘들게 했던 삶의 순간이 아니라 바로 죽음의 순간에.

아빠와 나는 참으로 어리석었다. 죽음의 순간을 고작해야 느닷없이 닥칠 단말마의 공포 따위로만 여기다니. 죽음의 순간을 한순간의 찰나적인 일로 여기다니.

아니다. 죽음은 절대로 한순간의 찰나적인 일이 아니다.

하기는 죽어서 존재가 사라지기 전의 어느 누가, 존재의 부재에서 실존의 흔적을 찾을 수 있으랴. 내 존재가 사라지고 감각만이 여기저기 실존의 흔적을 찾아다니면서, 나는 비로소 깨달은 것이다.

돌이켜보면 내 존재의 부재 혹은 죽음의 순간은 아주 오래전 내 삶에 자리를 잡았다. 다만 살아생전에는 그 사실을 몰랐을 뿐이다.

나에게 처음으로 죽음의 순간이 찾아온 것은 내가 엄마의 자궁에 자리잡은 지 3개월째 되던 태아였을 때다. 아빠가 나를 죽이기 위하여 엄마의 등을 밀치며 산부인과를 들어서고 있다. 아직 두뇌는 물론 팔다리도 미처 자리잡지 못한 앙증맞은 나의 육체는 이제 막 생긴 뇌신경 속 미주신경을 오그라뜨리며 안간힘을 다해 버둥거린다.

"이건 아니야. 이대로는 더 이상 못 견뎌. 차라리 스스로 파멸해버리는 게 나아."

태아는 미주신경을 잔뜩 오그라뜨려 아빠의 살기에
저항하면서 처음으로 자기파멸을 배웠을 것이다.

그렇게 죽음은 내 몸과 마음속에 조금씩 자리를 잡았다.
내가 깊이를 알 수 없는 수렁 속에서 갈증과 불안, 두려움,
초조, 그리고 그런 나를 파괴해버리고 싶은 자기파멸의 본능에
시달릴 때마다 죽음의 순간은 거듭거듭 자리를 잡았다.

내가 삶의 순간순간을 견딜 수 없어서 안간힘을 다해 버둥댈
때마다, 자기파멸에 대한 본능과 함께 죽음의 순간이 몇 번이고
자리를 잡은 것이다. 그렇게 내 안에서 자리를 잡은 죽음의
순간은 이윽고 나의 육체와 정신을 차지해버렸다.

마음

마음은 감각의 대상을 인식할 뿐 감각의 대상은 마음
과 별개이다. 마음이 멈추지 않으면 감각의 대상들을
있는 그대로 볼 수 없다. 마음은 마음이고 감각의 대상
은 감각의 대상일 뿐이라는 깨달음이야말로 불교의
핵심이다. 내버려둔 마음은 어린아이와 같다. 깨어 있
음 없이 말하고 지혜 없이 행동한다. 모든 일을 망치고
막대한 해악을 일으키면서도 막상 그 사실조차 깨닫
지 못한다. 그래서 마음을 훈련해야 한다.

— 아잔 차, 《아잔 차의 마음》

아잔 차 선사는 태국의 숲속 수행자다. 미얀마의 파욱 사야도
처럼 태국의 북동 국경지대인 우본이라는 가난한 지방에 붓다
의 전통을 이어받은 숲속 수행의 터전을 마련했다.

아잔 차 선사는 태국 불교에서 미신을 걷어내기 위해 부단히
노력한 것으로도 유명하다. 당시 대부분의 태국 사찰은 화려한

건물이나 불상에 비하여, 정신적인 측면에서 부패해 계율이 해이해진 데다가 힌두나 정령사상마저 뒤섞인 주술 행위며 부적, 점술 따위가 심하게 번져 있었다. 그런 태국 불교에 붓다의 숲속 수행이 살아난 것이다.

우본의 숲속 수행은 경전이나 주석서 같은 계율의 염송보다는 명상과 선정을 우선했다. 그리하여 숲속 수행자들은 나중에 태국에서 가장 존경받는 불교 지도자들이 되어 부패한 불교를 새롭게 살려내었다.

아잔 차 선사의 책을 나는 파욱명상센터의 도서관에서 만났다. 도서관 한편에 모아놓은 한국어로 된 명상수행서들을 뒤적이다가 《아잔 차의 마음》을 본 것이다. 우연히 찾아낸 이 책은 마치 감전이라도 된 것처럼 나를 진저리치게 했다. 만일 이 책을 만나지 못했다면 나는 명상수행을 포기하고 귀국길에 올랐을지도 모른다. 아니면 미얀마 여기저기를 헤매고 다니는 여행길에 나섰다가 마침내 열대 수림을 헤치고 들어가 죽을 자리를 골랐을지도.

《아잔 차의 마음》에서 무엇보다 와닿은 것은 "마음을 훈련해야 한다"는 한 문장이었다. 훈련되지 않은 마음에 절망한 나머지 그따위 마음으로 수행한다는 자체가 부끄럽게 여겨지던 중이었다.

'좋아. 속는 셈 치고 마지막으로 마음훈련이라는 걸 해보자.'

파욱명상센터에서 가부좌한 나는 어쩔 수 없이 괴물과 마주 앉은 셈이었다. 내 안의 가장 깊은 어둠 속에서 똬리를 튼 채 꿈틀거리는 추악한 괴물. 그 괴물은 내가 지금까지 단 한 번도 훈련이라는 것을 하지 않고 제멋대로 방치했던 마음이리라.

마음이라는 보금자리가 없었다면 괴물은 지금껏 어디에 살았으랴. 어린 나이에 받은 상처가 고름이 되어 흉하게 굳어버린, 그리하여 자신은 물론 딸이며 가까운 이들에게 고통만 남긴 괴물 자체가 마음이 아니면 도대체 무엇이 마음인가.

《아잔 차의 마음》은 친절하게도 '어떻게 마음을 훈련하는가'의 바로 '어떻게'에 대한 대답으로부터 소위 마음훈련을 시작하고 있다. 너무 세속적으로 여겨지는 쉽고 단순한 가르침이다.

마음을 훈련하라는 아잔 차 선사의 말은 나에게 괴물을 훈련하라는 가르침이 되었다. "모든 일을 망치고 막대한 해악을 일으키면서도 막상 그 사실조차 깨닫지 못"하는 괴물을 훈련하는 것이라면, 죽기 전에 시도라도 해볼 만하지 않으랴.

아잔 차 선사는 마음씨 좋은 이웃집 아저씨처럼 나같이 마음이 괴물 자체인 초심자에게 은근슬쩍 말을 건넨다.

막 수행에 입문한 젊은 비구 시절, 명상을 하려고 앉으면 온갖 소리가 귀에 거슬렸다. 나는 혼자 생각했다.
'마음을 평화롭게 하려면 어떻게 해야 할까?'

그래서 나는 소리가 들리지 않도록 밀랍으로 귀를 막았다. 그랬더니 윙윙거리는 소리만 들렸다. 이제는 평화를 찾을 수 있겠거니 생각했지만 그렇지 않았다.

잡념과 혼란은 귀에서 시작되는 것이 아니었다. 마음에서 시작되었다. 마음이야말로 평화를 필요로 했다. 다시 말해서, 어디에 있든 마음이 수행을 방해하기 때문에 아무것도 할 수 없다.

아잔 차 선사는 다시 낮은 목소리로 덧붙인다.

마음으로 말하면, 마음에는 아무것도 잘못된 것이 없다. 마음은 본래 깨끗하고, 마음 안은 이미 고요하다. 요즘 들어 마음이 고요하지 않았다면 그것은 마음이 감정을 따라갔기 때문이다.

본래 마음에는 아무것도 없고 그저 자연의 일부일 뿐이다. 마음이 고요하기도 하고 흔들리기도 하는 것은 감정이 마음을 속이기 때문이다.

훈련되지 않은 마음은 어리석다. 감정이 마음을 행복과 불행, 기쁨과 슬픔으로 이끌지만 그 어느 것도 마음의 본질이 아니다. 기쁨도 슬픔도 마음이 아니며, 그 모든 것은 우리를 속이는 하나의 느낌일 뿐이다.

훈련되지 않은 마음은 길을 잃고 그러한 감정을 따라가고 자신을 잊는다. 그렇게 우리는 화가 나거나 편안한 것, 혹은 그 밖의 다른 감정을 우리 자신이라고 믿는다.

붓다의 명상수행 가르침을 주석한 《청정도론》에서도 마음에 대한 훈련을 자상하게 설명하고 있다.

만일 어떤 사람이 달리기를 한 후나 언덕에서 뛰어내려온 후 혹은 산꼭대기에서 내려온 후에 서 있다고 가정해보자. 그러면 들숨과 날숨은 거칠고, 콧구멍으로 숨을 쉬기가 부족해서 입으로 숨을 들이쉬고 내쉰다.
그러다가 피곤함을 없애고, 목욕을 하고, 물을 마시고, 젖은 수건을 가슴에 얹고 시원한 그늘에 눕는다. 그러면 들숨과 날숨은 미세해지고 나중에는 숨이 있는지 없는지조차 모르게 된다.

여기서 "달리기를 한 후나 언덕에서 뛰어내려온 후 혹은 산꼭대기에서 내려온 후"라는 비유가 그대로 내가 키워낸 한 마리 괴물을 연상하게 했다. 이를테면 한 마리 괴물이 나타나서 '더러운 피'라는 언덕이나 산꼭대기에서 뛰어내려온 후라면, 그렇게 콧구멍으로 숨을 쉬기가 부족해서 입으로 숨을 들이쉬고 내쉬고 있다면, 급기야 거칠 대로 거칠어진 들숨과 날숨이 온몸을 헐떡거리게 하고 있다면…….

나는 괴물을 어떤 식으로든 달래거나 쓰다듬는 짓은 하고 싶지 않았다. 이를테면 목욕을 하고, 물을 마시고, 젖은 수건을 가슴에 얹고 시원한 그늘에 눕는 식으로 살갑게 굴 수는 없었다. 도저히 그럴 수는 없었다. 명상을 집어치울망정 딸을 비롯하여 여러 사람들까지도 통증이며 고통 속에서 죽어가게 한 괴물을 어떻게 달래거나 쓰다듬을 수 있으랴.

마음을 훈련한다는 것은 나에게는 우선 명상홀을 떠나지 않고 앉아 있는 일이 되었다. 새벽 네 시부터 저녁 일곱 시 반까지, 아침공양이나 점심공양을 위해 식당을 찾고 꾸띠에서 청소하거나 목욕하거나 잠자리에 드는 때 외에는 하루의 대부분을 명상홀에 머물렀다.

명상홀을 제단 삼아 흡사 속죄양이라도 바치듯 괴물을 바칠 작정이었다. 무엇보다도 딸에 대한 죄의식과 죄책감의 제단이 아닌가. 나는 거의 자학적으로 제단에 괴물을 바쳤다.

반가부좌를 버리고 나는 결가부좌 자세를 택했다. 괴물이나 그 괴물의 보금자리 노릇을 한 마음을 훈련하는 데 이보다 걸맞은 자세는 없을 것이다. 결가부좌는 항마좌降魔坐라고도 부른다. 마귀의 항복을 받는 자세라는 뜻이다. 그런 항마좌라면 괴물을 바치기에 더없는 제단이 아니랴.

결가부좌란 오른쪽 발뒤꿈치를 왼쪽 아랫배에 붙이고, 왼쪽 발뒤꿈치를 오른쪽 아랫배에 붙여, 두 발을 꽈배기처럼 꼬고 앉는 자세다. 양손은 엄지와 검지를 둥글게 수인手印을 짓고 나머지 손가락을 펼친 다음 두 무릎 위에 손등을 살며시 올려놓는다.

처음으로 결가부좌하는 나에게는 어쩔 수 없이 육체적 한계를 넘는 자세였다. 채 10분이 못 되어 발이며 다리에 쥐가 나기 시작하여, 얼마 후에는 극심한 통증과 함께 하반신 전체에 마비가 온다. 그렇게 한 시간에서 두 시간을 견뎌내는 내 모습을 누군가가 보고 있다면, 도저히 그대로 넘길 수 없는 추악한 괴물의 꼬락서니였을 것이다. 잔뜩 일그러진 오만상이며 비지땀, 상반신이 꼬일 대로 꼬인 채 필사적으로 비틀대는 모습만으로도 얼마든지 괴물 자체인 셈이다.

내가 그런 통증과 두려움을 매번 한 시간 반 이상 견뎌낼 수 있었던 것은 순전히 괴물에 대한 증오심 때문이었다. 바로 그 증오심이 나로 하여금 더 이상 앉아 있으면 하반신이 마비될 수 있다는 두려움 따위를 넘어서게 한 것인지도 모른다.

'지금 허우적거리고 있는 저 녀석은 결코 내가 아니야. 한 마리 추악한 괴물일 뿐이야.'

들숨과 날숨에 신경을 기울이는 호흡에 대한 마음집중 따위는 머릿속에서 새까맣게 지워져 있었다. 어쩌다가 들숨과 날숨을 흉내 내기는 했지만, 눈을 감은 내 시야에 들어오는 것은 들숨과 날숨 따위가 전혀 아니었다. 내 앞에 어른거리는 것은 괴물뿐이었다. 괴물은 자신이 꾸며낼 수 있는 온갖 형상으로 다양하게 모습을 바꿔가며 나타났다. 그리하여 내 시야를 아예 놀이터로 삼아버렸다.

밤늦게 꾸띠에 돌아와 침대에 무거운 몸을 던지면, 내 작은 눈에서는 구정물처럼 눈물이 흘러내렸다. 나는 그런 자신에게 한마디를 빠뜨리지 않았다.

'울지 마라, 괴물아. 결국 네 자리를 찾은 것이니.'

어쩌면 딸에 대한 마음의 고통을 육체의 고통으로 대신하려 했는지도 모른다. 요가나 힌두의 고행주의에서 극단적인 육체적 고통으로 현실을 도외시하려는 것처럼.

딸이 대학입시에 합격했다며 전화를 했을 때였다. 신촌 쪽에 있는 여자대학교 미술대학이었다. 축하의 말끝에 나는 뻔한 걸 묻는다는 듯이 건성으로 물었다.

"당연히 서양화과겠지?"

딸은 기다렸다는 듯이 대답했다.

"아니, 바꿨어."

"바꾸다니?"

"그림 그리는 게 지루해졌어."

딸은 심상한 어투로 질문을 뭉개버렸다.

"지루해졌다고? 다른 사람도 아닌 네가?"

"그래. 지루해."

내가 뭐라고 다시 물을 새도 없이 딸이 말머리를 돌렸다.

"그것보다 아빠, 나한테 술 좀 사줘."

딸과 나는 살뜰한 부녀처럼 친하게 지낸 적도 별로 없이 데면데면 지내온 사이였다.

"술?"

"그래, 술."

"웬일이냐? 나한테 술을 다 사달라니?"

"기왕이면 천하의 술꾼한테 제대로 배우고 싶어서."

딸의 천연덕스러운 대답에, 나는 뭔가 예사롭지 않은 느낌을 지우고 가볍게 받아넘기기로 했다.

"과연 내 딸답게 센스 하나는 기막히구나."

나는 당장 딸을 불러냈다. 그리고 단골집인 인사동의 한 카페로 딸을 데려갔다.

"너한테 가르쳐줄 게 거의 없는 아빠지만, 술을 제대로 마시는 법만은 가르쳐줄 수 있지."

"술을 제대로 마시는 법도 있다는 거야?"

"당연히 있지. 제대로 맛있게 술을 마시는 법."

나는 카페의 마담과 옆자리 술친구들에게 즐겁게 딸을 소개했다. '딸이 나에게 술을 배우러 왔다', 그렇게 소개하는 나를 딸은 눈부시다는 듯 올려다보았다. 마치 태어나서 처음 대하는 사람이기라도 한 것처럼, 즐거워하는 내가 낯설기까지 한 눈길이었다. 내가 자기를 자랑스러워한다는 사실을 쉽게 수긍할 수 없다는 눈길이기도 했다.

딸에게 내가 불쑥 물었다.

"그래, 지루해서 바꾼 과는 무슨 과야?"

"컴퓨터디자인학과."

"하필이면 왜 컴퓨터디자인학과냐?"

딸은 예술중학교를 거쳐 예술고등학교를 다니는 동안 줄곧 서양화를 전공했다. 고등학교에 들어가서는 실기를 가르치는 선생들로부터 이따금 천재적인 재능을 지녔다는 칭찬도 받은 모양이었다.

"응, 빨리 돈을 벌려고."

"돈을?"

"그래. 대학생이 되니까 갑자기 돈 쓸 곳이 넘쳐나는 거야."

"돈 쓸 곳이 넘쳐난다고?"

"이제부터 나에게 넘쳐나는 것은 자유뿐이야. 자유, 자유, 자유, 자유는 사방에서 넘쳐나는데, 그렇게 넘쳐나는 자유에 깔려 죽을 지경인데, 분하게도 정작 그 많은 자유를 향유할 돈이 없는 거야."

"자유를 향유할 돈?"

내가 뜨악한 표정으로 되묻자 딸은 나에게서 눈길을 돌렸다.

"돈도 그렇지만, 사실은 그림 그리는 게 싫어."

"그림 그리는 게 싫다고? 다른 사람도 아닌 내 딸이?"

"그래, 끔찍하게 싫어."

"호오, 왜 싫은데?"

그만 나도 모르게 딸에게 상체를 들이밀었다. 딸이 기다렸다는 듯이 얼굴을 찌푸리며 고개를 뒤로 젖혔다.

"실기강사가 사라져버렸어."

"뭐, 실기강사?"

"그래."

"너를 아꼈다는 그 실기강사 말이냐?"

나의 물음에 딸은 그저 고개만 끄덕였다.

"그 실기강사에게 무슨 사고라도 났던 거냐?"

"몰라. 더 이상 그림 그릴 자신이 없었는지도."

"그 실기강사가 그림 그릴 자신이 없어졌다고?"

"그래."

"왜 자신이 없어졌는데?"

내가 거듭 묻자 딸이 별안간 신경질적으로 목소리를 높였다.

"그걸 내가 어떻게 알아? 이 땅에서는 더 이상 그림 그리기가 싫어졌다니까, 나도 그러려니 하는 거야."

딸의 신경질에도 불구하고 나는 궁금증을 버리지 못했다.

"실기강사가 그림을 포기해서 너도 그림을 포기한 셈이니?"

딸이 불쑥 맥주잔을 들어 내 얼굴에 바짝 들이댔다. 내가 얼결에 딸의 잔에 맥주를 따라주자, 딸이 잔을 내밀며 말했다.

"실기강사니 그림 따위는 집어치우고, 자, 이제 가르쳐줘."

"뭘?"

"나한테 제대로 맛있게 술 마시는 법을 가르쳐준다면서?"

"그, 그랬지."

나는 불쑥 맥주병을 딸에게 내밀었다.

"아빠도 한잔 주렴."

나는 딸이 채워준 술잔을 들어 보였다.

"우선 네 실기강사를 위해서 한잔하지 않겠니?"

나의 말에 딸이 고개를 저었다.

"그건 싫어."

"왜?"

"다른 사람도 아닌 아빠하고 그 사람을 위해서 술을 마신다는 것 자체가 그 사람한테는 가장 더러운 모욕이 될 거야."

"더러운 모욕?"

"그래."

나는 가만히 고개를 끄덕였다.

"아무리 아빠라도 가엾은 사람까지 모욕하는 건 안 되겠지."

내 말이 미처 끝나기도 무섭게 딸이 재빨리 고개를 끄덕였다.

"고마워. 역시 아빠답게 포기도 빠르구나. 자, 아빠, 이제 세상에서 가장 맛있게 술 마시는 법을 가르쳐줘."

나는 표정을 바꿔 정색하고 다시 딸에게 잔을 내밀었다.

"자, 우선 둘이라도 술잔을 부딪치자."

나의 말에 딸이 먼저 술잔을 부딪쳐왔다.

"자, 부딪쳤어."

나는 여전히 정색한 채 얼굴을 가까이 대고 딸의 눈을 가만히 들여다보았다.

"이 잔은 내가 세상에서 마지막으로 마시는 술이다."

"……?"

"물론 너도 마찬가지다. 세상에서 마지막으로 마시는 술이어야 하겠지."

내 말뜻을 얼른 깨닫지 못한 딸이 의아한 표정을 지었고, 나는 기다렸다는 듯이 술잔을 높이 들어올렸다.

"자, 마시고 죽자!"

딸이 얼핏 이맛살을 찌푸렸다. 나에게 어떤 식으로 대응해야 할지 순간적으로 모호해져버린 얼굴이었다. 딸이 나를 따라 술잔을 올리며 빤히 바라보았다.

"이런 식이 아빠가 제대로 술 마시는 법이야?"

"그래."

내가 왼쪽에서 오른쪽으로 입술을 비틀어 올리면서 비시시 웃어 보였다.

"이 잔을 비우면 다음은 없다. 다음은 바로 마지막으로 연결되지. 삶이든, 희망이든, 연애든, 절망이든, 아니면 죽음까지도 마지막이라고 여기면서 오직 술에 집중한다. 우리에게 남은 마지막 일이란 바로 술 마시는 것밖에 없다. 그런 마음이라면 이 한잔 술이 어찌 소중하지 않으랴!"

"……?"

"이 한잔 술이 어찌 맛있지 않으랴!"

내가 마치 시라도 외우는 것처럼 운율을 맞추자 딸은 이맛살을 찌푸렸다.

"그럼 아빠는 지금까지 술을 마실 때마다 허구한 날 당장 죽을 각오로 퍼포먼스를 하면서 마셨단 거네?"

"정답."

"죽을 각오를 하면 술이 맛있다?"

나는 잠자코 잔을 들어 다시 딸의 잔에 부딪쳤다.

"자, 한잔 마시자. 우선 축하한다."

"뭘 축하하는데?"

"아무리 생각해도 오래 살 것 같지 않던 내 딸이 스무 살에 이렇게 멋진 대학생이 된 걸 축하해야지!"

나는 맥주잔을 들어 단숨에 들이켰다. 내 입술은 다시 한번 왼쪽에서 오른쪽으로 비틀렸을 것이다. 그런 나를 딸이 빤히 바라보며 말했다.

"축하 다음에는 뭐야?"

딸이 물었고, 나는 기다렸다는 듯이 되물었다.

"글쎄, 축하를 했으니 다음은 저주인가?"

"저주?"

"그래. 이제 내 딸도 슬슬 저주에 몸담는 법을 배울 때가 되지 않았을까? 그래야 청춘이 더욱 풍부해질 테니까."

"잠깐."

딸이 한 손을 저으며 황급히 나를, 아니 내 입에서 쏟아질 저주의 말을 막았다.

"아빠보다 먼저 내가 아빠를 저주할 거야."

나는 작은 눈을 크게 뜨고 딸을 바라보았다.

"호오, 나한테 해줄 저주가 아직도 있다구?"

"그런데 사실, 나도 그게 저주인지 축하인지 모르겠어."

"저주인지 축하인지 몰라?"

"나, 얼마 전에 처녀막을 없애버렸어."

"처녀막?"

나는 약간 뜨악해지는 기분으로 딸에게 얼굴을 바짝 갖다 대었다. 그러자 딸이 내 얼굴에 침이라도 뱉는 것처럼 또박또박 말했다.

"응. 쓰레기통에 휴지 던지듯이. 아니, 아니, 시궁창에 짓밟아

넣듯이 처녀막을 없애버렸지."

"……."

"어쩌면 그걸 밝히는 게 아빠에 대한 마지막 예의일지도 몰라."

"마지막 예의?"

"이제 나는 마음 놓고 아빠를 경멸할 거야."

"호오, 경멸하겠다구?"

"그래."

대꾸할 말을 미처 고르지 못하고 머뭇거리자 딸이 다시 말을 이었다.

"처음에는 실기강사한테 처녀막을 없애달라고 부탁할 작정이었어. 그때까지만 해도 이 세상에서 내 처녀막을 없앨 사람은 실기강사밖에 없다고 굳게 믿었거든. 그런데 실기강사가 거절한 거야."

"실기강사가 거절했다고?"

내가 놀란 나머지 목소리를 높이자 딸이 잠자코 고개를 끄덕였다.

"크리스마스가 가까운 겨울방학 때였어. 실기강사한테 엉엉 큰 소리로 울면서 부탁했어. 내 처녀막을 없애달라고. 그런데 내 부탁을 들은 실기강사가 갑자기 근엄한 얼굴로 오래도록 나를 빤히 바라보는 거야."

딸이 잠깐 말을 끊었다가 목소리 톤을 바꾸어 다시 이었다.

"그리고 말했어. 내가 보기에 너의 정신은 이미 네 처녀막을 찢어서 없앴다. 그따위 쓰레기같이 지저분한 처녀막에서 너는 이미 해방되었어."

"……?"

"그게 실기강사가 내 처녀막을 거절하면서 한 말이야. 격조 있게 정신이며 해방이라는 말까지 사용하며."

"……?"

"그러고 나서 한 달쯤 후에 이 나라에서 사라져버린 거야."

"도대체 사라진 이유가 뭔데?"

"실기강사 말로는 파리나 아바나의 뒷골목, 아니면 인도의 바라나시에서 거지 노릇을 하기 위해 사라지는 거라고 했어."

"거지 노릇?"

"죽는다, 죽는다, 맨날 죽는 시늉만 내는 어떤 사람은 오늘도 버젓하게 살아서 딸하고 죽는 퍼포먼스까지 하면서 술잔을 기울이는데, 정작 내가 세상에서 살아남기를 바란 단 한 사람은 사라져버린 거라구. 뭐, 자신의 마지막 버킷리스트가 이 지구라는 행성을 떠나는 거라면서."

내가 할 말을 잃고 잠자코 있자, 딸이 기다리지 않고 말머리를 돌렸다.

"참, 실기강사 대신 내 처녀막을 가져간 사람이 누군지 알아?"

"……?"

"길거리에서 우연히 만난 사람이었어. 꼬락서니가 단박에 봐도 진짜 노숙자였어. 금방 쓰레기통에 들어가도 딱 어울릴 것 같은."

딸의 입에서 노숙자라는 말이 나오자, 내 작은 눈은 어쩔 수 없이 반짝 빛났을 것이다.

"노숙자 같았다고?"

"그래, 노숙자. 그 사람이 길에서 나를 슬금슬금 따라오는 거야. 뭔가 갈증이 가득한 표정으로. 그 표정을 보자마자 금방 알 수 있었어. 그래, 그따위 쓰레기같이 지저분한 처녀막을 가져갈 상대로는 제대로 마주쳤구나. 어쩌면 거지 노릇을 하기 위해서 나를 떠난 실기강사보다 나한테는 정말로 그 사람이 진짜였던 거야. 자칫하면 실기강사도 거지 노릇에 실패할지 모르는데 말야. 그런데 그 사람은 더 이상 실패할 수 없는 진짜진짜 거지고 노숙자였어. 그래, 이건 하늘이 나를 도왔다, 이 사람 말고 내 처녀막을 없앨 상대를 또 어디서 찾겠어. 그래서 그 사람한테 밥이랑 술도 사주고 모텔비도 내가 냈어. 물론 그 사람 이름도 모르고, 어디 사는지도 몰라. 아빠, 내가 왜 그랬는지 알아?"

"……?"

내가 말이 없자, 딸이 나처럼 한쪽 입꼬리를 비틀어 올리며 비스듬히 웃었다.

62

"아빠하고 정말로 많이 닮아 보였거든."

"쓰레기통의 쓰레기같이?"

"다른 것도 있어."

"다른 것도?"

"그래, 연민을 불러일으키는 표정. 아빠야말로 세상에 둘도 없는 자기연민쟁이잖아."

"자기연민쟁이라…… 그래, 나하고 딱 어울리는구나."

내가 한마디 거들었지만 딸은 무시하고 다시 제 말을 이었다.

"처녀막을 없애고 지금까지 며칠이 지났지만 날마다 즐겁고 상쾌해."

딸은 그렇게 노숙자에 대하여 말했다. 왜 자기가 구태여 노숙자를 택한 것인지, 그리고 처녀막을 없앤 후에 누구에게 가장 먼저 밝힐 예정이었던 것인지, 그리고 그게 어떻게 누구에 대한 마지막 예의가 되는 것인지, 그리고 그 예의 다음에는 누군가를 어떻게 경멸할 것인지, 그리고 그런 누군가가 세상에서 가장 잘하는 자기연민이 자기에게는 어떻게 구역질이 날 만큼 역겨운 것인지 따위를 아주 자세하게.

"사생아로 태어났다는 점을 감안해도 아빠의 자기연민은 너무 심했어. 물론 아빠는 자기에 대한 혐오나 증오, 자학 같은 것들도 크다고 여기겠지만, 그런 것들은 결코 아빠의 자기연민을 넘어설 수는 없어. 결국 아빠는 그런 자기연민 때문에 자신은 물론 가까운 사람들마저 모두 망치게 한 거야."

실기강사에게 실패한 딸은 '자기연민쟁이'인 나를 목표로 처녀막을 던져버린 것인지도 몰랐다.

딸의 말을 듣는 동안 내 작은 눈은 반짝반짝 푸른빛을 내고 있었을 것이다. 내가 잠자코 있자 딸이 잠깐 눈살을 찌푸리더니 말을 이었다.

"아주 어릴 때부터 나는 아빠를 보면서 다짐하고는 했어. 나는 스스로에게 강해지지 않으면 안 된다. 자신에게 강해지지 않으면 나 또한 아주 쉽게 아빠처럼 자기연민쟁이가 되고 만다. 나도 아빠 뒤를 이어, 내 주변 사람들을 망치게 하고 만다."

딸은 빈 잔을 내밀더니 내가 맥주를 채우자 말을 이어갔다.

"아빠가 마음에 새겨야 할 게 하나 더 있네."

"뭔데?"

"내가 나쁜 짓을 하거나 실수하면 나를 아는 사람들은 하나같이 먼저 아빠를 들먹였다는 거. 하는 짓이 어쩌면 네 아빠를 빼박았니? 그 아빠에 그 딸 아니랄까 봐 하는 짓마다 똑같구나. 나는 내가 나쁜 짓을 한 것보다 사람들이 나를 아빠하고 같이 취급하는 게 소름 끼칠 만큼 무섭고 싫었어. 그야말로 저주였어. 그런데 사람들이 마지막으로 쐐기를 박았지. 이다음에 너는 분명히 네 아빠를 빼닮은 남자를 만날 거다."

"……."

"그때마다 아빠가 내 눈앞에서, 아니 세상에서 사라져주길 얼마나 바랐는지 몰라."

딸이 단숨에 맥주를 목구멍 깊숙이 쏟고는 정면으로 나를 보았다.

"어쩌면 굳이 아빠를 경멸하고 싶은 것은 아닌지도 몰라. 아빠를 경멸하지 않으면 내가 아빠에게서 절대로 벗어나지 못할 것 같아서 그래."

나는 다시 한번 왼쪽에서 오른쪽으로 입술을 비트는 웃음을 딸에게 보여주었다.

"그럴 만하구나."

"지금 내 말을 인정하는 거야?"

"그래, 인정하지. 네 말이 모두 맞아."

나는 여전히 입꼬리를 비틀어 웃으며 딸을 정면으로 바라보았다.

"그런데 지금 아빠는, 아빠가 아는 한 이 세상에서 가장 눈부시고 아름다운 한 여인을 바라보고 있구나. 너무 눈부시고 아름다워서 당장에 심장이 멈춰버릴 것 같은."

딸은 미처 예상하지 못한 나의 말에 당황한 기색이 역력했다.

"지금 아빠를 욕하는 내가, 내가, 눈부시고 아름답다고?"

"그래."

딸은 앞니로 입술을 깨물면서 한동안 이해할 수 없다는 듯 의

아스러운 눈길로 나를 노려보았다. 나는 그런 딸의 눈길을 외면하지 않고 마주 바라보았다.

"어쩌면 사람들 말처럼, 너랑 난 많이 닮았는지도 모르지. 그러나 너는 아빠한테 없는 한 가지를 더 가지고 있어."

"······?"

"바로 그게 아빠는 더없이 눈부시고 아름다운 거다."

"······?"

"너처럼 나도 그렇게 눈부시고 아름다운 것을 지녔더라면 그 치욕스러운 자기연민쟁이 따위 별명은 생기지 않았을 텐데."

"그 눈부시고 아름다운 게 뭔데?"

나는 기다렸다는 듯이 일말의 망설임도 없이 대답했다.

"자기파멸."

"자기파멸?"

"그래, 너는 바로 자기파멸이라는 그 무기로 너 자신을 지켜내고 있는 거다."

"자기파멸이라는, 그런 것도 무기가 된다는 거야?"

"그야말로 너 이외에는 세상에서 더 이상 찾을 수 없는 눈부시고 아름다운 무기지."

"도대체 그 자기파멸인가 뭔가가 나한테 어떻게 눈부시고 아름다운 무기가 된다는 거야?"

나는 상반신을 세워 딸에게서 조금 물러났다.

"자기연민쟁이가 되기 전인 스무 살 무렵의 아빠에게 문학은 세상을 살아갈 수 있는 유일한 무기였지. 그 나이에 아빠는 벌써 더러운 피라는 알몸뚱이를 세상에 직접 드러내는 대신에, 문학으로 위장하는 법을 배웠던 거야. 이를테면 탐미나 반도덕, 퇴폐, 비윤리, 위악 등등. 거기에 주의라는 말을 붙여 탐미주의, 반도덕주의, 퇴폐주의, 위악주의 기타 등등이 되면, 어쩐지 모두 지성적이고 감성적으로 고급스럽게 되는 거다. 더없이 화려하게 위장되고 변장되는 거지. 그리고 그 중심에는 더러운 피를 가진 내가 우뚝 서 있는 거야."

"……."

"그 주의들 중에서도 아빠가 가장 선호했던 것은 위악주의였어. 왜냐하면 그 위악이 내 더러운 피에 가장 가까웠거든."

"위악이라니, 역시 아빠다운데?"

나는 딸을 향해 고개를 저어 보였다.

"그런데 서른 살이 넘어 마흔 살까지 살아남자, 차츰 뭔가 잘못됐다는 걸 알게 됐어. 위악이란 게 내가 믿었던 만큼 화려한 무기가 아니라는 걸 깨닫게 된 거지."

"위악이 화려한 무기가 아니라고?"

"그래. 위악이야말로 가장 쉽게 위선으로 뒤바뀔 수 있는 것이었다. 마치 머리는 여럿이지만 몸통은 하나인 메두사와도 같았지. 겉모습은 전혀 다르지만 위악과 위선은 사실 같은 몸통이었던 거야."

"위악과 위선이 같은 몸통이라고?"

나는 정색하고 고개를 끄덕였다.

"결국 아빠는 위악마저도 제대로 해내지 못한 거야. 그저 흉내만 내다가 말았지. 나머지 것들도 마찬가지야. 모두 흉내만 내다가 금방 뒤돌아섰지. 왜냐하면, 속으로는 너무 무서웠거든. 그 길을 걷다 보면 곧장 파멸이나 죽음으로 들어설 거고, 거기서 돌아서지 못할 거란 걸 뻔히 알았으니까. 그저 그럴싸하게 흉내만 내는 정도가 딱 아빠의 한계였어. 문학에서도 아빠는 더도 덜도 아닌, 그저 흉내만 내는 약삭빠른 사기꾼이었던 거야."

나는 더 이상 왼쪽에서 오른쪽으로 슬쩍 입꼬리를 비틀지도, 그렇게 비스듬한 웃음을 웃지도 않았다.

"그런데 너는 다르지. 아빠가 절대 갖지 못한 그 자기파멸이라는 무기를 갖고 있는 거다. 그 무기가 스무 살의 너를 아빠는 물론 세상으로부터도 지켜내고 있는 거야."

"자기파멸이 무기가 되어 나를 아빠로부터 지켜내고 있다고?"

"그래. 돌이켜보면 네가 가진 그 무기가 없어서 아빠는 너한 테는 물론 세상 사람들에게 지금까지 자기연민쟁이 취급을 받으면서 못나게 살고 있는 거다."

딸이 더 이상 참아내지 못하고 나를 향해 상반신을 굽혀왔다.

"그 무기가 아빠에겐 없고 나한테는 있다고?"

"그 무기는 살기나 분노, 질투나 증오 비슷해 보이지만 엄연히 달라. 너는 바로 그 무기로 아빠와 세상으로부터 너를 지켜내고 있는 거다."

딸은 한동안 고개를 갸웃거리며 내 말을 곱씹는 모양이었다. 그러고는 마침내 나를 정면으로 바라보았다.

"아빠 말을 헤아리다 보니, 자기파멸이라는 그 무기가 꽤 그럴싸해지는데?"

"역시 내 딸인걸. 단박에 그걸 깨닫다니."

"무언가 나를 가로막는 것들과 앞뒤 안 가리고 막무가내로 부딪치는 것이 자기파멸이라면, 아빠 말이 맞아. 그것밖에 길이 없다면 충분히 무기가 될 수도 있겠어."

"너를 위해서는 정말 다행이다."

나는 다시 맥주잔을 비우고는 작은 눈을 치켜뜨고 먼 곳이라도 보듯 아득한 눈길로 딸을 바라보았다.

"너의 자기파멸은 어쩌면 네가 상상할 수도 없는 저 까마득한 시간 멀리에서 이미 만들어졌던 것인지도 몰라."

"까마득한 시간 멀리?"

"의식이라는 것도 채 형성되지 않은 3개월짜리 태아 시절에."

"3개월짜리 태아 시절이라고?"

딸의 질문에 나도 모르게 입에서 한숨이 나왔다. 나는 여전히 아득한 눈길로 딸을 바라보았다.

"아빠가 그 태아를 없애려고 했지."

"아빠가 그 태아를, 아니 나를 없애려 했다고?"

"그래."

나는 또다시 한숨을 쉬었다. 그 한숨에 이어서 고통스러운 신음이 입술 사이로 새어 나왔다. 딸이 뭐라고 끼어들기 전에 나는 다시 말을 이었다.

"너를 밴 여자에게 무조건 강요했다."

"……?"

"태아를, 아니 너를 죽이는 중절수술을 강요했지."

딸은 도저히 믿기지 않는다는 눈길로 나를 노려보았다. 그렇게 한동안 침묵 끝에 딸이 말문을 열었다.

"도대체 왜 그 태아를, 아니 나를 죽이려고 했는데?"

"더러운 피를 나 혼자만으로 끝낼 작정이었지. 나하고 핏줄로 연결된 한 생명이 나하고는 달리 깨끗한 피로 태어나리라는 걸 꿈속에서도 믿을 수 없었다. 바로 그 절망감 때문이었어."

"그런데 어떻게 내가 살아남았어?"

"너를 배 속에 담은 여자가 차라리 이혼하면 했지 너를 없애지는 못하겠다고 우겼거든."

딸이 뭔가 알 만하다는 듯이 고개를 한 번 끄덕였다.

"하긴, 아빠를 만나기 전에 엄마는 독실한 천주교 모태신앙이었다니까."

"나한테는 모태신앙 따위보다는 배 속에 아이를 담은 여자의 눈길이 더 무서웠어."

"눈길이 어땠는데?"

"두 눈에 불길처럼 독기가 타오르고 있었거든. 금방이라도 나를 태워 없앨 듯한 독기가 두 눈 가득히 타오르고 있었지. 나는 그 독기에 대해 한 가지를 이해할 수 있었다."

"그게 뭔데?"

"나 같은 자는 절대로 이길 수 없는 진짜 독기라는 거. 그리고 그 독기는 여자 자신도 알 수 없는 어떤 원초적이고 동물적인 보호본능에서 나왔을 거라는 거. 자신이 그런 독기를 지녔으리라고는 상상도 못 한 채 배 속에 있는 태아를 지켜야 한다는 본능에 사로잡혀서 저절로 만들어진 것이라는 거. 절대로 무슨 도덕이나 윤리, 죄의식 때문이 아니라는 거. 그렇듯이 그 독기는 무슨 위악이나 퇴폐, 탐미 따위로 적당히 사기나 치는 나 따위는 절대로 상대할 수 없는 단계라는 거."

딸이 불현듯 어떤 기억이 떠올랐다는 표정으로 나에게 물었다.

"아빠가 나를 죽이려 한 게, 혹시 술집 작부 때문이었던 거야?"

느닷없는 질문에 나는 미처 대답하지 못한 채 어깨를 곧게 세우며 뒤로 물러났다. 그러자 딸이 딱 그만큼 몸을 기울이며 다가왔다.

"맞네. 언젠가 엄마가 나에게 말해줬던 술집 작부 이야기가 거짓말처럼 기억나네. 결국 그 작부 때문에 아빠하고 이혼하게 됐다는 것도."

"……."

"도대체 술집 작부가 어떻게 달랐으면 나를 죽이면서까지 그 여자에게 가려고 한 거야?"

딸이 물었고, 나는 자신도 모르게 어금니를 깨물었다.

"뭐라고 한마디로 설명할 수가 없구나."

"그 술집 작부의 뭐가 그렇게 좋았냐구?"

나는 대답 대신 단숨에 목구멍 깊숙이 맥주를 부어넣었다. 그러고 나서 딸에게 말했다.

"그래, 이왕 너도 알고 있다니까 말하기가 좀 쉽겠군. 그때 아빠로서는 처음으로 필생의 힘을 다해, 삶을 새롭게 살아보려고 작정했을 때였어. 죽겠다면서 유서를 썼던 중학생 때 이후로, 삶에 용기를 낸 것은 그때가 처음이었다."

"술집 작부가 아빠에게 그런 용기를 줬다고?"

딸이 새된 목소리를 내고, 나는 잠자코 머리를 끄덕였다.

"처음에는 그저 손님과 술집 여자라는 흔한 관계에 지나지 않았어. 물론 가벼운 연애감정 같은 것도 있었다고 할까. 그런데 어느 날 술자리가 끝나서 술값을 내려고 하는데 마침 지갑에 돈이 한 푼도 없는 거야. 물론 택시비며 여관비도 없었지. 그때는 통행금지라는 제도가 있어서 밤 열두 시가 넘으면 거리로 한 발자국도 못 나가는 식이었는데, 그 여자가 자기 자취방으로 나를 데려갔어. 아침에 중요한 약속이 생각나서 부랴부랴 그 여자의 자취방을 빠져나왔지. 버스를 타려고 지갑을 열어보니 만 원짜리 다섯 장이 툭 떨어지더구나. 아마도 술자리에서 노래를 부르거나 젖가슴을 만지게 하면서 받은 돈이겠지. 그도 아니면 몸을 판 돈이든지. 그 여자로서는 결코 푼돈이 아니었을 게다. 그때만 해도 회사원 월급이 고작해야 20만 원 안팎이었으니까."

"그런 알량한 미담 때문에 자식까지 죽이면서 술집 작부에게 가고 싶은 사이가 된 거라고?"

나는 딸에게서 눈길을 거두어, 당시의 어느 시점을 한동안 더 듬거렸다.

"처음에는 나도 그 여자의 인생을 책임지겠다거나 하는 생각은 추호도 없었다. 아빠는 이미 그때부터 황폐라거나 황음이라거나 하는 것만 훈장처럼 이름 앞에 내걸고, 걸핏하면 당장 죽을 것처럼 엄살을 떨던 무렵이었으니까. 그렇게 나 자신도 책임질 수 없는 자가 언감생심 누굴 책임질 수 있을까? 그런데 술집 여자가 어느 날 그러더라. 더 이상은 자기와 만나면 안 된다고. 뭐야, 어디 다른 좋은 데라도 가는 거야? 잘됐네. 내가 놀리듯이 말하자 그 여자가 눈물을 보이며 고백하더구나. 보건소에 갔더니 의사가 임신이라 했다고. 게다가 성병에 걸린 것 같다고 하더란 거야. 그래서 여자는 감옥 비슷한 재활원이라는 곳으로 들어가게 된 모양이었어. 그런데 그 여자가 아이를 낳고 싶다는 거야."

"……."

"그 말을 듣자마자 내가 맨 처음 무슨 생각을 했을까?"

"묻지 말고 그냥 얘기나 해."

나는 다시 한번 까마득한 당시의 어느 시점을 더듬었다.

"저건 내 아이다!"

"아빠 아이라고?"

"아니, 저 아이는 바로 나다."

"왜 아빠인데?"

"성병까지 걸린 더러운 피니까."

"성병까지 걸린 더러운 피?"

"그래. 성병 걸린 술집 여자의 자궁에 자리잡은 더러운 피."

"그래서 나를 죽이고 그 여자의 아이를 살리려고 한 거다?"

딸이 물었고, 나는 천천히 고개를 끄덕였다.

"당시 나로서는, 내가 세상에 태어난 유일한 목적이 바로 그 여자의 아이를 낳게 하는 일이라는 믿음이 생겼다. 난 세상 사람들에게 보여주고 싶었어. 잘 봐. 이 아이는 절대로 더러운 피가 아니야. 세상 누구보다도 깨끗한 피야."

"……."

"어떻게 보면 그 아이보다는 지금까지 더러운 피로 살아온 내가 깨끗한 피가 될 수 있는 생애 단 한 번의 기회라고 생각했는지도 몰라. 그 기회를 놓칠 수가 없었어. 이 기회마저 놓친다면 나는 죽는 날까지 더러운 피에서 헤어나지 못한 채 못난 사기꾼으로 끝나고 만다. 그때 난 그 생각밖에 없었다."

꽤 오래 침묵을 지키고 있던 딸이 내뱉듯이 말했다.

"아빠 말대로라면, 나 때문에 아빠는 결국 더러운 피에서 벗어날 단 한 번의 기회를 놓치고 만 거네."

내가 잠자코 있자 딸이 무심코 목소리를 높였다.

"그러면 무슨 수를 써서라도 술집 작부한테 가야지, 왜 못 가고 만 거야?"

"그 여자가 나를 피해 사라져버렸어. 물론 재활원에도 들어가지 않았어. 함께 있던 친구들이 전해준 말에 따르면, 술집 여자들만 몰래 시술해주는 그 동네 의원에서 중절수술을 한 다음에 자잘한 뒷정리까지 모두 마치고 떠났다는 거야."

"……"

"나에게는 쪽지 한 장 남기지 않았어. 나중에 다른 여자들에게 물어보니 그 여자가 이렇게 말했다더구나."

"……?"

"걱정하지 말아요. 그 남자는 나 같은 여자는 눈앞에서 멀어지면 금방 잊을 사람이니까."

75

내 말을 들은 딸이 문득 한숨을 쉬었다.

"아빠의 삶에도 희망이 반짝일 때가 있었네."

딸은 마치 처음 본다는 듯 새로운 눈빛으로 나를 빤히 바라보았다.

"그 아이 말이야, 세상에서 누구보다 깨끗한 피를 가진 아이."

"……."

"그리고 아빠마저 깨끗한 피로 바꿀 수 있는 아이."

"……."

"나 대신에 그 아이가 태어날 수 있었다면 얼마나 좋았을까?"

"……."

"아빠 말을 들을수록, 차라리 임신한 여자 배 속에서 내 삶이 끝났더라면 얼마나 행복했을까, 하고 분해. 아, 그때 살아남았다는 게 정말로 치가 떨릴 만큼 분해. 아빠가 더러운 피에서 벗어나 더없이 맑고 깨끗한 피를 수혈받을 수 있었을 텐데. 그래서 아빠만이 아니라 나까지 모두 행복할 수 있었을 텐데. 아, 그런 축복받은 기회를 놓치고 말다니."

별안간 딸이 맥주잔을 들어 나의 잔에 세게 부딪쳤다. 내가 놀라며 상체를 일으켜 세우자 딸이 소리쳤다.

"좋아요. 자, 우리 함께 마시고 죽어요."

딸이 단숨에 맥주를 비우고 나에게 빈 잔을 내밀었다.

"한 잔으로는 죽어지지가 않네. 자, 아빠, 한 잔 더 줘요. 마시고 죽게."

나는 이맛살을 찌푸리면서도 어쩔 수 없이 딸의 잔에 술을 따라주었다. 딸이 또 소리쳤다.

"자, 우리 함께 마시고 죽어요."

딸은 조금도 망설임 없이 잔을 높이 들어 단숨에 맥주를 비웠다. 몇 잔인가 헤아릴 수 없이 잔을 부딪치던 딸은 끝내 정신을 잃고 쓰러지고 말았다. 아니, 정신을 잃기 전에 마지막으로 외쳤다.

"자, 마시고, 죽어요."

외침과 함께 딸은 그 자리에서 탁자에 이마를 찧으며 쓰러졌다. 탁자에 이마를 찧은 것이 먼저였는지, 그에 앞서 우왝, 돼지 먹따는 소리를 내며 토하기 시작한 것이 먼저였는지 정확하지는 않다.

딸은 그렇게 정신을 잃었다. 무슨 퍼포먼스처럼 '마시고 죽는' 술을 나에게 제대로 배운 셈이었다.

실존의 흔적 1

아빠를 본 것은 내가 어떤 시공간을 부유하듯 흘러가고 있을
때였다. 나는 몇 명인지도 모르는 일행들과 함께 어디론가
흘러가는 중이었다.

그때 내 시야에 아빠가 들어왔다. 아빠가 있는 넓은 홀 안은
내가 부유하는 시공간처럼 깊고 어두운 정적에 감싸여 있었다.
그런 홀 안에서 사람들 사이에 섞여 앉아 눈을 감고 있었다.
이를테면 아빠는 명상이라는 것을 하고 있는 모양이었는데,
나는 한눈에 알아보았다. 구태여 찾을 필요도 없이 아빠는 너무
쉽게 눈에 들어온 셈이었다. 가부좌 자세 자체를 즐기는 것처럼
평온하고 여유로운 일행 중에서 아빠만이 눈에 띄게 달랐다.

아빠는 얼굴을 잔뜩 일그러뜨린 오만상으로 비지땀까지
번들대고 있었다. 반소매 셔츠 차림의 상반신은 꼬일 대로
비비 꼬여 금방이라도 꽈당, 소리를 내며 바닥으로 넘어질 것
같았다. 아빠는 자신에게 닥친 어떤 육체적 고통을 필사적으로
견뎌내고 있는 것이 분명했다. 나는 그런 아빠가 흉하다거나

안쓰럽기보다는 차라리 우스꽝스러웠다.

아빠를 일부러 찾아온 것은 아니었다. 나로부터 도망쳐서 이따위 장소에 숨어 있는 아빠를 내가 구태여 찾을 리는 만무했다. 무엇보다도 나는 처음 대하는 새로운 시공간에 적응하는 것만으로도 버거웠을 것이다.

내가 군이 아빠를 찾아왔다면, 그것은 아빠가 나를 불렀을 경우다. 어쩌면 아빠 또한 나를 부른 것은 아닐지도 모른다. 정작 자신은 가늠하지 못하는 아빠 안의 무엇인가가 나를 불렀을 수도 있다.

고통 속에서 허우적거리는 아빠를 무심한 눈길로 한동안 바라보았다. 나로부터, 아니 나의 부재로부터 도망친 아빠. 이를테면 아빠는 지금 내가 들어선 새로운 공간에 대해서는 전혀 무지했던 것이다.

그렇게 새로운 공간에 대하여 무지한 아빠가 나에게 무엇을 약속했건, 그것은 결코 아빠의 잘못이라고 할 수는 없다. 그런데도 아빠는 나하고의 약속을 지키지 못했다는 죄의식에서 벗어나지 못한 채, 나로부터 도망쳐서 결국 이런 곳에 숨어든 것이다. 그러고는 자신이 살아낸 삶의 행적과는 전혀 어울리지 않게, 명상이나 결가부좌 따위를 흉내 내고 있다. 이미 젊음을 훨씬 벗어난 늙은 몸으로는 견디기 버거운 육체적 고통에 허우적거리며.

'도대체 아빠의 무엇이 나를 불렀을까?'

아빠를 물끄러미 지켜보고 있던 나는 문득 아빠의 몸에서
어떤 빛이 희미하게 어른거리는 것을 알아챘다. 있는 듯
없는 듯 실낱같이 희미한 빛이지만 그것이 아빠의 몸에서
어른거리고 있는 것만은 분명했다. 마치 향초의 연기처럼 혹은
아우라처럼 아빠의 몸을 감고 있는 희미한 빛은 틀림없이
아빠의 몸에서 만들어진 것이었다. 그러나 아빠는 자신의
몸에서 어른거리는 빛의 존재에 대하여 전혀 알지 못하는
눈치였다.

'저 빛은 뭐야?'

난데없는 빛에 대해 의아해하고 있는 사이에, 아빠를 감고
있던 희미한 빛이 스르르 풀려나기 시작했다. 그러고는 넓은
홀을 감돌아 건물 밖으로 새어 나왔다. 건물을 벗어난 빛은
곧장 위로 향하더니, 이윽고 내가 부유하고 있는 공간까지
올라왔다.

아빠에게서 비롯된 희미한 빛은 나를 향하고 있는 것이
분명했다. 그렇게 나를 향해 올라온 빛이 마침내 나에게 닿는가
싶은 순간, 나는 존재하지도 않는 몸을 흡사 감전이라도 당한
것처럼 부르르 떨고 말았다.

'통증?'

그렇다. 그것은 통증이었다.

'내가 통증을 느껴?'

사고로 다리를 잃은 환자가 더 이상 존재하지 않는 다리에 환상통을 느끼는 것처럼, 나는 존재하지도 않는 내 몸 전체로 통증을 느꼈다. 나는 바로 그 통증이 아빠의 몸에서 흘러나온 희미한 빛과 연관되어 있다는 것을 알 수 있었다.

어쩌면 그 희미한 빛은 아빠가 통증을 더 이상 견디지 못하고 한계에 다다른 어느 순간, 그 형체를 바꾼 것인지도 모른다. 아빠와 서로 다른 공간에 존재하는 나까지 느낄 수 있는 통증이라면 충분히 그럴 수 있다. 아빠 자신도 모르는 사이에 나를 불렀을 수 있다.

아빠의 희미한 빛을 느끼는 순간, 이승에서의 그 오랜 시간을 견뎌내야 했던 내 모든 통증이 우우우 소리를 내며 한꺼번에 몰려오는 기분이었다. 한때 통증으로 인해 몸과 마음의 모든 것들이 사라지고, 오직 통증으로만 존재하는 것처럼 여겨지던 시기가 있었다.

어떻게 된 영문인지, 내가 겪어낸 정도에 못지않은 통증을 지금 아빠가 겪는 중인 모양이다. 그것도 열대지방의 종교적인 건물 안에서 더 이상 참을 수 없는 한계점에 이른 나머지 온몸에 희미한 빛까지 만들어내며. 그리하여 급기야는 나까지 찾아오게 하며.

나는 아빠의 흉측하게 일그러진 오만상이며 비지땀,

상반신이 꼬여 금방이라도 넘어질 것 같은 우스꽝스러운
모습을 비로소 이해했다. 아빠의 통증이 가부좌 자세 같은
육체적 고통이 아니라 내 통증과 연관된 것이라면 아빠는
필사적일 수밖에 없을 것이다. 그리고 마침내 희미한 빛으로
형체까지 바꾸어 서로 다른 공간에 있는 나를 불렀을 것이다.

어느 순간, 아빠가 번쩍 눈을 뜨더니 내가 부유하고 있을 법한
공간을 향해 부르짖었다.

"후아야!"

아빠의 목소리는 놀랍고 당황스러운 기색이 역력했다.
무엇보다도 아빠는 자신의 눈앞에 나타난 나의 모습 자체가
놀랍고 당황스러웠을 것이다.

'아빠 눈에 내가 보이는 거야?'

이승에서 벌어지는 일에 더는 놀랄 것이 없는데도, 나는
아빠를 따라 덩달아 놀랍고 당황스러울 수밖에 없었다.

'어떻게 내가 아빠에게 보이는 거지?'

그때까지 아빠와 나는 달리는 평행선처럼 서로 닿을 수 없는
두 개의 시공간에 존재한다고 확신했던 것이다. 그렇다. 존재의
부재라는 시공간과 실존의 흔적이라는 시공간.

아나빠나 사띠

비구여. 여기 이 가르침에서 비구는 숲이나, 나무 아래 나, 빈 공간에 가서 가부좌를 하고 앉는다. 몸을 곧추 세우고 명상 주제에 대한 마음집중을 확립한다. 마음 집중하여 숨을 들이쉬고, 마음집중하여 숨을 내쉰다. 길게 들이쉬면서 '나는 길게 들이쉰다'고 마음집중한 다. 길게 내쉬면서 '나는 길게 내쉰다'고 마음집중한다. 짧게 들이쉬면서 '나는 짧게 들이쉰다'고 마음집중한 다. 짧게 내쉬면서 '나는 짧게 내쉰다'고 마음집중한다.

— 《대념처경大念處經》의 아나빠나 사띠

결가부좌를 시작한 지 한 달쯤 되었을까. 비교적 평온한 모습의 여느 수행자들과는 달리, 나는 여전히 몸 전체로 통증을 견뎌내며 안간힘을 쓰고 있었다. 그런 나의 시야에 백일몽처럼 딸이 나타났다.

딸은 몇 명인지 가늠하기 어려운 일행들과 무리를 지어 어두컴컴한 공간을 부유하듯 흘러가고 있었다. 먼동이 트는 새벽이나 땅거미가 깔리는 저녁, 혹은 짙은 안개 속에서 이제 막 사물의 형체가 허물어지는 분위기의 공간이었다. 바로 그런 공간을 흘러가던 일행 중에서 누군가가 문득 나를 돌아본 것이다. 정면으로 나를 겨누기보다는 흘리듯 비스듬히 스치는 눈길이었다.

딸이었다. 그렇게 눈길과 마주치는 순간, 나도 모르게 힘껏 딸을 불렀다.

"후아야."

내 목소리는 숨소리마저 끊긴 듯 고요한 명상홀 안에 커다랗게 메아리쳤다. 나는 번쩍 눈을 떴다.

물밑에 가라앉은 듯한 깊고 어두운 정적이 깨어지고, 수행자들 몇몇이 어리둥절한 눈빛으로 나를 바라보았다. 그 눈빛 중 몇몇은 나를 향해, 별 미친놈을 봤나, 드러내놓고 눈살을 찌푸리고 있었다.

명상홀 어디에도 사물의 형체가 허물어지는 분위기의 공간이라거나 거기를 부유하듯 흘러가는 딸이며 일행 따위는 보이지 않았다. 그러자 두 눈에서 기다렸다는 듯 눈물이 줄줄 흘러내렸다.

어쩌면 아주 잠깐 사이에 비몽사몽 백일몽을 꾼 것인지도 모른다. 그러나 나는 딸이 잠깐 사이에 나타난 사실을 백일몽이나 망상이나 환상 따위로 치부해버릴 수는 없었다. 물론 허황하기 그지없지만, 딸이 내 앞에 모습을 보였다는 자체만으로도 얼마든지 좋았다. 백일몽이든, 망상이든, 환상이든, 그게 어떤 형식이더라도 딸이 나를 외면하지 않았다는 사실만이 기껍기 그지없었다.

'뭐라고 아빠를 비난해도 좋아. 네가 찾아온 것만으로도 아빠는 너무 좋아.'

명상홀 안에서 꾼 대낮의 백일몽을 믿는 자체가 어리석다는 것을 뻔히 알면서도, 나는 몇 번이고 스스로에게 다짐했다.

중음신中陰身이라는 존재가 있다. 이 중음신은 사람이 죽은 뒤 산 것도 아니고 죽은 것도 아닌 어중간한 상태로 이승도 저승도 아닌 시공간을 떠돈다고 한다. 티베트 불교에서 보면 죽는다는 것은 너무 오래 입어 낡아빠진 옷을 벗어던지고 새로운 옷으로 갈아입는 일종의 의식이다. 그런데 딸은 이런 의식의 49일이라는 기간을 벌써 지나친 다음에도, 낡은 옷은 사라지고 새 옷은 없는 중음신으로 나를 찾아온 것이다.

중음신이 실제로 존재하는지 존재하지 않는지, 나로서는 확언할 수 없다. 주로 우리나라 무속신앙 언저리에서 아직도 믿고 있는 모양이다. 만약 49일 동안 새 옷을 찾지 못하면, 중음신은 그야말로 쓸쓸하고 외롭게 무한공간을 영원히 떠돌아다녀야 한다. 이전에 입었던 낡은 옷도 없고, 그렇다고 새 옷도 찾을 수가 없어서 그야말로 벌거벗은 상태로 떠돌아다녀야 하는 것이다.

딸의 의지로 되는 일이라면, 딸은 새 옷 따위는 결단코 사양했을지도 모른다. 이승으로 돌아가 소위 환생이라는 과정을 거쳐서 다시 새 옷을 입고 새로운 삶을 시작하는 따위를 딸은 존재하지도 않는 힘을 다해 거부했을 것이다.

만일 딸이 중음신으로 나를 찾아왔다면 그 이유는 단 하나. 딸이 바라는 것은 새 옷이 아니라 낡은 옷을 다시 한번 입어보는 일일지도 모른다.

대낮의 명상홀에서 백일몽으로 딸을 만난 다음 날부터 나의 명상에 어떤 변화가 일어났다. 기이한 것은 결가부좌에 대한 공포나 두려움에서 벗어날 수 있게 되었다는 점이다.

비록 비난의 눈길이지만, 온몸을 옥죄는 통증을 다름 아닌 딸의 눈길이 부드럽게 어루만지는 것을 나는 느꼈다. 물론 육체적 인내의 한계를 넘나드는 통증 끝에 내가 스스로 만든 환상일 수도 있다.

그러나 나는 딸이 찾아왔다는 기쁨마저 거부할 수는 없었다. 하반신의 마비며 통증은 여전했지만, 한편으로는 그런 통증 자체가 일말의 안도감을 주었다. 나도 모르는 사이에 더는 결가부좌의 통증이나 두려움에 시달리지 않게 되었다. 또한 딸에 대한 죄의식이며 죄책감을 넘어서서, 딸에게 한 걸음 더 가까이 다가선 기분이기도 했다.

그래서였을까, 나는 이따금씩 거의 무의식적으로 들숨과 날숨을 쉬고는 했다. 호흡에 마음을 집중해야 한다는 어떤 부담감은 없었다. 나로서는 일종의 무료를 견디려고 해찰이라도 부리듯 가벼운 마음이었다.

눈을 감고, 그렇게 감은 눈으로 들숨과 날숨을 바라본다. 들이마시는 들숨을 코끝에서 1센티미터, 그리고 거기에서 잠깐 멈추었다가 내쉬는 날숨을 코끝까지 1센티미터, 이런 식으로 들숨과 날숨이 이어지는 것을 마치 다른 사람의 것인 듯 무심하게 바라본다.

그렇듯 무심하기 때문일까, 홀연히 내 몸이 모두 사라져버리는 것이었다. 아니, 사라진 것은 몸이 아니라 몸의 감각들이었다. 몸이 있다고 여겼던 자리에서 감각들이 사라지고 콧구멍만이 남았다. 그리고 그 콧구멍으로 들숨과 날숨만이 열심히 드나들고 있다.

들숨과 날숨은 콧구멍 속에서 흡사 솜사탕처럼 쉬지 않고 동글동글 돌아간다. 그러다가 마침내 콧구멍마저 사라지고, 거기에는 애오라지 솜사탕만이 남아서 동글동글 돌아간다.

얼마나 오래 솜사탕만이 남아서 동글동글 돌아갔을까. 어느 순간 나는 예의 솜사탕이 온몸에서 희미하게 어른거리던 어떤 빛과 연결되어 있다는 것을 알아차린다. 이를테면 향초의 연기처럼 혹은 아우라처럼 내 몸을 감싸던, 그리하여 딸로 하여금 길라잡이 삼아서 나를 찾아오게 이끌었던 그 빛이다. 그 빛이 지금 바로 콧구멍에 뭉쳐서 솜사탕처럼 돌아가고 있는 것이다.

문득 질문 하나가 떠올랐다.

'저 솜사탕 같은 게 혹시 호흡에 대한 마음집중이라는 그 아나빠나 사띠가 아닐까?'

나에게 생각이라는 것이 돌아온 것이다. 그러자 몸이며 몸의 감각들도 함께 돌아왔다. 나는 번쩍 눈을 떴다. 콧구멍에서 동글동글 돌던 솜사탕이 흔적도 없이 사라져버렸다.

《대념처경》에서 붓다는 아나빠나 사띠, 즉 들숨과 날숨에 대한 마음집중을 초심자들에게 마치 초등학교 1학년을 상대하듯 쉽고 자상하게 가르치고 있다. 너무 쉬워서 어이가 없을 정도다.

실제로 붓다는 세상에 나와 대중에게 자신의 깨달음을 전하기 전에 잠시 고민했다고 한다.

'과연 어느 누가 내가 도달한 위없는 깨달음의 진리를 제대로 이해할 수 있을까?'

붓다의 고민은 깨달음의 진리가 너무 어려워서가 아니라, 너무 쉽고 단순하여 아무도 그것을 믿지 않으려 한다는 데에 있었다. 당시 인도에서 요가며 힌두 같은 종교적 수행이란 고통에서 벗어나기 위하여 오히려 고통 속으로 몸과 마음을 몰아넣는 두타頭陀의 극단적 고행, 아니면 반대로 탄트리즘이라는 밀교의 극단적 쾌락만이 전부였다. 붓다는 그런 극단적 고행과 쾌락 둘 다를 무시한 채 아나빠나 사띠를 권한 것이다.

"애걔, 고작 코로 드나드는 호흡을 바라보는 게 사마타 위빠 사나 명상법의 전부라는 거야?"

만일 누군가가 나에게 묻는다면 나는 단 1초도 망설이지 않 고 대답하겠다.

"그게 다."

숨을 길게 들이쉬면서는 길게 들이쉰다고 마음집중하고, 길 게 내쉴 때는 길게 내쉰다고 마음집중한다. 그리고 숨을 짧게 들이쉴 때는 짧게 들이쉰다고 마음집중하고, 짧게 내쉴 때는 짧 게 내쉰다고 마음집중한다. 사마타니 위빠사나니 가릴 것도 없 이 이것이 바로 명상호흡법에 대한 붓다의 가르침 전부인 것이 다. 이외에 명상법이나 호흡법에 대한 다른 어떠한 기법이나 비 법 따위는 없다.

아나빠나 사띠란 '호흡에 대한 마음집중'이라고 번역되는 팔 리어다. 아나는 들숨이고 빠나는 날숨이다. 사띠란 마음집중 혹 은 알아차림으로 풀이한다.

아나빠나, 즉 들숨과 날숨에서 사띠는 사마타와 위빠사나에 서 약간 다르게 해석된다. 즉 사마타에서는 마음집중에 무게를 두고, 위빠사나에서는 알아차림에 무게를 두는 식이다. 아나빠 나 사띠의 들이쉬고 내쉬는 호흡에 대한 마음집중이나 알아차림은 결국 둘로 나눌 수 없는 하나인 셈이다. 마음집중 없이는 알아차림도 없고, 알아차림 없는 마음집중도 없다.

그러나 차츰 들숨과 날숨에 마음집중을 하다 보면 너무 쉬워서 어이가 없는 이 단순한 가르침이, 어느 날 문득 도저히 감당할 수 없는 엄청난 가위눌림으로 다가올지도 모른다. 어쩌면 바로 그때 수행자는 명상이라는 첫 문턱을 넘어서 다음 단계의 명상으로 들어서는 것이 아닐까.

'아, 붓다의 단순한 가르침 안에 이렇게도 가늠할 수 없이 깊고 넓은 가르침이 숨어 있었구나.'

호흡을 통한 마음집중이 없으면 내면을 바라보는 어떤 눈도 절대로 나타나지 않는다. 호흡에 대한 마음집중이 어느 정도 익숙해져야 알아차림이 뒤따르고, 내면을 바라보는 눈이 나타나는 것이다. 거듭 강조하지만, 이 둘이 동시에 이루어진다면 더욱 좋을 것이다.

사마타를 위주로 하는 파욱명상센터와 나머지 위빠사나 명상센터들의 서로 다른 수행법에 대하여 한 가지만 부언하고자 한다. 서로 다른 수행법이라고 말했지만, 어떤 점에서는 무시하고 넘겨도 좋을 단순하고 작은 차이점이 있을 뿐이다.

단순한 하나의 차이점은 들숨과 날숨의 호흡을 지켜보는 위치다. 사마타와 위빠사나는 그 위치 이외에는 다른 점이 전혀 없다. 그러나 그 위치의 다른 점 하나로 두 명상법 사이에 삼매와 선정의 있고 없고가 나뉘는 엄청난 결과가 나타난다.

파욱 사야도의 사마타 명상법에서는 들숨과 날숨이 드나드는 자리를 바로 코끝에 있는 콧구멍으로 잡는다. 그리고 콧구멍에서 들숨이 들고 날숨이 나는 1센티미터 공간에 마음을 집중한다. 반면에 위빠사나 명상법에서는 아랫배에 숨이 들어가서 배가 불룩하게 올라오면 배가 '일어나는' 것을 알아차리고, 배가 꺼지면 '사라지는' 것을 알아차린다. 마음을 집중하는 것이 아니라 아랫배가 '일어나고 사라지는' 것을 알아차리는 것이다.

위빠사나에서는 숨을 들이쉬고 내쉬는 찰나에 아랫배가 '일어나고 사라지는' 알아차림을 무엇보다도 중요하게 여긴다. 그러나 사마타에서는 숨을 '들이쉬고 내쉬는' 코끝 부분에 대한 마음집중을 중요하게 여기는 것이다. 그런데 크게 다르지도 않은 호흡을 바라보는 위치 차이로 붓다 당대의 가르침에서 사마타는 사라져버리고 위빠사나만 남았다. 도대체 사마타가 사라져버린 이유는 무엇일까.

실제로 인체에 작용하는 호흡의 생리적인 길이는 사마타의 코끝이나 위빠사나의 아랫배까지가 아니다. 코끝이나 아랫배에 상관없이 생리적 호흡은 다만 들숨에 코끝으로 들어가서 허파를 채웠다가 날숨에 다시 코끝으로 나간다.

사마타의 코끝이나 위빠사나의 아랫배는 다만 마음집중과 알아차림의 자리일 뿐이다. 사마타는 불과 1센티미터 남짓한 작은 공간에 마음을 집중하고, 위빠사나는 들숨이 콧구멍에서부터 목구멍을 지나 허파로 이어지는 동안에 배꼽 아래에 있는 아랫배가 불룩 '일어나는' 것을, 그리고 다시 날숨이 그 과정을 되짚어서 아랫배가 꺼지고 허파를 지나 목구멍으로 해서 콧구멍을 통해 밖으로 '사라지는' 과정을 알아차린다.

어쩌면 콧구멍 1센티미터를 들고 나는 호흡이라면 사마타의 마음집중이 충분히 가능하지만, 들고 나는 호흡이 콧구멍에서 아랫배까지 오르내리는 거리라면 마음집중이 자칫 느슨해지기 쉽다. 그런 거리라면 마음집중보다는 차라리 호흡이 일어나고 사라지는 것을 알아차리는 것이 낫다.

사마타에서 마음집중이 우선되고 위빠사나에서 알아차림이 우선된 이유가 바로 그 거리에 있는지도 모른다. 코끝 부분과 아랫배 부분의 거리가 마음집중과 알아차림으로 나뉘는 차이점이 된 것이다.

엉뚱하지만 여기에서 누구나 겪었을 법한 일화 한 토막을 소개하고 싶다. 아직 어린 초등학생인 내가 만화책에 빠져 한참 몰두해 있는데, 난데없이 어머니가 부지깽이로 등짝을 후려친다.

"아니, 그놈의 만화책이 그렇게 좋으냐? 밥 먹으라고 목이 쉬게 불러도 못 듣다니."

화가 나서 얼굴이 붉게 달아오른 어머니 앞에서 나는 고개를 설레설레 젓는다. 불과 3미터 거리의 마루방에서, 부엌에 있는 어머니의 목소리를 놓친 것이다.

"정말로 못 들었단 말야."

만화에 너무 빠져 있다 보니 자신도 모르는 사이에, 감각들 중 시각만이 남아서 만화에 집중되어 있었던 것이다.

바로 이런 몰입이야말로 마음집중의 경지일지도 모른다. 만일 이런 몰입이 호흡에 대한 마음집중에도 나타난다면, 그것으로 마음집중은 수행이 끝난 셈이다. 호흡에 몰입한 나머지 아무것도 보이지 않고, 들리지 않고, 덥거나 시원하다는 감각도 전혀 느껴지지 않는다. 그런 호흡에 대한 몰입의 다음 단계는 바로 삼매일 것이다. 그리고 삼매 다음에는 선정이 기다린다.

이런 식으로 쉽고 재미있게 호흡에 대한 마음집중에 몰입한다면 명상수행 또한 쉽고 재미있을 것이 분명하다. 그런 식으로 호흡에 대한 마음집중에 몰입하면 우선 우리가 일상적으로 사용하는 눈·코·귀·혀·몸의 감각은 물론 의식, 즉 마음 따위가 모조리 사라져버린다.

눈을 감고 몸 안에서 이루어지고 있는 들숨과 날숨에 몰입하여 집중이 이루어지면, 지금까지 전혀 몰랐던 새로운 눈이 생겨난다. 그렇게 새로운 눈이 들숨과 날숨을 바라본다. 그 눈은 우리가 일상에서 사용하는 눈이 아니다. 그 새로운 눈이 바로 마음집중이고 알아차림이다. 우리 식으로는 내관內觀이고, 내성內省이고, 각관覺觀이고, 각성覺醒이고, 관조觀照이고, 지관止觀이다.

만일 새로운 눈이 생겼다면, 그렇게 새로운 눈으로 마음집중과 알아차림에만 몰두하고 있다면, 누군가의 명상은 이미 어떤 단계를 넘어선 것이다. 자신도 모르는 사이에 어떤 단계를 넘어 새로운 단계로 들어선 것이다.

만화책을 보는 식이라면 어떻게 명상이 어려울 수 있으랴. 그런 쉽고 재미있는 마음집중이라면 당연히 마음에 어떤 부담도 없을 것이다.

그렇다.

사물에 몰입한다는 것은, 그 사물에 어떤 마음의 부담도 없다는 뜻이다.

파욱명상센터에는 사마타를 수행하기 위해 찾아온 영국 옥스퍼드 대학 출신 수행자의 이야기가 전설처럼 전해 내려오고 있다. 그이는 주황색 승복을 입은 테라와다가 되어 승가의 누구보다 성실하게 계율을 지키며 물경 10년이 넘는 시간을 사마타 수행에만 몰두했다.

테라와다로서 계와 율의 모범이 되었던 그이는 10년에 걸친 수행에도 불구하고 결국 사마타, 즉 삼매에 드는 데 실패하고 만다. 그때까지 명상센터에서는 입소한 지 서너 달이 되지도 않은 요기들이 사마타에 드는 일이 적지 않았는데, 그이는 10년을 넘기고도 사마타에 들지 못한 것이다. 결국 그이는 수행을 뒤로한 채 자진하여 명상센터 도서관에서 사서 일을 보았다. 그렇게 도서관의 책들을 관리하고 경전을 번역하는 등 다른 이들의 수행을 돕는 역할에 만족했다.

어쩌면 학문적이거나 논리적 사고를 중요시하는 학자 출신이라면 사마타가 맞지 않을지도 모른다. 사물 자체에 대한 확고한 자기주장 없이는 사물에 대한 접근을 꺼리는 지성적이거나 이성적 사고방식에 길들여진 이라면 사마타가 어려울 수도 있다.

비단 영국에서 온 테라와다 말고도 파욱명상센터에는 동서양을 가리지 않고 많은 외국인들이 10년 가까운 시간을 훌쩍 넘겨가며 버티고 있다. 그이들은 어느 누구 가릴 것 없이 필생으로 마음집중 혹은 알아차림을 하고 있을 것이다. 모르기는 해도 그런 장기 수행자들은 마음속에 마음집중을 가로막는 방해물이 있는 것이 틀림없다. 본인도 미처 알지 못하는 커다란 마음의 부담이 있지 않을까.

기실 명상이란 아나빠나 사띠의 들숨과 날숨을 가리는 따위에 앞서, 그 오랜 마음의 부담을 인정하는 것이 우선인지도 모른다. 이를테면 나의 더러운 피나 내 안에 똬리를 틀고 있는 추악한 괴물 같은 것이다.

결가부좌한 채로 눈을 감고 불과 1센티미터 길이에 불과한 콧구멍을 드나드는 들숨과 날숨을 보기만 하면 되는, 전혀 어렵지 않은 마음집중을 못 하게 막는 것은 무엇인가?

분하지만 바로 마음 아닌가?

소위 대승불교라는 우리의 선불교에도 소승불교의 사마타 위빠사나와 같은 뜻의 정혜쌍수定慧雙修와 성명쌍수性命雙修가 있다. 모두 선정과 통찰지를 함께 수련해야 한다는 뜻이다. 이 정혜쌍수나 성명쌍수는 우리 전래의 단전호흡이나 선도仙道 혹은 도가道家의 수행법에도 빠지지 않는다.

조계종의 화두선話頭禪이나 태고종의 묵조선黙照禪에서도 호흡에 대한 마음집중이나 알아차림을 통한 사마타 위빠사나 수행법을 알게 모르게 허락하는 문중이 없지는 않다. 그러다 보니 적잖은 우리 대승불교 스님들이 파욱명상센터까지 찾아와서 수행을 이어가고 있다.

파욱명상센터에 머무는 우리 스님들이 자랑스러운 것은 테라와다의 주황색 승복 대신에, 어려운 조건에도 잿빛 승복을 벗지 않고 있다는 점이다. 그렇게 당당한 잿빛 승복 차림으로 스님들은 우리의 화두선이나 묵조선 같은 참선법에 사마타 위빠사나 수행법을 접목시키려 하는 중인지도 모른다.

사마타나 위빠사나뿐만 아니라 요가, 힌두, 티베트 불교, 이슬람, 기독교를 위시하여 거의 모두가 호흡에 대한 마음집중이나 알아차림을 수련 과정에 포함하고 있다. 그런 식으로 나라나 지역의 특성에 따라 참으로 다양한 호흡법을 수행하고 있다.

비교적 무더운 인도의 요가에서는 주로 들숨을 짧게 하고 날숨을 길게 하여 몸 안에 남아 있을지도 모를 화기火氣나 불순물을 밖으로 뱉어내는 호흡법을 중요하게 여긴다.

그런가 하면 히말라야의 티베트 불교를 위시해서 중국의 도교며 선도에서는 들숨을 마셨다가 날숨으로 내뱉는 사이의 오랜 순간에 아예 숨 자체를 멈춰서, 소위 기를 안으로 모으는 지식止息 호흡법을 중요하게 여긴다.

일본의 스즈키 선사는 선禪에서 호흡에 대한 마음집중이 얼마나 중요한가를 몇 번이나 거듭 강조한다.

> 우리가 나라고 부르는 것은 우리가 숨을 들이쉬고 내쉴 때 움직이는 여닫이문에 불과하다. 그것은 그저 움직일 따름이다. 그것이 전부다. 그대의 마음이 이 움직임을 따를 수 있을 만큼 고요하다면 거기에는 아무것도 없다. 나도, 세계도, 마음도, 몸도 다 없다. 있는 것은 오로지 여닫이문뿐이다.

스즈키 선사의 가르침을 인용하는 것은 바로 마음집중이 얼마나 중요한가를 강조하기 위해서다. 선사는 마음집중을 들이쉬고 내쉴 때 움직이는 여닫이문이 되는 것이라고 한마디로 시원하게 단언하고 있다. 그렇게 마음집중이 되면 이 여닫이문 이외에는 나도, 세계도, 마음도, 몸도 다 없다는 것이다.

이 정도로 시원하게 단언할 정도라면, 스즈키 선사는 선불교에서 흔히 하는 말로 '한소식'하여 해탈의 경지에 이른 이가 분명하다. 그러나 이 통쾌하고 시원한 해탈의 한소식을 접하면서도, 정작 초심자로 이제 막 명상센터를 찾는 이의 처지를 생각하면 어딘가 자꾸 불안해진다.

초심자들의 처지에서는 스즈키 선사가 너무 높은 곳에서 노닐고 있는 것이다. "그대의 마음이 이 움직임을 따를 수 있을 만큼 고요하다면", 그리하여 몸과 마음이 애오라지 여닫이문이 된다면, "그밖에 아무것도 없"는 경지라면, 거기에서 무슨 수행이 더 필요하랴. 그런 경지에 다다른 이라면 결가부좌한 채로 힘들고 고통스럽게 들숨과 날숨을 바라보고 있을 이유가 당연히 없다. 구태여 명상센터 따위를 찾아서 고생하지 않아도 이미 나도, 세계도, 마음도, 몸도 다 없기 때문이다.

스즈키 선사가 들어선 해탈의 경지를 감히 깔아뭉개거나 폄하할 생각은 전혀 없다. 그러나 나는 선사에게 하나만 묻고 싶은 것이다.

'이제 막 명상센터를 찾아서 결가부좌를 하고 들숨과 날숨을 시작한 초심자의 처지라면?'

단언하건대, 아무런 보탬이 되지 않는다. 어렵게 명상센터를 찾아 결가부좌한 채로 자신의 삶을 들여다보고, 거기에서 더러운 피며 끔찍한 괴물을 만나려 하는 나 같은 초심자에게 스즈키 선사의 높은 경지는 어떠한 보탬도 되지 않을 것이다.

아니, 오히려 독이 될 게 뻔하다.

'어떻게 하면 여닫이문의 경지에 올라서지? 그리하여 여닫이문 이외에는 나도, 세계도, 마음도, 몸도 다 없는 경지에 다다르지?'

초심자에게 여닫이문은 흡사 붓다의 닙바나 경지처럼 너무 높고 어렵다. 그래서 누군가는 들숨과 날숨에 마음집중을 하기도 전에 먼저 여닫이문 때문에 무거운 부담만을 잔뜩 껴안을 것이 분명하다.

사마타 위빠사나 이외에도 요가 혹은 힌두를 위시하여 이슬람이며 기독교에도 나름대로 명상수행 안내서가 적잖을 터다. 그런데 그런 안내서를 공부한 누군가일수록 바로 그 안내서 때문에 명상하기 위해 앉아 있는 자체가 힘들어지는 악순환에 빠지고 만다.

'명상 안내서에서는 이 단계에 이렇게 하라고 했는데…… 왜 나는 이것 하나마저 따라가지 못하고 헤매는 것일까?'

누군가의 머릿속에는 자신의 내면과는 전혀 상관없는 안내서의 구절만이 맴돌고 있다. 이런 식으로 명상에 대한 알음알이가 생기게 되면, 누군가가 읽은 명상 안내서 또한 더 이상 안내서가 아니고 독이다.

내 안에 있는 추악한 괴물을 힘들어하던 마흔 살 무렵에, 나는 처음으로 용기를 내어 무슨 초월명상을 가르치는 국내의 명상센터를 찾아간 적이 있다. 수행하는 이들 사이에 섞여 앉았을 때, 명상 지도자가 참으로 맑고 고운 목소리로 말했다.

"자, 이제부터 눈을 감고 마음속에 고요한 호수를 떠올리서요. 그 호수 한편으로는 저녁노을이 아름답게 펼쳐지고 있습니다. 이제 그 아름다운 호수로 마음의 여행을 떠납니다."

나는 명상센터의 문을 박차고 나왔다. 아니, 당장 추악한 괴물이 무섭게 노려보는데, 어떻게 고요한 호수를 떠올려 마음의 여행을 떠나란 말인가. 나에게 저녁노을이며 호수는 이미 독이 되어 있었다.

달라이 라마가 기거하는 인도 다람살라 지역의 가장 위쪽 마을에 위빠사나 명상센터가 있다. 주로 배낭여행자들이 구경 삼아 가벼운 마음으로 며칠씩 드나드는 곳이다. 그곳에서는 단 하루를 머물다 가는 여행자일지라도 반드시 여권이며 돈을 맡기게 했다. 명상센터를 찾은 여행자 중 몇몇은 반드시 명상홀에 앉은 지 불과 몇 시간 지나지 않아 울부짖고, 소리치고, 욕설을 내뱉고, 미친 것처럼 날뛰다가, 끝내는 맨발로 뛰쳐나간다는 것이다. 미쳐서 날뛰다가 맨발로 명상센터를 뛰쳐나가는 누군가는 나처럼 자기 안에 꿈틀대고 있는 추악한 괴물을 본 것이 틀림없다.

'저건 절대로 내가 아니야. 어떻게 내 안에 저렇게 끔찍한 살기와 분노와 질투와 증오와 성욕 따위가 들어 있단 말인가?'

그때 나는 혼자 머리를 끄덕였다.

'이 명상센터가 적어도 엉터리는 아니군.'

중국을 위시하여 우리나라 같은 선불교의 명상에 대한 가르침은 입문 자체부터 너무 어렵다. 적어도 나 같은 초심자에게는 난해한 수수께끼로 여겨질 뿐이다.

소위 소승이라고 불리는 초기불교의 쉬운 가르침에 비하면, 대승의 선불교는 결코 단순하지 않다. 선불교는 초입 단계에서부터 까마득히 높은 절벽 아래에 선 것 같은 절망감과 무력감에서 벗어나지 못하게 한다.

선불교가 5월의 꽃밭처럼 화려하게 피어나는 당송시대. 운문雲門 선사에게 이제 막 머리를 파랗게 민 어린 중이 묻는다.

"어떤 것이 부처입니까?"

운문 선사가 단칼에 자른다.

"마른 똥막대기다."

운문 선사는 어린 중에게 부처가 너무 높게 보이는 것이 딱했는지도 모른다. 그리하여 부처마저 독처럼 자칫 어린 중을 해칠 것이라고 여겼는지도.

한술 더 떠서 덕산德山 선사는 시중 앞에서 목청껏 소리친다.

"여기에는 부처도 없고 법도 없도다. 달마는 비린내 나는 늙은 오랑캐요, 십지보살十地菩薩은 똥 푸는 하인이요, 등각等覺·묘각妙覺 두 보살은 파계한 범부요, 보리열반은 당나귀 매는 말뚝이요, 십이분교十二分敎는 귀신이 종기 닦은 휴지장이요, 사과四果와 삼현三賢과 초심과 십지는 낡은 무덤을 지키는 귀신이니 자신인들 구제하겠는가?"

불교 관습의 파괴자로 일컬어지는 임제臨濟 선사도 한마디 참을 수가 없다.

"절대로 세상의 속임수에 걸리지 말라. 안에서나 밖에서나 만나거든 곧 베어버려라. 부처를 만나거든 부처를 베고, 달마를 만나거든 달마를 베고, 아라한을 만나거든 아라한을 베고, 부모를 만나거든 부모를 베고, 가족을 만나거든 가족을 베어버려라."

도원道元 선사도 수승한 말로 거든다.

"몸과 마음이 지워졌도다! 모두가 이러한 상태를 경험해야 한다. 그것은 구멍 뚫린 항아리에 물을 붓는 것과 같아서 아무리 붓고 또 부어도 항아리는 채워지지 않는다. 이것을 깨달을 때 비로소 항아리의 밑바닥은 깨어지게 된다."

단도직입의 회양懷讓 선사는 칼로 베듯 자른다.

"어떤 것이 해탈입니까?"

제자가 묻고,

"누가 자네를 속박했는가?"

회양 선사가 자른다.

"어떤 것이 정토淨土입니까?"

다시 제자가 묻고, 다시 회양 선사가 자른다.

"누가 자네를 더럽혔는가?"

"어떤 것이 열반입니까?"

다시 제자가 묻고, 다시 회양 선사가 자른다.

"누가 자네에게 생사를 짊어지게 했는가?"

아직 불문의 때가 묻지 않은 행자마저 선사들과 함께 벌써부터 가장 높은 단계에서 노닐고 있다. 행자는 법사 스님을 따라 불전에 서더니 불현듯 불상을 향해 퉤, 침을 뱉는다.

법사 스님이 놀라서 외친다.

"행자 주제에 버릇이 없구나. 도대체 왜 부처님께 침을 뱉는 거냐?"

행자가 힐끔 법사 스님을 돌아보더니 대답한다.

"부처님이 안 계신 곳을 알려주십시오. 그럼 거기다 침을 뱉겠습니다."

법사 스님이 말을 잃고 서 있자 행자는 돌아선다.

행자의 뒷소식은 모른다. 그러나 선불교가 그렇듯 꽃답게 화려했던 시절에는 갓 출가한 행자마저 자기가 가야 할 방향이 어딘가를 벌써 깨닫지 않았으랴.

당송시대 선불교의 선사들이며 심지어 이름 모를 행자에 이르기까지 그이들은 모두 선지식善知識이 되고, 그이들의 한마디는 모두 화두가 되었다. 그리하여 나같이 몽매한 초심자의 절망감과 무력감은 아예 외면한 채, 일천칠백 가지 공안公案으로 화두선의 밑바탕을 이루어 마침내 선불교를 화려하게 꽃피웠다.

바로 여기

수행자는 하늘로 비상해 그 정점에 이르는 새와 같습니다. 새는 여행가방을 절대로 지니고 다니지 않습니다. 능숙한 수행자는 모든 짐으로부터 자유로워져 마음의 아름다운 정점으로 날아오릅니다. 수행자는 이러한 인식의 정상에서 스스로의 직접적인 경험을 통해 '마음'이라고 부르는 것의 의미를 이해하게 됩니다. 동시에 '자아' '신' '우주'라고 부르는 것들에 대한 본질도 모두 이해하게 될 것입니다. 사유의 세계가 아니라 마음속 고요가 비상하는 정점, '바로 여기'가 깨달음의 자리입니다.

— 아잔 브람,《놓아버리기》

내가 '바로 여기'라는 찰나의 한순간에 집착하는 이유는 애오라지 딸이 들어선 섬망의 세계 때문이었다. 언제부터인가 딸이 들어선 섬망의 세계에 나는 일종의 경외심을 품고 있었다.

섬망에 들어선 후의 딸에게서 나는 어떠한 통증은 물론 고통마저도 발견하지 못했다. 단말마며 죽음에 대한 어떤 공포감이나 두려움도 본 적이 없다. 섬망에 들어간 딸에게서 내가 본 것은 소위 선정에서 말하는 평온이었다. 바로 내 눈앞에서 섬망으로 들어간 딸이 나를 떠나 다른 시공간으로 가는 순간에도, 나는 애오라지 평온만을 보았을 뿐이다.

딸은 모든 감각과 생각을 넘어서 마음의 활동마저 멈추고 그렇게 몸과 마음을 텅텅 비워버렸다. 그리하여 솜털처럼 짧은 찰나에 섬망을 통해 새로운 시공간으로 가볍게 넘어가버린 것이다.

대낮의 명상홀에서 백일몽처럼 딸을 만난 다음에, 나는 결가부좌 자세에서 오는 하반신 마비나 통증에 시달리는 일이 더는 없어졌다. 어쩌다 통증이 느껴지면 그것은 기이하게도 통증을 넘어서는 어떤 안도감으로 작용했다.

들숨과 날숨의 솜사탕을 얼마 동안 바라보고 있었을까. 나는 그 솜사탕을 지켜보는 시각을 제외한 청각이며 후각 같은 신체적인 감각들이 모두 사라져버린 것을 알아차렸다. 초등학교 시절 만화책에 몰입하여 어머니가 부르는 소리를 듣지 못했던 것처럼.

솜사탕을 바라보고 있는 사이에 그런 감각들만 사라진 것이 아니다. 나로 하여금 그토록 온몸을 비틀며 비지땀을 흘리게 하던 결가부좌의 고통마저 사라져버렸다. 아니, 사라져버린 것은 고통이 아니라 고통을 느끼는 통각인지도 모른다. 그렇게 몸의 감각들이 사라지고, 그와 함께 마음마저도 사라져버렸다.

어디에도 나는 없다. 몸과 마음이 모조리 사라진 자리에 있는 것은 솜사탕뿐이다. 어디론가 증발이라도 하듯이 사라져버린 나 대신에, 그 자리에는 들숨과 날숨의 연속성이 만든 작은 솜사탕만이 코끝과 콧구멍 사이 1센티미터 공간을 동글동글 돌고 있다.

들숨과 날숨이 솜사탕처럼 동글동글 도는 것을 나는 다만 지켜보고 있다. 아니, 정확하게 표현한다면, 지켜보고 있는 것은 내가 아니다. 바로 나에게 새로 생긴 내면의 눈이다. 그 내면의 눈에는 몸은 물론 생각이나 사고, 분별 같은 마음의 영역 따위는 전혀 끼어들 틈이 없다. 그렇게 내가 아닌 내면의 눈만이 들숨과 날숨을 날카롭게 지켜보고 있을 뿐이다.

바로 그 작은 솜사탕을 지켜보고 있는 내면의 눈이 마음집중이며 알아차림일 것이다. 그렇다. 그런 마음집중이며 알아차림이 나에게서 솜사탕 이외에 모든 것들을 어딘가로 날려 보내버린 것이다.

아잔 브람 선사 식으로 표현하면, 어쩌면 솜사탕은 '바로 여기'일지도 모른다. 그렇게 나 또한 '바로 여기'에 들어가서, 아잔 브람 선사가 달콤하게 속삭이는 자아라거나 신, 우주 그리고 고요가 비상하는 정점으로 가고 있는지도 모른다.

나는 그러나 아잔 브람 선사의 달콤한 속삭임을 향해 단호하게 고개를 저었다.

'나로 하여금 콧구멍에 솜사탕을 매달게 한 것은 결단코 자아라거나 신, 우주 그리고 고요가 비상하는 정점 따위가 아니다!'

나에게는 오매불망 딸이 들어선 섬망의 세계가 있을 뿐이었다. 만일 내가 조그만 솜사탕에 실려 어딘가 더 높은 곳으로 올라간다 한들, 거기에는 오로지 딸이 들어간 섬망의 세계가 존재하리라.

아잔 브람 선사는 태국 우본의 숲속 수행자인 아잔 차 선사의 서양인 제자다. 일찍이 영국에서 대학에 다니다가 불교에 입문한 그이는 대학을 그만두고 태국에서 주황색 승복을 입는다.

아잔 브람 선사는 아잔 차 선사의 제자가 되어 드디어 사마타 위빠사나를 만난다. 그리고 마침내 사마타 위빠사나의 지혜를 깨달아 《놓아버리기》며 《성난 물소 놓아주기》라는 품격 높은 수행서를 펴낸다.

미얀마의 파욱 사야도와는 달리 아잔 차 선사를 위시한 우본의 숲속 수행자들이 어떤 경로로 붓다 이후 사라졌던 사마타 위빠사나 수행을 되살리게 된 것인지는 알려져 있지 않다. 다만 서로 닮은 점은, 파욱 사야도와 아잔 차 선사 둘 다 승가를 벗어난 숲속 수행자들이라는 점이다.

아잔 브람 선사는 깨달음의 자리를 "사유의 세계가 아니라 마음속 고요가 비상하는 정점, 바로 여기"라고 단언하고 있다. '바로 여기'에만 도달하면 수행자는 "스스로의 직접적인 경험을 통해 '마음'이라고 부르는 것의 의미를 이해하게" 된다는 것이다.

아잔 브람 선사의 단언은 감미롭다. '바로 여기'에만 도달하면 나같이 마음에 괴물이 도사리고 있는 자도 마음의 의미를 이해하고, 아울러 자아며 신, 우주의 본질까지 이해하게 된다는 것이다.

어쩌면 '바로 여기'야말로 명상의 세계에서 가장 중요하게 여기는 정점일지도 모른다. 초기불교의 삼매와 선정, 선불교의 화두선과 묵조선이 이르고자 하는 목표일지도 모른다.

묵조선의 스즈키 선사 또한 '바로 여기'를 참선의 모든 것이라고 단호하게 이른다.

> 좌선의 자세는 온전한 마음의 상태를 얻으려는 수단이 아니다. 이 자세를 취한 그 자체가 바른 마음의 상태이다. 여기서 다른 특별한 마음의 상태를 구할 필요는 없으며, 가장 중요한 것은 자신의 육체를 소유하는 것이다.
>
> 만일 그대가 슬럼프에 빠지게 되면 그대는 자기를 잃고 마음은 이리저리 방황하게 될 것인즉, 이때 그대는 그대의 몸 안에 존재하지 않을 것이다. 그것은 불행한 일이다.
>
> 우리는 여기, 바로 지금 존재해야만 한다. 이것이 좌선의

요체이다. 그대는 그대 자신의 몸과 마음을 가져야 한다. 모든 것은 적절한 곳에 적절한 방식으로 존재해야 한다.

스즈키 선사는 이어서 좀 더 자상하게 파고든다.

우리가 좌선을 수행할 때 우리의 마음은 항상 호흡을 따라한다. 숨을 들이마시면 공기는 내면세계로 들어오고, 숨을 내쉬면 공기는 외부세계로 나온다. 내면세계는 무한하며 외부세계 또한 무한하다.

여기서 내면세계 또는 외부세계라고 말하지만, 실제로는 하나의 총체적인 세계가 있을 따름이다. 그대가 '나는 숨쉰다'라고 생각할 때의 나는 참된 내가 아니다. '나'라고 말하는 그대는 없다.

스즈키 선사는 여닫이문 운동이 왜소하고 이기적인 자아의식이 아닌 우주의 본성 혹은 붓다의 깨달음을 가져온다고 주장한다. 이 깨달음 안에서 우리가 삶이라고 여기는 좋음과 나쁨, 이것과 저것, 나와 너 따위의 일상적인 이원론적 방식들이 있는 그대로 보이기 시작한다는 것이다.

스즈키 선사의 '있는 그대로의 방식'이란 분리할 수 없는 존재의 표현방식을 뜻한다. '너'는 이인칭의 형식으로 우주를 인식한다는 것을 의미하며, '나'는 일인칭의 형식으로 우주를 인식한다는 것을 의미한다. 기실 너와 나는 '바로 여기'에서는 그저 여닫이문일 뿐이다. 그런 여닫이문을 통해서만 진정한 삶을 경험한다.

'바로 여기'를 수행의 핵심으로 여기는 것은 비단 불교만이 아니라 거의 모든 고등종교가 마찬가지일 것이다. 비록 모양이나 형식은 다를지라도 모든 수행에는 반드시 '바로 여기'라는 정점이 그 핵심으로 자리한다.

'바로 여기'는 시간적으로 과거나 미래가 아닌 현재의 '바로 여기'이며, 공간적으로도 지나온 과거나 미래의 어떤 곳이 아니라 자신이 앉아 있는 지금 이 자리인 것이다. 그렇게 시간적으로나 공간적으로 다른 곳이 아닌 바로 여기를 붙잡고서, 그 바로 여기를 분명하게 지켜내는 것이 수행의 전부이다.

'바로 여기'의 현재란 들숨과 날숨 한번, 혹은 눈 깜짝할 사이에 지나버리는 찰나의 한순간이다. 그 찰나의 한순간을 지나치면 그 한순간마저도 이미 과거이며, 다음 찰나의 한순간은 아직 오지 않은 미래이다. '바로 여기'에는 찰나의 한순간 이외에는 아무것도 없다. 찰나에 지나쳐버리는 '바로 여기'란 결국 어느 하나 붙들 수 없는 존재이자 자아, 신, 우주의 본질인 것이다.

위빠사나 지혜의 '바로 여기' 또한 결국 찰나의 한순간이다. 그렇듯 찰나의 한순간에 일어나고 사라지는 모든 형상은 무상하며, 찰나의 한순간에 무상하게 일어나고 사라지는 모든 존재는 무아이며, 찰나의 한순간에 일어나고 사라지는 모든 존재는 결국 무엇 하나 붙잡을 수 없는 고통 그 자체인 것이다.

'바로 여기'라는 정점에 대한 훈련은 대승이라는 중국과 일본 그리고 우리나라의 화두선과 묵조선 같은 선불교에서도 중심으로 삼았던 수행법이다. 아니, 넘쳐날 만큼 과도하게, 추상적이고 탈속으로 발달했는지도 모른다.

어떻게 보면 선불교의 '바로 여기'는 마음에 대한 훈련이라기보다는 마음 자체마저 거부하는 분위기도 없지 않다. 선불교에서 '바로 여기'란 마음 자체가 사라져버리는 공空의 경지를 목표로 여기는 것이다.

달마 조사에서 비롯하여 육조 혜능에 이른 선불교는 '붓다의 가르침은 문자나 언어 따위 경전이나 교학에 있지 않고 따로 전해졌으니, 오직 마음 자체만을 견성하여 붓다에 이르는 길'을 표방한다. 이른바 '불립문자不立文字 교외별전敎外別傳, 직지인심直指人心 견성성불見性成佛'이 그것이다.

마음을 지켜보는 견성 외에는 달리 길이 없다는 선불교의 가히 혁명적인 발상은 다분히 도교의 도道와 그 궤를 같이하는지도 모른다. 도는 바람이나 물과 같이 계속해서 움직이는 힘으로 느껴지는 삶의 실재實在로, 불교의 공空보다도 한층 더 실천적이고 역동적인 개념이다.

불교의 궁극적인 목표가 윤회의 과정으로부터 벗어나 순수의식을 유지하는 것이라면, 도교는 결코 일상적인 의식을 넘어서려고 하지 않는다. 다음이 아닌 바로 여기에서 도와 일치해야 하고, 그렇게만 되면 사물에 대해 가지는 일상적인 의식은 저절로 도의 작용을 따르게 되는 것이다.

불교가 처음 중국에 들어왔을 때는 일상적인 세계를 거부하려는 인도적인 요소를 어느 정도 지니고 있었다. 그러나 도교의 영향을 받으면서 세계를 거부하는 종교에서 세계를 변혁시키는 종교로 탈바꿈하게 된 것이다. 결국 삶의 본질적인 실재가 모든 집착에서 벗어날 때 이해될 수 있다는 인도의 불교와, 삶을 무위無爲의 상태에 방임해둘 때 도와의 조화를 실현할 수 있다는 도교가 합쳐지며 거기에서 선불교가 탄생했다. 바로 여기에서 도를 실천하는 무위와 삶의 실재에서 벗어나는 불교의 해탈이 하나로 합쳐진 것이다.

선불교에서 '바로 여기'라는 마음에 대한 훈련은 언어나 사고로는 이해될 수 없는 삶 자체의 날것에 즉물적으로 다다르는 것이다. 어느 사이에 그 날것은 지금까지 삶의 저편에서 있는 듯 없는 듯 흡사 신기루처럼 혹은 아지랑이처럼 자신을 헤매게 하는 붓다의 그림자가 되어 있다.

중국의 선불교는 임제종의 화두선과 조동종의 묵조선이 나오면서 그 화려함이 극치에 다다른다. 임제종에서는 구태여 화두를 들지 않아도 마음을 '바로 여기'라는 한곳으로 모을 수 있는 상근上根의 경지 외에는 누구나 선지식을 지닌 스승에게서 화두라는 방편을 받아야 한다.

선불교에서 선지식이 상근의 제자를 구하는 방식이야말로 가혹하기 그지없다. 특히 화두선은 '한순간에 뛰어넘어 바로 붓다의 자리에 오른다[一超直入如來地]'는 섬뜩한 돈오頓悟의 경지를 내걸고 있는 만큼, 일찍이 세속을 벗어난 추상적이고 직관적인 상근의 제자를 우선시한다.

화두를 구하러 온 제자에게 선지식이 이른다.

"암컷 솔개가 수컷과 교미하기 전에 암컷은 자기를 원하는 수컷과 함께 사흘 동안 하늘을 날아다닌다. 암컷을 능가할 수 있는 수컷만이 그 암컷을 소유하게 된다."

백은白隱 선사는 다짜고짜 제자에게 묻는다.

"한 손으로만 손뼉을 치면 무슨 소리가 날까?"

혜능慧能 선사는 화두를 구하는 제자들에게 대뜸 공空부터 이른다.

"내가 그대들에게 공에 대하여 말할 때 거기에 집착하지 말라. 특히 공에 대한 어떠한 개념에도 집착하지 말라. 마음을 비우고 그저 묵묵히 앉아 있으면 그런 중에 개념적인 공에 들어가게 된다. 하늘의 가없는 공은 각양각색의 만물을 포용하고 있다. 해와 달, 산과 강, 숲과 나무, 악인과 선인, 선한 가르침과 악한 가르침, 극락과 지옥, 이 모든 것이 공에 내재되어 있다. 그대들 본성本性의 공도 이와 같다. 그것 역시 모든 것을 포용한다. 그러므로 공은 위대하다. 모든 것이 그대 자신들의 공에 내재되어 있다."

임제 선사도 참지 못하고 거든다.

"그대들은 무엇을 찾아서 그토록 열심히 뛰어다니는가? 그대들 눈먼 백치들이여. 자신의 머리를 다시금 자신의 머리 꼭대기에 놓으려 하는가? 그대들 머리는 있어야 할 자리에 얹혀 있지 않은가? 문제는 자기 자신에 대한 믿음이 충분하지 못하다는 데 있다. 자신의 존재를 믿지 않기 때문에 그대들은 다른 상황에 처할 때마다 이리저리 두드려 맞는 것이다. 객관적인 상황들에 둘러싸여 노예가 된 채 그대들은 자유를 잃고 자기 자신을 정복할 수 없게 된다. 외부로의 지향을 멈추어라. 그리고 내 말에도 집착하지 말라. 과거에도 집착하지 말고 미래를 동경하지도 말라. 이것이 10년간의 순례수행보다 낫다."

임제 선사를 세상에 내보낸 황벽黃檗 선사가 어이 빠지랴.

"도를 구하는 사람은 사찰을 찾아 견문각지見聞覺知, 즉 보고 듣고 깨달아 알아야 제대로 마음을 아는 것이라고 오인한다. 이 견문각지를 텅 비워버려야 비로소 마음길이 끊기어서 어느 곳에도 들어갈 틈이 없는 것이다. 설사 견문각지로 마음을 만날지라도 본래 마음은 견문각지에도 속하지 않으며, 그것을 떠나서 있지도 않다. 그러므로 견문각지 가운데 다만 견해를 일으키거나 생각을 움직이지 말아야 하며, 그렇다고 해서 견문각지를 떠나 마음이나 법을 찾아서도 안 되며, 견문각지를 버리고 법을 취해서도 안 된다. 그러면 나아가지도 여의지도 않고, 머물지도 집착하지도 않으며, 종횡으로 자재하여 어디든지 사찰 아닌 곳이 없다."

봉두난발로 저잣거리를 헤매던 구걸승 한산寒山 선사도 빠질 수가 없다.

"나는 산보를 하고 있었다. 그때 갑자기 내 몸과 마음이 존재하지 않는다는 것을 깨닫고 걸음을 멈추었다. 내가 볼 수 있는 것은 어디든지 널리 퍼져 있으며, 완전하고 투명하고 고요한, 위대하게 빛나는 하나의 전체뿐이었다. 이것은 지상의 모든 산과 강을 투사할 수 있는 거울 같았다. 나는 마치 내 몸과 마음이 전혀 존재하지 않는 것처럼 맑고 투명하게 느낄 수 있었다."

신회神懷 선사도 더는 참지 못하고 슬그머니 끼어든다.

"근원적인 지혜로부터 해석해야 돈오다. 단계를 밟아 오르는 깨달음은 없다. 자연이야말로 돈오다. 각자 마음의 빈자리가 돈오다. 마음이 고정될 수 없는 곳이 돈오다. 본래의 마음에 눈뜰 뿐으로 거기에 아무것도 더하지 않는 것이 돈오다. 공空이라고 말해서 공에 사로잡히지 않고, 그렇다고 공이 아닌 것을 좋아하지 않는 것이 돈오다. 나라고 해서 나에 사로잡히지 않고, 그렇다고 무아無我를 좋다고 하지 않고, 삶과 죽음을 버리지 않고 열

116

반에 들어가는 것이 돈오다."

선불교의 선사들은 너나없이 저마다 참으로 통쾌하게 자신의 몸과 마음을 벗어난 경지에서 자유와 순수의식을 만끽하고 있다. 그런 경지는 옆에 있는 초심자마저 벼락이라도 맞는 것처럼 황홀한 감흥을 일으키게 한다. 그런 경지에 이르기까지 마음을 비우는 어떤 훈련이나 기법에 대한 가르침을 이제 막 화두를 구하는 초심자는 뜻밖에 어디에서도 만나기가 쉽지 않다. 흔히 초심자들이 간절하게 묻기 마련인, '어떻게 마음을 비우는가?'라는 질문에 대한 구체적인 답은 거의 없다.

선불교에서 마음을 비우는 공부가 어차피 도교적인 무위나 방임이 깃든 다분히 출세간적인 경지인 만큼, 세속의 냄새를 풍기는 질문은 처음부터 허용되지 않았을지도 모른다. 즉물적으로 한순간의 신기루나 아지랑이처럼 이루어지는 경지를 '어떻게' 따위로 묻는 자체가 속물일 수밖에 없다.

"마음을 비우고 그저 묵묵히 앉아 있으면 그런 중에 개념적인 공에 들어가"고, "그대들 머리는 있어야 할 자리에 얹혀 있지 않은가? 문제는 자기 자신에 대한 믿음이 충분하지 못하다는 데 있다"는 질책을 넘어서 "그때 갑자기 나의 몸과 마음이 존재하지 않는다는 것을 깨닫고 걸음을 멈추"는 경지, "삶과 죽음을 버리지 않고 열반에" 드는 경지가 아닌가.

선불교의 참선수행에도 얼핏 초심자의 얇은 귀를 쫑긋 세우게 하는, 쉽게 여겨지는 경구가 없지는 않다.

"한 생각에 멈추어라!"

'한 생각'이란 시간적으로는 과거도 아니고 미래도 아닌 현재이며, 공간적으로는 거기도 아니고 저기도 아닌 바로 여기다. 지금 여기에 멈추어서 한 생각이 두 생각으로 이어지지 않는 '지금 여기'의 시공간이야말로 참선의 전부라는 뜻이다.

한 생각이라는 날것 하나가 마음에 달라붙었을 때 어떻게 할 것인가. 그 한 생각 자체에 머물고 또 다른 생각으로 이어지지만 않는다면, 그것으로 생각 자체는 물론 마음에 어떠한 번뇌도 만들어질 수가 없다는 경구다.

얼핏 쉬워 보이는 이런 경구마저 초심자에게는 결코 쉽지가 않다. 한 생각이 찾아왔을 때 바로 그 자리에서 생각을 멈추게 한다는 공부 자체가 초심자에게는 난제다. 도대체 어떻게, 무슨 수로 생각을 멈추게 한단 말인가.

몇 해 전에 입멸한 청화淸華 선사는 안심법문安心法問에서 낮은 목소리로 이른다.

"앉아 있는 자체만으로 이미 붓다!"

앉아 있는 것만으로도 이미 붓다라는데, 앉아 있는 것만으로 나와 우주가 하나라는데, 이런 경지조차 초심자로서는 어떻게 흉내조차 낼 수 없이 아득하다. 그런 경지에 대해 어떻게 참선 운운한다는 말인가.

초심자의 질문 '어떻게'는 여기서도 무시되고 있다. 붓다에게 조금이라도 가까이 다가가고 싶은 마음이 생긴다면, 참선 자체 마저도 그만 헛된 욕심이 되어버린다. 결코 초심자가 쉽게 여길 경지가 아니다. 생각을 생각 자체로 멈추게 하는 경지라면, 그리고 앉아 있는 자체가 붓다의 경지라면, 더 이상 마음을 비우는 따위의 공부가 왜 필요하랴.

'한 생각'이나 '앉아 있는 자체가 붓다'라는 가르침마저 초심자에게는 자칫 주눅 들기 마련인 어려운 공부일 뿐이다. 초심자로서는 무엇보다도 차례차례 계단을 밟아서 체계적으로 올라가는 유치원식 공부가 절실한 것이다.

달마 이래 조사 시절을 지나 당송시대를 지나기도 전에, 그토록 신비스럽고 황홀하게 개화한 선불교는 거짓말처럼 하르르 무너져버리고 만다. 붓다를 똥막대기로 치우고 불립문자로 경전을 불태우던 일천칠백 공안은 서슬 푸른 통찰지혜 대신에 쓰레기 같은 알음알이에 공안 자체마저 무의미해져버린다.

알음알이의 쓰레기에 파묻힌 공안 중에서 지금은 고작해야 '시심마是甚麼' 혹은 '이뭣고'나 조주趙州 선사의 '무자無字' 따위 화두만 있는 듯 없는 듯 남아 있다. 그런 선불교의 뒤편에는 저 화려한 개화의 시절에 비롯된 세속에 대한 경멸이 그 원인으로 숨어 있는지도 모른다. 아니 세속이라기보다는 아직 세속의 냄새를 못 지운 하근下根의 욕심에 대한 경멸인지도 모른다.

붓다가 해탈로 넘은 생사의 일대사를 그야말로 단박에 뛰어넘는다는 살기등등한 호기와는 달리, 선불교는 초기부터 두 가지 선병禪病이라는 병폐를 드러내었다. 무기無記와 혼침昏沈에 빠져 있으면서도 그것을 오직 묵묵히 조명하는 것으로 잘못 아는 선병이 하나다. 그리고 화두를 여러 가지 궁리와 사고로 헤아려 알아내려고 하는 알음알이의 산란이라는 선병이 둘이다.

인도의 불교나 힌두가 주로 계율이나 혹독한 금욕수행 같은 두타행을 통하여 삶의 실재나 순수의식에 도달하는 식이라면, 선불교는 차라리 도교의 무위와 방임을 우선시한다. 그러한 무위와 방임으로 삶의 신비와 아름다움을 한순간에 꿰뚫을 수 있는 즉물적인 순수의식을 갈구한다.

초기불교의 명상수행에는 어디를 둘러보아도 선불교와는 달리 어느 하나 신비하다거나 눈이 번쩍 뜨일 경구 같은 황홀한 가르침은 보이지 않는다. 너무도 쉽고 단순해서, 세상의 누구도 믿지 않을 것이라고 고민했다는 붓다의 진리가 아닌가.

나로서는 선불교의 초월적인 실재나 순수의식보다는 초기불교인 아잔 차 선사의 '마음을 훈련하라'는 유치원식 가르침이 차라리 우선이었다. 즉물적인 깨달음으로 한순간에 꿰뚫는 삶의 신비나 아름다움 같은 황홀하고 화려한 과정은 어차피 처음부터 내 몫일 수 없었다.

실존의 흔적 2

아빠를 다시 보는 순간, 내가 이미 죽었다는 사실조차 잊어버릴 정도로 놀라고 말았다.

'정말 아빠가 맞아?'

아빠는 내가 있지도 않은 눈을 크게 뜨고 의심할 만큼 사람 자체가 달라 보였다. 내가 한눈에 알아볼 수 있었던, 상반신이 비비 꼬여 금방이라도 꽈당 소리를 내며 바닥으로 넘어질 것 같은 우스꽝스러운 모습이 더 이상 아니었다. 잔뜩 일그러진 오만상에 번들대던 비지땀이 거짓말처럼 사라지고 없었다. 필사적으로 몸부림치던 육체적 고통마저도 씻은 듯이 지워버린 해맑은 얼굴이었다.

아빠는 상체부터 하체까지 허리를 반듯하게 세운 자세로 한 폭의 정물화처럼 고요하게 앉아 있었다. 건물 안의 승려나 다른 사람들과 전혀 구별할 수 없이 자연스럽게 뒤섞여서, 누구보다 평화롭고 여유롭게 앉아 있는 자체를 즐기는 모습이었다.

'무엇이 아빠를 저렇듯 변화시킨 걸까?'

어떤 고통도 없이 해맑은 아빠의 얼굴을 대하는 순간, 나는 일종의 배신감마저 느꼈다. 만일 아빠에게서 나에 대한 어떤 고통이 사라졌다면, 바로 그 고통의 중심에 자리하고 있던 나마저도 사라져버린 셈이다.

그런 식이라면 나의 존재는 죽기 전부터 이미 아빠에게 어떤 의미도 없었던 것이다. 나로부터 도망쳐서 낯선 열대지방의 수도원에 앉아 오만상을 하고 필사적으로 몸부림치던 아빠는 결국 가짜였던 것이 분명하다.

'나라는 존재가 불과 한 달 만에 깨끗하게 지울 수 있는 허접쓰레기 따위에 불과했단 말이야?'

살아생전에 나는 한 번도 명상 쪽을 기웃거려본 적이 없다. 오히려 그런 쪽에 대하여 알 수 없는 거부감과 함께 강한 경멸감까지 지니고 있었다. 당장 살아 있다는 깊은 수렁에서 허우적이던 내가 그런 쪽을 기웃거린다면 그것이야말로 삼류 코미디였을 것이다.

아빠를 내려다보며 나는 있지도 않은 고개를 몇 번이고 갸웃거렸을 것이다. 편안하고 온화한 아빠의 얼굴이 무슨 가면처럼 여겨졌다. 가면만 남겨놓고 아빠는 정작 내가 모르는 어딘가로 깊숙하게 숨어버린 것만 같았다.

사라져버린 것은 나의 존재만이 아닐지도 모른다. 어쩌면 아빠의 존재까지도 사라져버렸을지 모른다.

'아빠는 자신의 존재 자체도 놓아버린 채, 도대체 어디로 가버린 걸까?'

나는 불쑥 스스로에게 물었다.

'그런데 저 가면이 왜 낯설지가 않지?'

살아 있는 동안에는 결코 내 얼굴에 만들어본 적이 없을 저 편안하고 온화한 표정의 가면을, 삶의 어딘가에서 분명히 만든 적이 있는 느낌이었다. 그것도 삶의 아주 먼 곳이 아니라 손에 잡힐 듯 가까운 곳에서.

'아아.'

어느 순간에 나는 소리 없는 외마디 탄성을 올렸다. 물론 소리는 없었지만, 분명히 탄성을 들었다. 탄성과 함께, 이승에서 저승으로 건너오던 그 순간이 캄캄한 공간 속에서 생생하게 살아오는 것을 보았다.

'섬망.'

그렇다. 이승과 저승이 이어지는 캄캄한 공간 속에서 생생하게 살아오고 있는 그 순간은 분명한 섬망이었다. 블랙홀처럼 나에게 남은 의식들을 모조리 빨아들이는 섬망의 순간에, 나는 이승에서 저승의 공간으로 첫발을 내디딘 것인지도 모른다.

나는 섬망의 블랙홀로 빠져들어 곧장 이승에서 저승으로 건너왔을 것이다. 바로 그 섬망을 편안하고 온화한 아빠의 표정

속에서 만난 것이다.

내가 겪었던 모든 병명이며 통증이 블랙홀처럼 빠져들어
갔던 그 섬망이 지금 아빠의 가면 속에서 펼쳐지고 있었다. 그
섬망의 블랙홀이 바로 아빠의 가면 속에서 흡사 얇은 커튼처럼
고요하게 일렁이고 있는 것이다.

섬망의 블랙홀로 빠져드는 순간, 이승에서 저승으로 첫발을
딛는 순간, 어쩌면 나 또한 아빠의 가면과도 같이 편안하고
온화한 얼굴이었을지도 모른다. 아빠의 가면 같은 얼굴을 아주
멀리서인 듯 들여다보며 내가 들어섰던 섬망을 느낄 수가
있었다.

'통증 자체로만 존재했던 나에게서 통증이 사라져버렸다면?
그리하여 단말마의 고통이나 공포도 없이 가볍고 아늑하게
죽음을 맞이했다면?'

한동안 아빠를 지켜보고 있던 나는 문득, 아빠를 찾아온 첫날
아빠의 몸에서 희미하게 어른거리던 어떤 빛이 사라진 것을
알아챘다. 있는 듯 없는 듯 희미한 빛이지만, 향초의 연기처럼
혹은 아우라처럼 분명하게 아빠의 몸을 감싼 채 어른거렸었다.
그 빛은 아빠의 몸에서 풀려나더니 마침내 내가 부유하고 있는
공간까지 올라와 실낱처럼 나에게 연결되었다. 나는 좀 더
가까이 들여다보는 마음으로 아빠를 살폈다.

나는 이내 아빠의 코언저리에서 희미한 빛을 발견할 수

있었다. 작은 비눗방울 같은 그 빛은 코끝에 둥글게 매달린 채 아빠가 숨을 쉴 때마다, 들이쉬고 내쉬는 숨결에 따라 가늘게 떨리면서 금방이라도 떨어질 듯 위태롭게 대롱거리고 있었다.

약간은 신비롭게 바라보고 있는 사이, 위태롭게 대롱거리던 빛 덩어리는 좀 더 커지면서 뚜렷하게 모습을 나타내었다. 비눗방울처럼 둥근 빛 덩어리가 마치 살아서 움직이는 생명체 같은 느낌이었다. 그렇게 빛 덩어리를 느끼는 순간, 나에게서 또다시 외마디가 소리도 없이 새어 나왔다.

'아, 빛 덩어리 안에 아빠가 있어.'

내가 섬망으로 들어갔던 어떤 순서라도 따른 것처럼, 아빠는 빛 덩어리 안으로 들어가 있었다. 어쩌면 아빠는 자신이 지금 어디서 무엇을 하고 있는지 전혀 의식하지 못할지도 모른다. 나는 다시 한번 소리 없는 외마디를 질렀다.

'빛 덩어리 안에 나도 있어.'

중요한 것은 아빠가 지금 거의 몰아에 빠져서 무엇엔가 집중하고 있고, 그 집중의 대상이 바로 나라는 사실이었다. 어쩌면 섬망 비슷한 몰아가 아빠로 하여금 필사적으로 몸부림치게 하던 육체적 고통마저 잊고, 해맑은 얼굴로 평온하고 여유로운 가부좌 자세를 만들게 했는지도 모른다.

나는 아빠의 집중이며 몰아를 비로소 이해할 수 있었다. 아빠는 나로부터, 아니 나의 죽음으로부터 도망쳐서 낯선 열대지방까지 온 것은 아니다. 나의 존재 자체를 지워버리기 위해서도 아니다. 아빠가 이곳에 와서 가부좌 자세를 하고 앉은 이유는 단 하나일 것이다.

"절대로 후아, 너 혼자 죽게 하지는 않을 테다. 아빠가 함께할 거야."

아빠가 몰아의 상태에 빠져들어 집중한 것은 바로 나의 죽음 혹은 나라는 존재의 부재일 것이다. 또한 아빠가 여기에 와서 빠져든 명상이니 결가부좌 자세니 하는 것은 바로 나의 부재를 만나기 위함인 것이다. 내가 육체도 없는 부재의 상태에서 감각만이 남아 실존의 흔적을 찾아다니는 것처럼, 어쩌면 아빠도 내 뒤를 따라서 내 실존의 흔적을 찾아 나선 것인지도 모른다.

아빠는 명상이며 결가부좌 자세의 통증 속으로 들어가서, 그 통증을 자양분 삼아 온몸에 희미하게 어른거리는 빛을 만들어냈을 것이다. 그리고 그 빛을 향초의 연기처럼 혹은 아우라처럼 풀어내어 내가 부유하고 있는 공간까지 올라왔을 것이다.

아빠는 그렇게 이승과 저승이라는 서로 다른 공간을 넘어서서 나에게 연결되었다. 그리하여 마침내 코끝에 비눗방울처럼 매달린 빛 덩어리 안에서 아빠와 나는 서로를 확인했다.

니밋따

아나빠나 사띠의 니밋따는 개인에 따라서 다양하게 나타난다. 어떤 사람에게는 목화솜 또는 솜으로부터 뽑은 실뭉치, 움직이는 바람 또는 틈으로 들어오는 바람, 새벽별 금성처럼 밝은 빛, 밝은 루비 또는 진주같이 순수하고 깨끗하다. (중략) 니밋따가 새벽별처럼 빛나고 찬란하고 반짝일 때가 빠띠바가 니밋따이다. (중략) 아나빠나 사띠는 하나의 명상 주제이지만 니밋따는 다양한 형태로 나타난다. 니밋따는 사람에 따라 각각 다르게 나타난다. 《청정도론》에서는 니밋따가 지각에 의해서 생성되기 때문이라고 설명한다. 《청정도론》 주석서에서도 니밋따가 떠오르기 전에 수행자가 지녔던 지각 때문이라고 설명한다.

— 파욱 사야도, 《사마타 위빠사나》

파욱명상센터에 들어온 지 한 달이 훌쩍 지나고 있었다. 명상홀에 앉아 코끝과 콧구멍 사이 1센티미터에서 동글거리는 솜사탕을 지켜보고 있는 사이에, 솜사탕을 제외한 감각 자체가 모두 사라져버리는 일이 자주 일어났다.

보고 듣고 냄새 맡고 만지고 스치는 감각들은 물론, 결가부좌로 하반신이 마비되는 고통에서 오는 통각마저도 사라져버린다. 아니 몸의 감각들만이 아니다. 감각을 따라 일어나서 사물을 분별하는 생각이 사라지고, 그렇게 마음마저 사라져버린다. 그리하여 나는 결국 아무것도 없는 공간이 되어버리는 것이다.

나에게 남은 것이 있다면 오직 내면의 눈이다. 마음집중이며 알아차림을 헤아리는 내면의 눈만이 남아서 들숨과 날숨의 솜사탕에 몰입하고 있다. 내면의 눈이 지켜보는 나는 결국 들숨과 날숨의 솜사탕만이 전부인 것이다.

어느 날 바로 그 솜사탕에 불현듯 빛 덩어리가 엉켜드는 사태가 일어났다. 솜사탕의 크기와 모양 그대로 빛 덩어리는 새하얗게 빛나고 있었다.

'어, 저게 뭐야?'

놀란 나머지 나는 입안엣소리로 묻고 말았다. 그와 동시에 솜사탕에 엉켜 있던 새하얀 빛 덩어리가 거짓말처럼 사라졌다.

놀란 마음이 진정되지 않아서일까. 한동안 새하얀 빛 덩어리는 더 이상 나타나지 않았다. 그러자 새하얀 빛 덩어리가 어쩐지 딸을 처음 만나던 날의 백일몽처럼 여겨지는 것이었다.

'결국 헛것을 본 거야. 언감생심이지 나 같은 괴물 따위에게, 빛은 무슨 빛.'

나는 스스로를 조롱하며 고개를 절레절레 저었다. 그리고 더 이상 사라진 빛 덩어리에 연연하지 않고 다만 들숨과 날숨에 집중했다.

며칠이나 지났을까. 솜사탕에 엉키던 새하얀 빛 덩어리를 거의 잊어버렸을 무렵이었다. 결가부좌한 지 얼마 지나지 않아 솜사탕에 빛 덩어리가 엉켜 새하얗게 빛나는 것이었다. 그런데 그것이 빛나는 곳은 예전의 자리가 아니었다. 솜사탕이 동글동글 돌던 코끝과 콧구멍 사이 1센티미터가 아니라 아예 콧구멍 밖으로 나와서, 바로 코끝에 매달린 채 새하얗게 빛나고 있었다.

코끝에 매달려 대롱거리는 빛 덩어리를 지켜보는 순간, 한 가지 의심이 떠올랐다.

'혹시 콧물이 매달린 건 아닐까?'

손등으로 코끝을 훔쳐서 확인했지만 콧물 따위는 묻어나지 않았다. 그렇게 명상이 깨지고, 당연히 코끝에 매달린 솜사탕 같은 빛 덩어리도 사라져버렸다.

다음 날 명상홀에서 다시 들숨과 날숨에 마음집중을 했을 때, 기다렸다는 듯이 솜사탕 같은 빛 덩어리가 코끝에 다시 나타났다. 언제 사라진 적이 있었냐는 듯이 천연덕스럽게 코끝에 매달려 빛나는 것이었다.

빛 덩어리는 코끝에 매달린 채 떨어질 듯 말 듯 여전히 대롱거린다. 들숨과 날숨에 따라 어느 때는 흐려지기도 하고, 어느 때는 더욱 밝아지기도 하면서 언제까지나 코끝에서 대롱거리며 새하얗게 빛나고 있다.

빛 덩어리는 며칠이 지나도 사라지지 않았다. 마치 접착제로 붙여놓은 것처럼 단단히 코끝에 매달려서 대롱거린다.

언제부터인가 빛 덩어리를 제외한 나머지 나의 몸은 바위처럼 딱딱하게 굳어 있다. 아니, 몸 자체가 숫제 커다란 바위가 되어 있다. 그리고 그 바위를 코끝에 매달린 빛 덩어리가 오롯이 비추고 있다. 들숨과 날숨은 강물 같은 흐름이 되어 어디선가 흘러와서 바위에 부딪히고는 다시 어디론가 흘러간다. 들숨과 날숨의 흐름 속에서 바위가 되어버린 나에게, 이따금씩 어떤 생각이나 느낌들이 마치 자맥질이라도 하듯이 떠오르기도 한다.

생각이나 느낌들도 나와는 무관한 아주 먼 세상의 일처럼 아무런 의미도 없이 흘러와서 바위에 부딪힌다. 그러고는 미처 의미를 헤아리기 전에 바위를 지나쳐서 벌써 어디론가 흘러가고 있다. 바위가 되어 있는 동안에는 시간이며 공간도 마찬가지다. 한번 결가부좌를 하면 어느새 두세 시간을 훌쩍 넘기기 십상이다. 그런가 하면 바위 또한 어디에 어떻게 박혀 있는지 공간을 가늠할 수조차 없다.

빛 덩어리 아래서 바위가 된 채, 내가 머물고 있는 시공간이 이승인지 저승인지조차 얼핏 구별이 되지 않는다. 다만 명상에서 깨어나면, 명상홀에 앉아 있는 나 자신을 확인할 뿐이다. 이따금 결가부좌 자세에서 비롯된 하반신의 마비와 통증마저도 먼 세상의 일처럼 희미하다. 통증은 어떤 통각도 남기지 않고, 들숨과 날숨의 흐름에 따라 흘러와 바위에 부딪혔다가는 어디론가 흘러간다.

시공간이 모호한 모든 것들을 애오라지 들숨과 날숨의 빛 덩어리만이 비추고 있다. 그러다 보면 결국 빛 덩어리마저 자연스럽게 나와 한몸이 된다. 내가 작위로 빛 덩어리를 만들어낸 것이 아니고, 이미 오래전부터 나와 한몸으로 거기에 있었던 것처럼 여겨지는 것이다.

빛 덩어리를 일구는 들숨과 날숨은 좀 더 가늘고 깊어졌다. 그리고 맙소사, 어느 날 빛 덩어리가 잉걸불이나 자동차의 라이트처럼 번쩍이면서 눈부시게 타오르는 것이었다.

빛 덩어리가 너무 눈부신 나머지 내면의 눈마저도 제대로 바라볼 수 없게 되어버렸다. 아니, 내면의 눈이 아니라 실제로 눈두덩마저도 삽시간에 퉁퉁 부어올랐다. 밤늦게 꾸띠로 돌아갈 때면, 그러잖아도 작은 눈이 거의 감길 정도가 되어 앞이 잘 보이지 않았다. 나는 어쩔 수 없이 자주 발을 헛디디고는 했다.

명상홀에서 번쩍거리는 빛 덩어리와 함께 지내다가 꾸띠로 돌아오면, 뚱뚱 부은 눈에서 눈물이 흘러나왔다.

'세상에, 나 같은 괴물에게도 빛이 나타나다니!'

그 무렵이 되어서야 나는 비로소 솜사탕 같은 빛 덩어리가 사마타에서 말하는 소위 아나빠나 사띠의 니밋따라는 것을 인정하게 되었다. 그리고 니밋따 중에 처음 나타난다는 욱가하 니밋따를 이미 지나쳐서 빠띠바가 니밋따에 이르렀다는 것도.

파욱 사야도는 법문집《사마타 위빠사나》에서 밝히고 있다.

> 대부분의 경우에 목화솜 같은 순수하고 하얀 니밋따가 익숙한 표상을 나타내는 욱가하 니밋따이다. 이것은 산뜻하지 않고 흐릿하다. 니밋따가 새벽별처럼 찬란하고 반짝일 때가 선명한 표상으로서의 빠띠바가 니밋따이다. (중략) 아나빠나 사띠는 하나의 명상 주제이지만 니밋따는 다양한 형태로 나타난다. 니밋따는 사람에 따라 각각 다르게 나타난다.

어쩌면 나는 니밋따를 길라잡이로 드디어 딸이 들어간 섬망의 세계에 다다른 것인지도 모른다. 그렇다. 내가 바위가 되어 자칫 시공간을 구별하지 못하고 통증마저도 먼 세상의 일처럼 희미하다면, 내가 존재하는 곳은 단 한 곳, 딸의 섬망 속이다.

빠띠바가 니밋따에 들어섰다는 것은 내가 바로 딸의 섬망 속으로 들어섰다는 의미이다. 니밋따의 빛 덩어리가 잉걸불이나 자동차의 라이트처럼 번쩍거리고 눈두덩까지 퉁퉁 부어오르면서, 드디어 나는 이승과 저승의 시공간을 넘어서서 딸의 실존을 만난 것이다. 결국 딸과 나는 니밋따에서 하나가 되었다. 그리하여 마침내 딸이 앓았던 온갖 병들이며 죽음까지 만난 것이다. 아니, 그렇게 나는 딸의 실존을 만난 것이다.

번쩍이는 빠띠바가 니밋따가 비춰주기 전에는, 정말이지 딸에 대해서 무엇 하나 알지 못했다. 어리석게도 나는, 도대체 무엇이 딸을 죽음으로 몰아넣었나 하는 뻔한 질문조차 헤매야 했던 것이다.

빠띠바가 니밋따가 나타나고 한 달이 지났을 무렵, 어느 날 코끝에 매달려 있던 니밋따의 잉걸불이 뒷골 쪽으로 쑤욱 빨려들어갔다. 그러고는 아예 그곳에 자리를 잡아버렸다. 뒷골에 자리잡은 니밋따는 열대의 태양처럼 이글거리면서 숫제 뇌수 전체를 불태웠다. 나는 불태운다고밖에는 표현하지 못하겠다.

니밋따는 뇌수를 모조리 태워 없애버리려는 듯이 맹렬하게 타올랐고, 나는 더 이상 명상홀의 원통형 방충망 속에 앉아 있지 않았다. 나는 그늘 한 점 없는 열대의 지글거리는 태양 아래 온몸을 드러내고 앉아 있었다. 열대의 태양 아래 머리통에서부터 줄줄 땀을 흘려 온몸이 땀투성이가 되었다. 어느새 셔츠며 반바지는 물론, 깔고 앉은 주황색 방석마저도 흥건히 젖어버렸다.

그럼에도 불구하고 뒷골에 자리잡고서 뇌수를 태우는 니밋따의 태양은 결코 사라지지 않았다. 나는 그렇게 땀을 흘리며 백열지옥을 경험했다. 그래, 그것은 백열지옥이었다.

'세상에, 햇빛 한 줄기 스며들지 않는 어두컴컴한 명상홀에서 백열지옥을 헤매고 있다니.'

땀방울에 흠뻑 젖어서 백열지옥을 헤매면서도, 기이하게 나는 일말의 고통도 느끼지 못했다. 오히려 명상에서 깨어났을 때, 백열지옥이 내가 살아낸 삶이며 사물에 대한 인식이며, 심지어 어리석은 무명까지도 모조리 불태워버리는 기분이었다. 백열지옥을 헤매는 사이에, 딸의 섬망의 세계를 헤매고 다니면서 여기저기에서 딸의 실존을 만났을 것이다. 그리하여 마침내 딸과 하나가 되었을 것이다.

백열지옥에서 헤매는 내가 대견스럽기까지 했다. 그러나 한편으로는 백열지옥이 딸에 대한 속죄 의식에서 비롯되었다는 것을 모르지는 않았다.

'백열지옥을 수만 번 헤맨들, 어떻게 딸에 대한 죄의식에서 벗어날 수 있으랴.'

며칠이 지나도 뒷골에 자리잡은 니밋따의 태양이 사라지지 않자, 땀투성이가 된 나는 할 수 없이 원통형 방충망을 치웠다. 그러고는 셔츠마저 벗고 웃통을 드러낸 채 결가부좌를 했다.

나는 명상홀 가장 뒤쪽으로 슬그머니 자리를 옮겼다. 내 모습이 다른 수행자들에게 얼마나 역겹고 흉하게 보일지 모르지는 않았다.

실존의 흔적 3

 나는 죽은 후에야 비로소 내 삶에서 자유로워진 셈이다. 살아 있는 동안에 나는 내 삶에서 자유로울 수 있으리라고는 단 한 번도 생각해본 적이 없다. 그렇듯이 죽어서도 자신에게서 자유로울 수 있으리라고는 생각하지 못했다.

 '살아서 자유롭지 못했는데 어떻게 죽는다고 그 삶에서 자유로울 수 있을까.'

 그러나 나는 지금 내 삶에서 자유롭다. 내가 자유롭다고 여기는 것은 무엇보다도 아직 나에게 남아 있는 감각 때문이다. 육체가 사라져버린 뒤에도 아직 남아서 환상통이나 메아리처럼 실존의 흔적을 찾아다니는 감각 자체가 나에게는 자유처럼 여겨지는 것이다.

 사물을 보고, 소리를 듣고, 냄새를 맡고, 통감에 시달리고, 살갗에 스치는 촉감이며 심지어 그것들을 아우르는 육감이라는 의식까지, 감각은 모두 자유로운 셈이다. 어쩌면 거푸집이라고 할 수 있는 육체가 사라져버렸기 때문에, 그

거푸집에서 벗어난 만큼 감각이 자유로운 것인지도 모른다.

나의 감각은 자유로운 그만큼, 살아생전에 한 번도 보고 듣고 만지지 못했던 미지의 사물들마저 자유롭게 느낀다. 이를테면 눈이라는 거푸집이 없어져버린 시각은 내가 살아생전에 보지 못했던 사물들의 벽을 뚫고서 감히 그 반대편까지 볼 수 있다.

'눈이 있을 때는 보지 못했던 사물의 반대편을 눈이 없어진 다음에야 보게 되다니!'

결국 나는 살아서 만나지 못했던 사물의 반대편을 죽은 다음에야 볼 수 있게 된 셈이다. 육체가 사라진 바로 그만큼의 시간과 공간에서, 더 이상 어떤 한계도 없이 그 시간과 공간을 마음껏 넘나들게 되었다.

시간이나 공간에서 자유로워진 나의 감각은 일차원이나 이차원의 세계를 넘어선 것인지도 모른다. 아니, 거기서 더 나아가 삼차원이나 사차원의 세계까지 어렵지 않게 넘나들지도 모른다.

기이하지만 감각에서 처음으로 자유를 느낀 것은 바로 아빠의 명상을 통해서였다. 아니, 명상을 통해서라기보다는 하루의 대부분을 가부좌하고 있는 아빠의 몸에서 하얗게 빛나는 빛 덩어리를 통해서였다.

이를테면 살아 있는 사람들에게는 전혀 보이지 않을 빛 덩어리가 나에게는 너무 환하게 보이는 것이다. 어쩌면 빛 덩어리를 밝히고 있는 아빠 자신보다도 내가 더욱 잘 보고 있을지도 모른다.

이따금씩 아빠의 빛 덩어리를 바라볼 때마다 나는 존재하지도 않는 눈을 한껏 치뜨며 놀라고는 했다. 환하게 빛 덩어리를 밝힌 채 그 빛 덩어리에 집중하고 있는 몰아경의 아빠를 볼 때마다 나는 한 가닥 의아심을 감출 수 없었다.

'지금 아빠와 내가 하나의 시공간에 존재하는 건 아닐까.'

아빠는 이승이라는 공간에 있고 나는 저승이라는 공간에 있다는 엄연한 공간의 구별에도 불구하고, 빛 덩어리를 통해서 아빠와 내가 하나의 시공간을 공유하고 있다고 착각하고는 했다.

'도대체 아빠가 밝히고 있는 빛 덩어리의 무엇이 그런 착각을 일으키게 하는 걸까.'

중요한 것은 아빠의 빛 덩어리를 볼 때마다, 빛 덩어리가 아빠의 내면 깊은 곳을 이리저리 헤매고 다닐 때마다, 그 빛 속에 함께 비치고 있는 내 존재를 확인할 수 있다는 점이다.

아빠가 명상에 빠져 하루가 다르게 변모해가는 모습을 곁눈질하면서, 나는 아빠에게 겹쳐 있는 나를 거듭 확인하고는 했다. 아니, 나라기보다는 육체를 버리고 저승이라는 공간에 와서 존재의 부재 속에서 실존의 증거를 찾고 있는 나의 감각을 확인하고는 했다.

아빠가 자신에게 몰두하는 몰아와 집중의 과정이 깊어지면 깊어질수록, 아빠의 빛 덩어리 속에 겹쳐 있는 나의 감각 또한 더욱 투명하게 빛난다.

아빠의 빛 덩어리에서 처음으로 나의 감각을 찾아낸 것은, 내가 이승에서 저승으로 건너오던 순간이었는지도 모른다. 블랙홀처럼 나에게 남은 의식들을 모조리 빨아들이던 섬망의 순간이, 이승과 저승이 이어지는 캄캄한 암흑의 공간이 아빠의 빛 덩어리 속에서 스크린의 한 장면처럼 뚜렷하게 비치고 있다.

캄캄한 섬망 속으로 사라져버린 나의 감각들이 바로 아빠의 빛 덩어리를 통해 살아나고 있는 것이다. 더 이상 육체도 없는 나의 감각들은 아빠가 명상으로 밝힌 빛 덩어리의 공간에서 서로 연결되어 있다.

아빠에게 빛 덩어리가 떠오르면, 그 순간 보고 듣고 맡고 씹고 만지고 스치는 아빠의 여러 감각은 모두 사라져버린다. 마치 섬망에 빠져든 나에게서 모든 감각과 의식마저 사라져버린 것처럼.

모든 감각이 사라져버린 아빠는 빛 덩어리 자체가 되어 빛나고 있다. 그런 아빠의 빛 덩어리 어디에선가는 사라진 감각들 대신에, 아빠의 것인 듯 아닌 듯 정체를 알 수 없는 눈길만이 빛 덩어리를 지켜보고 있다. 아니, 빛 덩어리라기보다는 빛 덩어리가 밝히는 모든 것을 지켜보고

있다. 아빠가 아닌 제3의 존재가 분명한 그 눈길은 다만 빛
덩어리가 밝히는 것들을 깊고 그윽하게 지켜보고 있을 뿐이다.

　나는 빛 덩어리를 통해서 비로소 아빠의 명상이라는 것을
인정했을 것이다. 아빠의 명상은 다름 아닌 아빠의 방식으로
나의 부재를 만나기 위한 도구였던 것이다.

　빛 덩어리도 마찬가지다. 마치 내가 육체가 없는 감각만으로
실존의 흔적을 찾아다니듯이, 아빠 또한 빛 덩어리로 내 실존의
흔적을 찾아 나선 것이다.

색계 사선정

선정에 도달하면 마음은 끊어지지 않고 빠띠바가 니밋따에 고정된다. 이 상태는 수 시간 또는 밤새, 심지어 온종일 지속될 수도 있다. 마음이 빠띠바가 니밋따에 한 시간 또는 두 시간 동안 집중된 상태를 유지하게 되면 바왕가가 머물고 있는 심장에서 인식하려고 시도해야 한다. 바왕가는 밝게 빛나며, '마음의 눈'이라고 주석서에서는 설명하고 있다. 이렇게 계속해서 시도한다면, 바왕가와 거기에 나타나는 빠띠바가 니밋따를 동시에 인식할 수 있을 것이다. (중략) 이와 같은 방식으로 평온과 일념을 가진 사선정을 얻는다.

— 파욱 사야도, 《사마타 위빠사나》

어느 날, 머리에서 열대의 태양처럼 번쩍이며 나를 백열지옥으로 몰아넣던 니밋따가 쑤욱, 목덜미를 타고 아래로 내려갔다. 그러고는 심장 부분에 자리를 잡는 것이었다. 그 심장 부분을

《사마타 위빠사나》에서는 심장토대라고 부른다.

니밋따가 심장에서 번쩍거리는 것과 동시에 심장토대에서부터 진동이 시작되었고, 나는 사시나무처럼 온몸을 덜덜 떨어야 했다. 그렇게 진동으로 온몸을 떨면서도, 한편으로는 까닭을 알수 없는 황홀감마저 느꼈다. 어쩌면 그 황홀감은 진동과 함께 비롯된 것인지도 모른다. 나를 사시나무처럼 떨게 하는 진동이며 황홀감을 도무지 납득할 수 없었다.

'세상에, 니밋따의 백열지옥 속에서 황홀감에 몸을 떨다니!'

도대체 어떻게 백열지옥의 고통과 황홀감이 동시에 존재할수 있는 것일까? 기이한 것은 황홀감에 온몸을 덜덜 떨고 있는데도 니밋따는 사라지지 않고 여전히 불타오른다는 점이었다. 나는 도무지 황홀감을 주체할 수 없었다. 어쩌면 부끄러움도 느꼈을 것이다. 그 황홀감에서 섹스의 오르가슴이 연상되기까지 했다.

황홀감이 시작된 첫날, 명상이 끝나고 꾸띠로 돌아가자마자 팬티를 벗어서 냄새를 맡았다. 혹시 나도 모르게 사정 따위 육체적 행위가 일어났을지도 모른다는 두려움 때문이었지만, 다행히 그런 일은 없었다.

진동이며 황홀감이 신기 들린 무당과 흡사하게 여겨지기까지 했다. 맨발로 날카로운 작두 위에 올라서서 덩실덩실 춤을 추는 무당의 모습이 환상으로 떠올랐다.

'혹시 무당의 신기나 무기巫氣 같은 것에 사로잡힌 것은 아닐까? 아니면 무술이나 선도를 하는 이들이 자칫 무리하게 수련하다가 걸린다는 주화입마走火入魔에 빠진 것인지도.'

나중에 알아본 바에 따르면, 《사마타 위빠사나》에서는 그 황홀감이 초선정의 다섯 요소 중에서 위따까와 위짜라 때문에 일어난다고 밝히고 있었다.

위따까는 마음이 빛이라는 대상을 향하는 집중력, 위짜라는 마음을 계속해서 빛이라는 대상에 고정시키는 집중력인데, 바로 그 위따까와 위짜라 때문에 황홀감이 일어난다는 것이었다. 초선정의 다섯 요소는 위따까와 위짜라 외에 삐띠라는 기쁨, 수카라는 행복감, 그리고 마지막으로 에깍가따라는 일념一念으로, 이 일념에 들면 언제까지나 평온이 지속된다고 한다.

명상홀에 앉기만 하면 찾아오는 진동과 황홀감에 나는 속절없이 며칠을 두고 전전긍긍해야 했다. 그것을 선정이나 초선정 혹은 색계 사선정과 연결시킬 수는 없었다.

'이 추악한 괴물한테 뭐, 선정이라고?'

파욱명상센터에는 명상을 전문으로 지도하고 인터뷰도 해주는 테라와다 사야도들이 있었다. 사야도라는 명칭은 명상을 지도하는 스님들 외에 다른 스님들은 함부로 사용하지 못하는 모양이었다.

명상센터에서는 따로 인터뷰실을 두고, 파욱 사야도의 제자 두세 명이 인터뷰어가 되어 주로 명상의 구체적인 과정과 경과를 지도하고 있었다. 외국인들은 일주일에 몇 번 차례를 정하여 따로 인터뷰를 하는 식이었다. 명상센터의 사야도들은 인터뷰 시간에 영어만 사용해서 주로 유럽 쪽에서 온 외국인들이 인터뷰 대상이 되고 있었다. 나처럼 짧은 영어로는 전문적인 명상 용어를 사용해야 하는 인터뷰 자체가 쉽지 않았다.

파욱 사야도의 법문집《사마타 위빠사나》에서는 영어가 서툰 한국인은 명상센터에 아예 오지 않는 게 좋을 것이라는 충고를 드러내놓고 강조하고 있었다. 법문을 번역한 역자의 후기에서였다.

파욱명상센터에 온 지 두 달이 넘도록 나는 한 번도 인터뷰실을 찾아가지 않았다. 나 같은 추악한 괴물이 인터뷰실을 찾아간다는 것 자체가 어쩐지 명상을 모독하는 일처럼 여겨졌기 때문이다.

내가 더 이상 견디지 못하고 처음으로 인터뷰실을 찾아가서 사야도 앞에 앉은 것은, 명상은 물론 정신마저도 무언가 잘못되었을지도 모른다는 두려움 때문이었다. 이러다가 미쳐버릴지도 모른다는 걱정마저 들었다.

나를 인터뷰실로 데려간 사람은 가까운 꾸띠에 머물고 있던 현성 스님이었다. 이미 칠순을 훌쩍 넘겨 팔순이 다 된 현성 스님은 미국 시카고의 불타사라는 사찰의 주지로 있었는데, 어쩌면 이번 삶에서 마지막이 될지도 모르는 사마타 수행을 위해 먼 길을 나선 것이었다.

현성 스님의 두 평 남짓 되는 꾸띠를 찾아가자, 의자에 앉은 채 명상에 들었던 그이가 눈을 번쩍 떴다. 그러고는 얼굴을 잔뜩 일그러뜨려 깊은 주름살을 만들면서 끄응, 앓는 소리를 냈다.

"처사님이 어쩐 일이우?"

"송구스럽지만 스님께 여쭈어야 할 일이 생겨서요. 아무래도 스님 외에는 의논드릴 만한 분이 생각나지 않아서 이렇게 결례를 무릅쓰고……."

내가 말끝을 맺지 못하고 우물거리자 현성 스님이 잠자코 고개를 끄덕거리더니 말했다.

"나 같은 늙은이를 다 찾아오다니, 무슨 사달이 난 것 같기는 하구려. 미안하지만 나는 이대로 의자에 앉아 있을 테니 처사님은 아무 데나 편하게 앉아서 말씀하시구려. 내가 워낙 무릎 관절통이 심하여 가부좌는커녕 명상홀에도 못 가고 방 안에서 이렇게 명상이랍시고 의자에 앉아 있는 중이오."

현성 스님은 시카고의 절에서부터 몇 년째 관절통을 앓았는데, 이따위 관절통쯤이야 하고 무시한 채 무리해서 수행길에 나섰다가 그만 병증이 덧나버린 것이었다.

나는 현성 스님에게 최근에 일어난 상상조차 할 수 없는 괴이

쩍은 상황에 대해 더듬거리며 어눌하게 털어놓았다. 거의 초등학생 수준에 머물러 있는 나의 영어 회화 능력에 대해서도.

더듬거리는 나의 말을 잠자코 들어주던 현성 스님이 끄응, 안간힘을 쓰며 의자에서 일어섰다. 그리고 딱 한마디를 내뱉었다.

"갑시다."

"어, 어디로요?"

"인터뷰실로 갑시다."

현성 스님은 금방이라도 쓰러질 듯 위태하게 쩔룩거리며 한 걸음 한 걸음 힘겹게 가파른 계단을 올라갔다. 그런 스님의 뒤를 따르며 '쯧쯧, 공연한 짓을', 나 자신을 향해 혀를 찰 수밖에 없었다.

인터뷰실은 명상홀로 오르는 계단 중간에서 왼편으로 빠지는, 테라와다 스님들을 위한 아파트형 숙소 곁에 있었다. 나는 여전히 현성 스님 몰래 혀를 차며 뒤를 따랐다.

현성 스님은 인터뷰실의 사야도 앞으로 나를 데려갔다. 그러고는 한쪽에 마련된 의자에 앉아서, 나에 대하여 익숙한 영어로 말을 꺼냈다.

현성 스님이 대신해준 나의 괴이쩍은 상황을 다 들은 30대 초반의 젊은 사야도가 나를 향해 빙긋이 웃었다. 그리고 현성 스님을 통해 나에게 전해주었다.

"미신 같은 것은 없어요. 다 좋은 것들입니다. 걱정하지 마세요. 그런 황홀감은 초선정에 나타나는 현상입니다. 차츰 선정이 깊어지면 진동 같은 것도 사라지게 됩니다. 구태여 그런 것에 관심을 두지 말고 그저 니밋따만 바라보세요. 밝고 눈부신 니밋따가 가장 소중합니다. 그리고 될 수 있으면 명상시간을 늘리세요. 한번 앉으면 두 시간, 세 시간, 그리고 네 시간까지 시간을 늘려가는 것이 좋습니다. 그러다 보면 자신도 모르는 사이 선정에 깊이 들어갈 것입니다."

인터뷰실을 나와 돌아오는 길에 현성 스님이 문득 쓸쓸한 눈빛으로 나를 돌아보았다.

"내가 보기에 처사님의 공부는 이미 끝났습니다. 더 이상 공부에 안달하지 않아도 됩니다. 그저 여유로운 마음으로 니밋따만 지켜보면 될 거예요. 니밋따 외에 다른 공부는 전혀 필요 없습니다."

놀라서 바라보자 현성 스님이 무심코 하늘을 올려다보더니 이윽고 고개를 절레절레 저었다. 그것은 나를 향한 것이라기보다는 스님 자신을 향한 것 같았다.

"나는 지금까지 있는 듯 없는 듯 콧구멍에서 아주 희미하게 빛나는 콩알 한 톨에 매달려왔소. 그런데 처사님의 니밋따를 대하고 나니, 내 공부란 것이 참으로 부끄러워졌소. 희미한 콩알 한 톨에 매달려 죽을 둥 살 둥 안간힘을 쓴 것이 내 공부였구려. 노욕도 이런 노욕이 없소. 차라리 가만히 앉아서 죽을 날만 기다릴걸, 노욕을 못 이기고 여기까지 절뚝거리면서 찾아와 추악한 꼴을 보이고 말았구려. 욕심 중에서 가장 더러운 욕심이 공부 욕심이라는데, 그걸 모르지 않으면서도 그만 콩알 한 톨에 매달려 온갖 추태를 부려버린 거요. 새삼 처사님께 고맙구려, 늦게라도 그걸 깨닫게 해줘서. 지금까지 욕심 외에는 아무것도 보이지 않던 내 눈을 처사님이 번쩍 뜨이게 했구려."

다음 날 현성 스님은 무거운 배낭을 메고 쩔룩거리며 파욱명상센터를 떠났다. 버스가 다니는 정문까지 배낭을 대신 메고 배웅 나간 나에게 스님은 다시 한번 간곡한 어조로 말했다.

"공부한다는 생각은 버리세요. 다른 것은 죄다 잊고 그저 니밋따하고만 즐겁게 노세요."

공부한다는 생각을 버리라는 현성 스님의 진정한 뜻을 당시 나는 전혀 알아차리지 못했다. 어쩌면 자신에게 노여움이 난 노인네의 푸념 정도로만 치부했을 것이다.

내가 스님의 진정한 뜻을 어렴풋이나마 헤아린 것은 10년 가까이 지난 무렵이었다. 그때 나는 사마타 때문에 미뤄놓았던 위빠사나를 수행하고 있었다. 사야도와 인터뷰한 후에 나는 황홀감에 대한 그동안의 잡다한 불안과 걱정에서 확실하게 벗어날 수 있었다. 그리고 무당처럼 작두 위에 올라 덩실덩실 춤을 추는 환상과 주화입마 따위의 염려에서도 벗어날 수 있었다.

니밋따가 심장 부분에 자리를 잡으면서, 사시나무처럼 온몸을 떨게 하던 진동도 어쩐지 좀 약해지는 느낌이었다. 그와 함께 황홀감도 어쩐지 기세가 한풀 꺾인 채, 더 이상 외설스러운 행위 따위로 상상되지 않았다.

기이하게도 심장 부분에서 빛나는 니밋따는 다른 곳으로 옮겨가지도 않고, 심장 자체에 그대로 고정되었다. 며칠이 지나도 옮겨갈 기미 없이 오래전부터 그 자리에 있었던 것처럼 고정된 니밋따가 차라리 천연덕스럽게 여겨질 지경이었다. 그런 니밋따와 황홀감 사이로 시원한 한 줄기 바람처럼 무언가가 은근슬쩍 스며들었다. 미처 알아채지 못한 사이에 기다렸다는 듯이 스며드는 한 줄기 바람을 나는 분명히 느꼈다.

'무엇이 스며들지?'

문득 눈물이 솟아올랐다. 나는 손을 들어 눈물을 확인하지는 않았다. 그러나 눈에서 솟아오르는 눈물을 온몸으로 느낄 수 있었다.

무엇인가가 한 줄기 시원한 바람으로 온몸에 스며들고, 눈물은 그 한 줄기 바람과 함께 부드러운 망사처럼 온몸을 어루만진다. 시원한 바람과 눈물이 어우러져 언제까지나 온몸을 어루만진다.

나는 무엇인가를 비로소 깨달을 수 있었다. 바로 기쁨이었다. 황홀감이 약해지면서 그와 함께 격렬한 진동과 떨림이 잦아들고, 그 사이로 기쁨이 스며든 것이었다.

명상홀에 앉자마자 곧장 니밋따가 떠오르고, 니밋따의 눈부신 빛 속에서도 기쁨은 기다렸다는 듯이 섬세하고 순정하게 온몸을 어루만진다. 어쩌면 황홀감의 기세가 약해지면서 그 자리에 바로 기쁨이 찾아온 것인지도 모른다.

황홀감과 기쁨은 얼핏 하나인 것 같으면서도 엄연히 차이가 있다. 황홀감이 온몸을 사시나무처럼 떨게 한다면, 기쁨은 한 줄기 바람이 되어 섬세하고 순정하게 온몸을 어루만진다.

돌이켜보면, 황홀감과 기쁨은 빠띠바가 니밋따의 눈부신 빛과 함께 나에게 처음부터 찾아왔던 것인지도 모른다. 다만 내가 니밋따의 백열지옥에 사로잡힌 나머지 그런 황홀감과 기쁨을 구별하지 못했던 것인지도. 그리하여 백열지옥에 어느 정도 익숙해지자 황홀감의 틈으로 기쁨이 드러난 것인지도.

나중에 알게 되었지만 심장 부분에서 니밋따가 빛나는 상태를 파욱 사야도의 《사마타 위빠사나》에서는 에깍가따라고 했다. 우리말로는 일념一念이라 불리고 있었다. 빠띠바가 니밋따가 심장에 고정되어 빛나는 것이 바로 일념을 이룬 상태로, 선정을 나타내는 다섯 요소 중에서도 가장 중요하게 여기는 식이었다.

이 일념은 아잔 브람 선사의 《놓아버리기》에서는 심일경성心一境性이라는 약간 고어 투로 불리고 있지만 뜻은 같다. 또한 선사는 선정에서의 황홀감이나 기쁨도 지복至福이라는 용어를 사용하지만 역시 뜻은 같다.

니밋따를 밝힌 채 기쁨에 빠져 있다 보면 결가부좌 따위의 고통은 물론 시공간마저 잊어버리기 십상이었다. 명상홀에 앉아 있는 시간이 두세 시간을 넘어 네댓 시간을 훌쩍 지나치고는 했다.

명상이 깊어지던 어느 날, 불쑥 자신에게 질문했다.

'이렇게 황홀감과 기쁨에 빠져 온몸을 떨고 있는 것이 나 혼자만일까? 혹시 누군가가 나와 함께 있는 것은 아닐까? 나도 모르는 사이에 누군가가 내 안에서 나와 함께 황홀감과 기쁨에 온몸을 떨고 있는 것은 아닐까?'

나는 입 밖으로 소리 내어 외칠 뻔했다.

'후아다!'

나는 또다시 외칠 뻔했다.

'후아가 지금 나와 함께 있는 거다.'

선정의 입장에서 보자면 대단히 엉터리일 수 있겠지만, 나는 명상 속에서 나와 함께 황홀해하고, 나와 함께 기쁨의 눈물을 흘리는 딸의 존재를 분명하게 느꼈다.

그러자 기이하게도 온몸을 떨게 하던 진동이 조금씩 잦아들더니 있는 듯 없는 듯 희미해지기 시작했다. 그와 함께 나를 사로잡던 기쁨과 그 안에서 여전히 자리잡고 있던 황홀감도 그 기세가 완연하게 순해졌다.

그렇게 선정에 들면, 온몸을 사시나무처럼 떨게 하던 진동마저도 아예 잊어버렸다. 아니, 잊어버린 것이 아니라 진동 자체가 사라져버린 것인지도 모른다.

기쁨과 황홀감의 기세가 순해진다 싶자, 흡사 그것들과 자리바꾸기라도 하듯 행복감이 찾아왔다. 행복감은 저녁 하늘을 뒤덮는 아름다운 노을같이 온몸에 붉게 펼쳐졌다. 어디 행복감뿐이랴. 그 행복감의 노을 속에는 슬그머니 자리를 비켜준 기쁨과 황홀감이 완연히 멀어진 거리에서 행복감과 함께 아름답게 타오르고 있었다.

온몸에 저녁노을처럼 펼쳐지는 붉고 아름다운 행복감 속에서 나는 기다렸다는 듯이 딸을 만났다. 딸의 존재는 물론 실존의 흔적까지 만났다. 붉게 펼쳐지는 행복감 속에서 나만이 아닌 딸도 당당하게 나와 함께 있었다.

명상홀에서 결가부좌를 하는 순간, 나도 모르게 입을 열어 가만히 말했다.

"명상홀에 앉은 채로 죽어도 좋아."

나는 그런 자신을 탓하지 않았다.

결가부좌만 해도 벌써부터 초선정의 황홀감, 이선정의 기쁨, 삼선정의 행복감이 몰려오는 것이었다. 그것들은 엄청난 밀물이 되어 내 온몸을 뒤덮었다.

나는 진공상태에 빠져든 것처럼 나를 에워싸고 있던 모든 것과 단절되었다. 아니, 모든 것들이 아니다. 그동안 나를 중심으로 만들어져 명상 속에서 어떤 둘레를 이룬 것들이 나를 완벽하게 세상으로부터 단절시킨 것이다.

내 온몸을 떨게 하던 황홀감이며 기쁨이며 행복감마저 송두리째 사라진다. 그와 함께 아나빠나 사띠를 이끌어오던 들숨과 날숨의 호흡마저도 멈춰버린다.

어쩌면 생리적인 호흡이 멈춰버린 것은 아닐지도 모른다. 모든 것과 단절되면서 생리적인 호흡마저도 내가 찾아낼 수 없는 어딘가로 숨어버린 것이다. 그리하여 내 일념과 알아차림의 눈마저 호흡을 찾아내지 못하는 것인지도.

그런 단절 속에는 심지어 딸마저도 없다. 아무리 둘러보아도 딸의 존재는 물론 실존의 흔적조차도 없다. 나에게는 그 어떤 것도 없다.

나에게 애오라지 남은 것은,

고요.

그리고 평온.

아득한 세상의 끝에 다다라서 알아차림만이 그것을 지키고 있는 고요와 평온.

파욱 사야도의 명상서 《사마타 위빠사나》를 우리말로 번역한 무념 스님은 바왕가에 대해 아래와 같이 역주를 달았다.

바왕가는 한 개체가 삶의 과정에서 생명이 끝날 때까지 그 연속성을 유지시켜주는 생명연속체이다. 테라와다에는 말 나식, 아뢰야식이라는 단어가 없다. 오직 바왕가가 있을 뿐 이다. 그러나 이 바왕가는 표면 아래 흐르는 잠재의식이나 무의식이 아니다. 대상이 없어서 마음이 일어나지 않을 때 이 바왕가가 생멸을 거듭하며 흘러간다. 이것은 꿈 없는 숙 면 속에서도 계속 흘러간다. 바왕가도 모든 마음처럼 대상 을 갖는다. 그것은 전생의 죽는 순간에 일어난 생각, 즉 업, 업의 표상, 재생의 표상 중 하나이다. 이 표상은 금생에서 죽는 순간까지 변하지 않는다. 모든 인식 과정은 이 바왕가 를 거쳐 다음 인식 과정으로 넘어간다.

여기서 바왕가란, 이를테면 나에게는 니밋따가 시작될 무렵 코끝에 매달린 솜사탕 같은 빛 덩어리를 바라보면 나의 몸 자체 가 숫제 커다란 바위가 되어버리는 상태에서부터 비롯된 것인 지도 모른다. 그리고 그 바위를 코끝에 매달린 빛 덩어리가 오 롯이 비추고 있는 상태인지도.

들숨과 날숨이 강물 같은 흐름이 되어 바위에 부딪힌다. 이따 금씩 자맥질을 하듯이 흐름 위에 떠오르는 생각이나 느낌들마 저도 어떤 의미도 없이 아주 먼 세상의 일처럼 흘러왔다가 흘러 갈 뿐이다. 바위가 되어 있는 동안에는 그 바위마저 어디에 어떻게 박혀 있는지 시공간을 헤아릴 수조차 없다.

그리하여 바왕가는 드디어 고요와 평온으로 모습을 드러내어 나로 하여금 아득한 세상의 끝에 다다르게 한 것인지도 모른다. 그리고 애오라지 알아차림만이 고요와 평온을 지켜보고 있는지도.

시공간마저도 모호해져버린 상태의 고요와 평온이 기실 생멸을 거듭하며 흘러가는 바왕가의 순간이라는 것을 알게 된 것은 훗날의 일이다. 그렇듯이 바왕가도 모든 마음처럼 대상을 갖는 하나의 표상이라는 것을 알게 된 것도 훗날의 일이다.

여기서 잠깐, 무념 스님이 역주에서 밝힌 말나식이며 아뢰야식에 대하여 사족처럼 한마디 덧붙이고 싶다. 말나식, 아뢰야식은 대승의 기초가 된 유식설唯識說에 처음 등장한다.

원래 붓다의 가르침인 눈·귀·코·혀·몸·마음의 육식六識은 소승에서는 정신과 물질로, 그리고 오온五蘊 무더기와 십이연기로 이어진다. 닙바나에 이르기 위해서는 모두 벗어던져야 하는 헛것으로 묘사되고 있다. 그런데 유식설에서는 헛것인 육식에 칠식의 말나식, 팔식의 아뢰야식을 당당하게 끼워넣은 것이다. 그리하여 사람이 죽어서 현생의 육식이 사라져도 말나식과 아뢰야식은 남아서 후생의 삶으로 이어진다는 식으로 바뀌어버렸다.

붓다의 가르침에는 헛것인 육식 이외에는 아무것도 없다. 살아생전에 깨달음으로 닙바나를 얻거나 혹은 죽어서 입멸하면 어느 누구든 이 육식에서 자유로워지며, 그렇게 육식의 고통에서 벗어나 무아가 된다는 사실만을 가르쳤다.

붓다의 불교가 등장하던 무렵 인도에는 수천 년을 지배해온 카스트제도라는 악폐가 사회 전체에 전염병처럼 퍼져 있었다. 그런 카스트제도의 핵심적인 지배 이데올로기가 바로 윤회사상이었다.

"천민들이여, 그대들이 브라만으로 태어나지 못하여 현생에서 겪는 노예적 삶의 고통은 모두 전생에 그대들이 잘못 살아낸 삶의 결과물이다. 그러나 천민인 그대들이 현생의 노예적 삶을 인정하고 그대로 견뎌낸다면, 후생에는 누구든지 브라만이 될 수 있다."

인도를 지배하던 카스트제도의 사회적 악폐를 새로 나타난 붓다의 불교는 혁명적으로 뒤집는다.

"브라만이나 천민 가릴 것 없이 누구에게나 전생이며 후생은 없다. 다만 있는 것은 현생인 지금 바로 여기다. 바로 여기서 깨닫기만 하면 누구든지 붓다가 된다. 아니, 브라만이 된다. 누구나 닙바나를 얻어 현생의 노예적 삶에서 벗어나고 고통에서 자유롭게 된다."

전생의 죄업으로 현생에 천민으로 태어났다는 이들에게, 붓다는 당당하게 외친다. 윤회는 없다고. 있는 것은 자신이 짊어진 몸과 마음의 고통에서 해방되어 현생의 바로 여기에서 자유로운 자가 되는 것이라고.

말나식과 아뢰야식으로 윤회사상을 덧붙인 이 유식설은 붓다의 가르침을 정면으로 거스를 수밖에 없다. 붓다의 가르침 중 핵심을 이루는 삼법인三法印의 제행무상과 제법무아, 일체고통 어디에도 윤회 따위는 없다. 아니, 없는 것만이 아니라 윤회에 대한 강한 거부만이 있을 따름이다.

구태여 강변한다면, 윤회란 '바로 여기'의 한 생각에서 다음 생각으로 이어지는 찰나의 변화라고 해야 한다. 한 생각이 다음 생각으로 이어지면서 그 짧은 찰나에 자신을 옭아매는 '나'라는 무명이 되고, 그 무명을 조건으로 결국 삶을 고통에 빠뜨리는 것이다.

유식설이 나온 시대적 배경을 살피면, 불교에 윤회가 끼어들게 된 사회적 변화가 이해되는 면도 없지 않다. 붓다 입멸 이후 6세기 무렵 인도에서 거의 괴멸하다시피 하는 불교의 마지막 발버둥으로 여겨지는 것이다.

인도에 통일국가를 이룬 한편으로, 붓다의 불교를 호국종교로 삼아 불교 이상국가를 지향한 이가 바로 아소카왕이다. 아소카왕은 고대 인도에서부터 내려오는 전설의 전륜성왕轉輪聖王으로까지 추앙된다. 그런 아소카왕의 마우리아 왕조가 붓다 입멸 후 몇 세기가 지날 무렵에 무너져버린다. 그리고 마우리아 왕조가 무너지면서 호국불교도 어쩔 수 없이 쇠락의 길을 걷는다.

아소카왕은 불교를 세계종교로 만드는 기초를 닦았지만, 그렇다고 해서 힌두교 같은 나머지 종교들을 박해하거나 무시하지 않았다. 아소카왕의 비문에는 이런 글이 새겨져 있다.

기회가 있을 때마다 남의 종교를 공대할지어다.

누구나 이런 식으로 나아가면

그는 자신의 종교도 신장시키고

남의 종교에도 이로움을 줄지니.

반대로 하면

자기 종교도 해치고 남의 종교에도 욕을 돌리는 것.

이것이 모두 자기 종교만을 찬양하다 생기는 일.

누구든 자기 종교를 과대선전하면

오히려 자기 종교에 큰 해를 가져올 뿐.

둘이 하나가 되는 것만이 유익할지니

각자 남의 종교를 경청하고 거기 참여할지어다.

아소카왕의 이런 아량과 지혜 아래서 어찌 불교만이 기승하랴. 고대 인도에서 비롯되어 수십 세기 동안 인도의 민중 속에 깊게 뿌리 내린 윤회사상이 불교 신도들의 신앙에서 완전히 사라진 것은 아니었다.

힌두교에는 카스트제도 이외에 특정한 교의 자체가 존재하지 않는다. 누가 어떠한 사상이나 이념이나 신념을 주장해도 전혀 상관이 없다. 역사적으로 보아도 힌두교에는 종교적·철학적 사고의 모든 유형이 제시되어 있다. 유심론도 있으며 유물론도 있다. 일원론·이원론·다원론이 혼재하며, 무신론도 있는 반면에 다양한 형태의 신에 대한 관념도 존재한다.

엄격히 절제하고 고행하여 해탈을 얻는 방법도 있지만, 동시에 쾌락을 수용하는 수행법도 있다. 결국 힌두교에는 '이것이 힌두교다'라고 단정 지을 수 있는 특별한 교리 자체가 없으며, 세상의 모든 사상과 교리를 아무런 모순 없이 받아들인다.

힌두교에서는 세속적 규율인 카스트제도를 부정하지 않는 이상 다른 종교의 교리와 사상도 부정하지 않는다. 그리하여 붓다가 윤회를 거부한 것마저도 부정하지 않는다. 아니, 부정하기는 커녕 그 반대다. 마우리아 왕조가 무너진 이후 도시가 아닌 시골의 한적한 곳에 자리잡은 우람한 불교 승가와는 달리, 거의 마을마다 있는 작은 규모의 힌두 사원에서 어느 날 신상을 모시는 재단에 떠억, 붓다가 신으로 모셔진 것이다.

힌두는 원래 신비하거나 신기한 것은 모두 신으로 믿는 화신化神사상이 중심에 있다. 그래서 사람만이 아니라 코끼리, 원숭이, 코브라까지도 화신으로 모신다. 힌두 사원에서 붓다를 신으로 모시는 것이 그리 놀랄 일은 아닐지도 모른다. 그렇게 붓다가 신이 되어 재단에 자리를 잡자 불교 신도마저도 구태여 마을에서 멀리 벗어나 외딴곳에 있는 불교 사원을 찾는 일이 거의 없어져버린다.

더군다나 인도 전체에 이슬람화가 진행되어, 사회적 불만이 큰 하층민들은 뚜렷한 이념과 고도의 보편성을 지닌 이슬람이라는 새로운 종교에 쉽게 빠져든다. 이슬람 사상은 무엇보다도 평등성과 동포애를 강조했던 것이다.

실존의 흔적 4

윤지와 내가 결코 떼려야 뗄 수 없는 단짝이 된 것은 어이없게도 실기강사 때문이었다. 나는 이름을 무시한 채 그를 그저 실기강사라 부르고 싶다. 내가 그렇게 불러주는 것을 그 또한 자신에 대한 어떤 호칭보다 좋아할 것이라고 믿기 때문이다.

우리가 2학년이 된 새 학기에 실기강사는 실기를 지도하는 한편으로 방과 후에는 실기실에서 자신의 그림을 그리고는 했다. 이제 막 미대를 졸업하고 예고에서 정식 교사도 아닌 실기강사 노릇을 시작한 그는 작업할 변변한 아틀리에조차 없는 가난한 화가였다. 입성 또한 정장 차림의 단정하고 세련된 교사들과는 달리, 아무렇게나 걸쳐 입은 너절한 캐주얼 차림이었다. 모르기는 해도 대학마저 어렵사리 졸업했을 것이 분명한 그는 화가로서의 첫발도 그만큼 비틀거리는 걸음으로 시작했을 것이다.

그러나 실기강사는 예고에 오자마자 곧바로 학생들의

인기를 독차지했다. 그가 대뜸 학생들을 사로잡은 것은, 무엇보다도 예고와 학생들을 싸잡아 업신여기고 무시하는 언동 때문이었다. 적어도 그때까지 예고와 학생들을 정면에서 업신여기고 무시하는 교사는 아무도 없었던 것이다.

약간의 악의까지도 곁들인, 솔직한 듯 오만한 실기강사의 언동은 마약처럼 대번에 학생들을 어질어질 취하게 만들었다. 한편으로는 학생들 또한 아직 어린 안목이지만, 누가 보기에도 확연하게 드러나는 그의 특이한 예술적 감각과 재능도, 그의 마약적 기질과 더불어 학생들의 인기를 독차지하는 데 한몫한 것을 부인할 수 없었다.

새 학기 실기수업을 시작하는 첫날, 화판 앞에 앉아 있는 학생들을 둘러보며 실기강사가 다소 무거운 표정으로 입을 열었다.

"지금 너희들은 그림을 그리는 게 아니라 원숭이처럼 그림 흉내만 내고 있을 뿐이다."

해머로 뒤통수를 가격당한 듯 강한 충격 속에서 헤어나지 못하는 학생들이 어리둥절한 표정으로 실기강사를 바라보자, 그는 설레설레 고개를 저었다.

"너희들이 이런 식으로 그림을 배운다는 것은 장차 너희들 스스로를 죽이는 암 덩어리를 키우는 꼴이다. 너희들이 조금이라도 생각이라는 게 있는 녀석들이라면, 지금 당장 예고를 때려치우는 게 좋다."

실기강사는 아직도 충격 속에서 헤매는 학생들을
바라보았다.

"모든 예술은 각 분야에 따라 저마다 표현할 수단을 지니고
있다. 문학은 문학대로, 음악은 음악대로, 무용은 무용대로,
연극은 연극대로, 그리고 미술은 미술대로 저마다 수단이 있지.
문학이 문자라면 음악은 소리와 리듬, 무용은 몸짓, 그리고 연극
혹은 TV 드라마는 소위 종합예술이라고 하여 예술의 모든
수단을 사용한다. 그중에서 미술은 무슨 수단을 사용할까?
한마디로 선과 색채다. 바로 선과 색채를 수단으로 그 안에
너희들의 삶을 표현하는 것이다."

실기강사는 잠시 말을 멈추고는 학생들을 한 바퀴 빙
둘러보았다.

"자, 모두 가슴에 손을 얹고 생각해봐라. 지금까지 너희들이
그린 그림의 어디 한 곳에라도 너희들의 삶이 깃든 너희들만의
선과 색채가 있을까?"

학생들이 서로의 얼굴을 바라보는 사이에, 실기강사는
기다리지도 않고 말을 이어갔다.

"단언컨대, 없다. 너희들은 미처 의식하지 못하면서,
너희들이 보고 배운 다른 작품의 선과 색채를 흉내 내고 있을
뿐이다. 그림을 그린다는 것은 결국 너희들만의 선과 색채를

만들어낸다는 것이다. 그런데 너희들은 자신만의 선과 색채가 무엇인지도 모른 채, 다른 사람의 것을 흉내 내기에 여념이 없을 뿐이다."

실기강사는 뭔가 다른 말을 이어갈 듯 망설이는 눈치더니 그만 말문을 닫았다.

그리고 어느 날이었다. 실기강사가 나의 화판 앞에 서서 한동안 내 그림을 지켜보다가 별안간 몸을 돌려 학생들을 둘러보았다.

"자, 모두 주목하고 이 그림을 봐라."

학생들이 우르르 내 옆으로 몰려들자 실기강사가 손으로 내 그림을 가리켰다.

"너희가 보기에는 이 그림이 어떠냐?"

학생 중 한 명이 뜨악한 표정으로 나와 내 그림을 번갈아 보더니 침이라도 뱉듯 불쑥 한마디를 던졌다. 서로 이름만 알고 있는 윤지라는 아이였다.

"어떻다니요?"

"그냥 너희들의 솔직한 느낌을 말해보라는 거다."

그러자 윤지가 여전히 뜨악한 표정을 한 채 말했다.

"별로인데요. 저번에 선생님이 말씀하신 그 선이나 색채가 개성적이거나 독특하지도 않고요. 그렇다고 어디 하나 아름답게 여겨지지도 않고, 어떻게 보면 너무 독기가

느껴진달까. 저에게는 그 독기가 심하다 못해 지저분하게까지
느껴져요."

그러자 다른 학생이 윤지를 뒤따랐다.

"제가 보기에는 선과 색채가 너무 유치해요. 초등학생
그림처럼요."

그러자 실기강사가 기다렸다는 듯이 말했다.

"좋아. 거기까지."

실기강사는 몸을 돌려 교단으로 올라갔다. 그리고 아무도
상상하지 못했던 말들이 그의 입에서 쏟아져 나왔다.

"내가 첫날 너희들에게 했던 말을 취소하마."

윤지가 나서서 실기강사에게 물었다.

"무얼 취소한다는 거예요?"

"너희들 중에 너희만의 선과 색채를 가진 학생은 단 한 명도
없다는 말을 취소하마."

"그럼 후아가 자기만의 선과 색채를 가졌다는 거예요?"

실기강사는 윤지의 질문을 무시한 채 손을 들어 나를
가리켰다.

"저 학생의 그림을 보는 순간, 어쩌면 바로 저 학생의 선과
색채를 만나기 위해서 내가 이 예술학교를 택한 것인지도
모른다는 생각이 들었다."

학생들이 너나없이 두 눈이 휘둥그레져 실기강사를

바라보았다.

'또 무슨 엉뚱한 말을 하려고?'

그 그림의 장본인인 나까지도 어쩔 수 없이 두 눈이 휘둥그레졌을 것이다. 실기강사는 그런 학생들의 눈길을 무시한 채 다시 말을 이어갔다.

"내가 감히 말하건대, 이 학생이야말로 완벽하게 자기 자신의 선과 색채를 찾았다. 어떻게 보면 나 자신의 선과 색채가 부끄러울 정도로 완벽하다. 이래 봬도 나는 한때, 나만의 선과 색채를 찾고 완성하기 위해 목숨까지 내걸고 미친 것처럼 이 지구라는 행성의 곳곳을 헤맨 적이 있다. 그런 내가 오늘 이 학생의 선과 색채에 부끄러움을 느끼는 것이다. 물론 이 그림이 다른 학생들 그림보다 훌륭하다거나 잘 그려졌다는 의미는 아니다."

실기강사는 뭔가 미진한 듯한 표정으로 학생들을 둘러보았다.

"좋아. 기왕에 이렇게 됐으니 오늘 실기는 때려치우자. 대신에 나도 작심하고 한번 썰을 풀어볼까 한다. 어때, 괜찮니?"

"좋아요, 좋아요."

학생들이 외치자 실기강사는 기다렸다는 듯 말을 이어갔다. 한번 말문이 터지자 거미가 똥구멍으로 거미줄을 쏟아내듯 그의 입에서 말들이 줄줄 쏟아져 나왔다.

"지금 너희들 대부분이 흉내 내는 다른 화가들의 선과 색채에 비하면, 이 학생의 선과 색채는 아름답기는커녕 도저히 못 봐줄 만큼 조악하고 끔찍하게 여겨질지도 모른다. 자, 저 그림의 선과 색채를 자세히 살펴보아라. 그 선과 색채 안에는 무엇보다도 자신이 세상에서 가장 못났다고 여기는 자기비하, 자신을 미워하는 자기혐오, 자신을 할퀴는 자기학대, 그리하여 자신을 남들로부터 차단하려 드는 자의식 과잉, 이 모든 것들이 다 담겨 있다. 선과 색채란 당연히 그래야 한다. 어쩌면 너무 끔찍하고 추악하게 여겨져서 스스로도 외면하게 하는 너희들의 삶이 그림의 선과 색채를 채우고 있어야 한다. 그림에서 중요한 것은 결코 보편적인 세상의 아름다움 따위가 아니다. 더러우면 어떠냐? 추하면 어떠냐? 끔찍하면 어떠냐? 중요한 것은 바로 너희들의 삶이 담겨야 한다는 것이다."

실기강사는 잠깐 말을 중단한 채 커다랗게 숨을 몰아쉬더니 다시 말을 이었다.

"어쩌면 너희들은 자신의 삶이 싫어서, 너희들의 삶이 들어가 있는 너희들의 선과 색채를 스스로 외면했을 것이다. 그래서 다른 화가들의 아름다운 선과 색채를 흉내 내는 것이겠지. 그러나 남들의 선과 색채를 흉내 내는 한, 너희들 자신의 선과 색채는 미처 싹트기도 전에 썩어버린 셈이다. 죽을힘을 다해 선과 색채를 찾아야 할 이 소중한 시간에, 고작 다른 화가들의 선과 색채를 흉내 내는 것이 너희들의 그림 그리기인 것이다. 안타까운 것은 너희들이 열심히 그리면 그릴수록 이제 막 싹트려 하는 너희들만의 선과 색채는 그 가능성마저 멀리 사라져버린다는 점이다."

실기강사의 두 눈은 잉걸불이라도 시퍼렇게 타오르는 느낌이었다. 그는 시퍼런 잉걸불을 두 눈에 태우면서 여전히 말을 이어갔다.

"물론 너희들에게만 그 잘못을 돌리려는 것은 아니다. 너희들의 소중한 선과 색채를 죽이는 것은 정작 너희들의 부모와 예술학교일지도 모른다. 너희들이 치열한 경쟁을 뚫고 들어온 예술학교에 대해 얼마나 큰 우월감과 자부심을 지니고 있는지는 잘 안다. 그러나 너희보다 더 큰 우월감과 자부심을 느끼는 것은 어쩌면 너희들의 부모일 것이다. 그리고 예술학교 또한 너희 부모들의 우월감과 자부심을 은근히 부추겼을 것이 틀림없다. 어떤 의미에서 너희들은 너희 부모가 예술에 대해서 지닌 딜레탕트적인 선망의 노예일 수도 있다. 대개의 딜레탕트에게 예술이란, 예술을 향한 자신들의 드높은 애정과 심미안을 만족시켜주는 대상일 뿐이다. 어떻게 보면 예술의 화려하고 번쩍이는 겉만 보아 넘길 뿐, 그 안쪽에 대해서는 전혀 무지한 것이다. 아마도 너희들의 부모는 이미 예술작품에 대한 심미안이 전문가 뺨치게 세련됐겠지. 그러나 예술작품이

어떤 과정을 거쳐서 어떻게 만들어지는지, 그 힘들고
고통스러운 탄생 과정에 대해서는 아예 외면하려 든다."

실기강사는 자신의 말에 도취된 듯 얼굴이 붉게 달아올라
있었다. 그는 붉은 얼굴로 학생들을 둘러본 다음에 다시 말을
이었다.

"그게 소위 예술애호가라고 불리는 딜레탕트의 특징이자
함정이다. 마찬가지로 너희들의 부모는 너희들이 날마다
잠을 못 이루면서 찾아 헤매는 예술적 재능이며 감성에 대한
고통이나 고민 따위에는 별로 신경 쓰지 않는다. 다만 내 딸이
혹은 내 아들이 예술학교에 다닌다는 우월감과 자부심으로
콧대를 높게 세울 뿐이다. 부모의 눈에는 너희들 모두가 타고난
천재일 것이다. 천재가 아닌 딸과 아들은 없는 것이다. 어떻게
보면 예술학교에 대한 너희들의 우월감과 자부심은 그런
딜레탕트적인 부모로부터 알게 모르게 영향을 받았을 것이다.
지금 너희들이 얼마나 힘들게 고민하고 고통스러워하면서
자신만의 선과 색채를 찾아서 헤매고 있는가를 너희 부모들이
안다면, 저 우월감과 자부심이라는 노예적 상태에 너희들을
팽개쳐둘 수는 없다."

실기강사의 이야기가 여기까지 진행되자 학생들은 슬슬
불안해지기 시작했다. 어쩐지 그가 학생들이 있는 곳으로는
다시 돌아올 수 없는 어딘가로 멀리 나가버린 듯한 느낌이었다.

실기강사의 솔직하고 오만한 언동은 학생들을 얼마쯤 불쾌하게도 만들었지만, 반면에 대부분이 가슴에 지니고 있던 어떤 의혹들을 단숨에 날려버리는 한 줄기 상쾌한 바람도 되어주었다. 대부분의 학생들에게는 예고에 다닌다는 것 자체가 어떤 우월감이고 자부심이었다. 그러면서도 한편으로는 예고가 숨조차 쉴 수 없게 만드는 족쇄이자 자신을 한없이 부끄럽게 만드는 수치심의 근원이기도 했다.

실기강사는 바로 그 양면성 사이에서 고민하는 학생들의 의혹을 칼날처럼 날카롭게 찌른 것이었다. 어쩌면 학생들 중 누군가는 정말로 피가 흐르는 것 같은 느낌에 자신도 모르게 가슴을 만져보았을지도 모른다.

"자, 지금이라도 부모로부터 눈길을 돌려 너희들이 딛고 서 있는 자리를 바라보아라. 너희들이 정말 천재냐? 자신의 예술적 재능과 감성을 천재라고 믿는 거냐? 너희들은 정말로 너희들만의 선과 색채를 발견한 거냐? 그림을 만드는 과정의 고통이나 고민에서도 자유로운 거냐?"

아니요, 아니요, 고개를 젓는 학생들을 실기강사는 여전히 시퍼렇게 타오르는 두 눈의 잉걸불로 노려보면서 피식, 코웃음을 웃었다.

"기억해라. 너희들의 선과 색채는 절대 공짜로 찾아지는 것이 아니다. 너희들만의 선과 색채는 바로 너희들의 삶에서 나온다.

부모가 아니다. 물론 예술학교도 아니다. 바로 너희들이다.
너희들의 선과 색채가 없다는 것은 바로 너희들의 삶이 없다는
것이다. 너희들의 삶을 찾을 수 없는 것은 아니다. 그게 뭘까?"

당연히 학생들의 대답이 없으리라는 것을 알고 있었다는
듯이 실기강사는 다음 말로 넘어갔다.

"질문을 해라, 질문만이 방법이다. 너희들 자신에 대해서
끊임없이 질문을 하는 것이다. 선 하나, 색채 하나를 그리면서도
질문을 해라. 도대체 나는 살아야 할 가치가 있는가? 아니, 나는
어쩌면 죽어야 할 가치조차 없는 것은 아닌가? 나에게 삶은
무엇이고 죽음은 무엇인가? 삶과 죽음은 어떻게 나의 선과
색채로 연결되는가? 그리하여 삶과 죽음은 어떻게 나의 예술을
탄생시키는가?"

"……?"

"너희들이 질문하는 사이에 너희들에게는 벌써 그 질문들에
대한 해답이 마련되어 있다. 어디에? 바로 너희들의 상상력
속에. 기억해다오. 상상력이야말로 예술의 신이 너희들에게
내린 엄청난 은총이다. 상상력이 없다면 너희들의 선과 색채도
없고, 물론 예술도 없다. 이 세상 그 누구도, 그 무엇도 너희들의
상상력만은 없애지 못한다. 어쩌면 상상력이야말로 너희들의
부모, 예술학교, 너희를 속박하는 모든 규제로부터 너희들을
지켜내는 유일한 해방구다. 상상력이라는 해방구에서 너희들은

마음껏 누군가를 질투하고, 누군가를 증오하고, 누군가를 무시하고, 누군가를 좋아하고, 심지어는 누군가를 죽이기도 하면서, 상상력의 세계를 무한히 넓히고 또 넓혀라. 상상력의 세계가 깊어지고 넓어지다 보면 상상력 자체가 얼마나 신비한지 깨닫게 될 것이다. 바로 그 신비함 속에 신의 은총이 있다. 그뿐이랴. 너희들 스스로 단 한 번도 인정한 적이 없던 너희들의 선과 색채가 거기에 눈부시게 빛나고 있을 것이다."

실기강사는 잠시 말을 중단한 채 학생들을 둘러보았다.

"너희들이 흉내 내는 선과 색채에 대해서 내가 왜 그렇게 잘 아는 줄 아니?"

학생들이 미처 대답을 못 하자 실기강사는 스스로 대답했다.

"바로 내가 그렇게 흉내를 냈기 때문이다. 너희들이 그림을 그린다면서 겪은 모든 과정을 하나도 빠짐없이 나도 겪었기 때문이다."

실기시간이 끝나자 윤지가 기다렸다는 듯이 내 자리로 왔다. 그러고는 한쪽 발을 내 책상에 걸치고 나에게 물었다.

"야, 후아. 너 나랑 친구 먹지 않을래?"

"친구?"

"그래, 친구."

"왜 너랑 내가 친구가 되어야 하는데?"

내가 되묻자 윤지가 나에게 머리를 숙여 귓가에 대고

속삭였다.

"너랑 나랑 같은 과니까."

"같은 과?"

"그래. 나쁜 년, 더러운 년, 재수 없는 년이라는 과."

윤지의 속삭임을 듣는 순간 나는 일말의 망설임도 없이
대답했다.

"좋아."

윤지는 그날 나를 명동에 있는 백화점으로 데려갔다. 그리고
신의 경지에 다다랐다는 도벽을 나에게 보여주었다.

우실라 사야도

몸의 서른두 부분에 대한 명상을 개발하고자 한다면, 먼저 아나빠나 사띠로 사선정에 들어가야 한다. 삼매의 빛이 밝게 빛날 때 그 빛을 이용하여 몸의 서른두 부분을 한 번에 하나씩 관찰해야 한다. (중략) 그래서 더 이상 남자, 여자, 소, 동물로 보이지 않고 서른두 부분으로 보인다면, 언제 어디서나 안으로 그리고 밖으로 보인다면, 서른두 부분에 대한 명상은 완성되었고 숙달되었으며 달인이라고 불릴 수 있다.

— 파욱 사야도, 《사마타 위빠사나》

내가 우실라 사야도에 대한 소문을 들은 것은 진원 스님으로부터였다. 파욱명상센터에 온 지 벌써 10년이 넘었다는 진원 스님은 우리 조계종 출신으로, 멀리 전라도 바닷가에 있는 제법 유명한 사찰의 주지까지 지낸 모양이었다.

진원 스님은 첫눈에도 도력이 남달라 보이는 꼿꼿하고 반듯한 자세였다. 그렇듯 엄격한 자세로 누구에게도 곁을 주지 않은 채 맨 먼저 명상홀을 찾았다가 맨 나중에 꾸띠로 돌아가는 한결같은 일과만 되풀이하고 있었다.

파옥명상센터를 찾는 우리나라 스님들은 대부분 얼마 지나지 않아 테라와다의 주황색 승복으로 바꿔 입는 데 반해, 진원 스님은 10년 가까이 잿빛 승복만을 고집하고 있었다. 나로서는 차마 뭐라고 말을 걸기조차 저어되어 쉽게 다가서지 못한 채 그의 곁을 맴돌기만 했다.

며칠을 두고 진원 스님 주변을 맴돌던 나는 더 이상 참지 못하고 불쑥 앞을 가로막았다. 다른 수행자들이 서둘러 빠져나간 명상홀에서 스님은 맨 나중에 나오는 중이었다.

"저어, 스님."

진원 스님은 뜻밖에도 얼굴 가득히 웃음을 떠올리며, 기다렸다는 듯이 쉽게 말을 받았다.

"왜, 나에게 볼일이라도 있소?"

"예."

"며칠을 두고 내 곁을 맴돌기에 먼저 말을 걸어볼까 궁리하던 중이었소. 핫하하."

파안대소하는 진원 스님을 앞에 둔 채, 나는 얼굴이 벌겋게 달아올라 대꾸조차 못 하고 잠시 쩔쩔매었다. 그러자 스님이 놀리기라도 하듯이 말했다.

"나도 선생의 공부가 남다르다는 것은 이미 풍문으로 들었소. 도대체 뭐가 그렇게 궁금했던 것이오?"

내가 쉽게 운을 떼지 못한 채 여전히 쩔쩔매자, 진원 스님이 다시 나섰다.

"내 꾸띠에 가서 차라도 한잔하시려오?"

나는 얼른 고개를 숙였다.

"고, 고맙습니다."

진원 스님의 꾸띠는 명상홀에서 마주 바라보이는 오른쪽 골짜기의 꼭대기에 있었다. 꾸띠라기보다는 부호들의 별장으로 여겨질 만큼 화려한 2층 건물이었다. 1층은 기둥만을 올려 벌레나 물것들의 접근을 막고, 2층에다 거실이며 침실과 주방, 그리고 목욕탕까지 들인 훌륭한 주택이었다. 지붕을 제외한 나머지를 하얀 페인트로 칠한 벽돌 건물은 사방이 툭 터져 경관마저 수려했다. 끝없이 펼쳐진 열대 수림과 그 아래 숨어 고요하게 빛나는 인도양의 풍경에서 쉽게 눈길을 거두지 못하는 나에게 진원 스님이 다시 말을 걸었다.

"좋지요?"

"예."

나는 진원 스님에 대한 부러움까지 곁들여 몇 번이고 고개를 끄덕였다. 그러자 스님이 무심코 물었다.

"내가 여기에 머무는 한 죽을 때까지는 내 집인 셈이오."

"스님 집이라고요?"

"그렇소. 이 집을 짓는 데 돈이 얼마나 든 줄 아시오?"

나는 뭐라고 대꾸를 하지 못한 채 우물거리다가 스님에게 되물었다.

"비싸겠지요?"

진원 스님이 기다렸다는 듯이 너털웃음을 터뜨렸다.

"하하, 비싸다마다요. 내가 직접 터를 잡고 부탁해서 특별하게 지은 집인데 비싸다 뿐이겠소. 물경 200만 원이나 든 집이구려."

"2, 200만 원이오?"

"그렇다마다. 200만 원이오. 그 200만 원에 내가 죽을 때까지 살아도 되는 내 집이 마련된 거라오. 한국이라면 직장인들의 초봉에 불과한 돈인데."

"특별히 스님에게만 그 가격이겠지요?"

내가 여전히 어눌한 말투로 묻자 진원 스님이 고개를 절레절레 흔들었다.

"아니오. 나뿐 아니라 외국인들에게는 다 그 가격이었소. 주황색 승복을 입고 있는 외국 출신 테라와다 스님들에게는 그마저 공짜요."

진원 스님이 주방에서 차를 끓여내어 다탁에 마주 앉았을 때, 나는 비로소 우물거리며 입을 열었다. 그리하여 스님에게 내 온몸을 떨게 했던 진동이며 그 진동과 함께 시작된 황홀감과 기쁨, 행복감에 대하여 운을 떼었다.

이윽고 들숨과 날숨의 호흡마저 사라지게 하는 모든 것들과의 단절과, 아득한 세상의 끝에라도 다다른 것 같은 단절 속에서 딸마저도 사라져버리는 등등에 대해서도 말을 쏟아냈다. 그리고 마침내 찾아오는 고요와 평온에 대해서도.

내 말이 끝나자 진원 스님이 불쑥 자리에서 일어서더니 벽장문을 열어젖혔다. 벽장에는 제법 많은 책이 쌓여 있었는데, 스님은 책더미를 헤치며 무엇인가를 찾기 시작했다.

얼마 후에 진원 스님은 몇 권의 책을 들고 다시 다탁으로 돌아왔다. 그러고는 그중 한 권을 나에게 내밀었다.

"선생께 이 책을 드리리다."

나는 다탁 위에 놓인 《선정》이라는 제목의 책을 눈으로만 가만히 지켜보았다. 그러자 진원 스님이 말했다.

"이 책이 마침내 임자를 만났구려."

진원 스님의 말에 불쑥 내 입에서 생각지도 못했던 질문이 쏟아져 나왔다.

"스님은 언제 선정을 모두 끝내셨는지요?"

스님이 얼핏 이맛살을 찌푸리더니 갑자기 홍소를 터뜨렸다.

"핫하하."

"……?"

"남의 단계에 대해서는 함부로 묻는 법이 아니외다. 모르기는 해도, 감히 선생의 발밑에도 머물지 못하는 그런 단계일 거외다."

내가 얼핏 말뜻을 헤아리지 못하여 다탁 위의 책에 손을 내밀지 못하고 망설이자 스님이 다시 말했다.

"명상이며 선정에 대한 책들을 나처럼 많이 모은 사람도, 그리고 본 사람도 없을 거요. 그런 내가 선생께 드리는 거요. 내가 보기에 선생은 이미 사선정을, 바로 색계 사선정을 드나들고 있는 겁니다. 비록 두서가 없고 거칠어서 조악하기까지 하지만, 내 보기에 선생은 사선정에 다다른 것이 분명하오."

"설마요."

"달리 생각하면 선생처럼 자신의 성취를 모르거나 인정하지 못하는 것이 제대로 된 공부일지도 모르겠구려."

진원 스님은 여전히 긴가민가하며 난감해하는 나에게 다시 말했다.

"처사님은 더 이상 여기에 머무를 필요가 없어요. 오늘 당장이라도 저 삔우린으로 떠나세요. 그리고 거기 계시는 우실라 사야도를 찾으시구려. 우실라 사야도는 한국말이 꽤 능숙한데, 지금 처사님의 명상을 찬찬히 지도할 사야도는 그분밖에 없어요."

우실라 사야도는 미얀마에서도 북쪽 끝에 있는 삔우린이라는 곳의 파욱명상센터 지원에 머무르는 모양이었다. 히말라야산맥

이 미얀마에 잇닿아 있는 고원지대로, 일찍이 영국 식민지 시절에 여름 수도로 만들어진 삔우린은 빼어난 경관은 물론 여름에도 상쾌한 기온을 자랑하는 곳이었다.

우실라 사야도는 파욱 사야도의 몇 안 되는 직전直傳 제자 중한 명이었다. 파욱 사야도가 일찍이 숲속 수행을 할 때부터 따르기 시작하여, 파욱명상센터 시절을 거쳐 지금은 주로 삔우린에 머물며 한국인을 위시한 외국인들의 지도에 전념하고 있었다.

우실라 사야도는 해마다 여름이면 우리나라의 위빠사나 명상 수련원을 찾아서 명상을 지도한다고도 했다. 그래서 여느 사야도들과는 달리 한국말에 꽤 능통한 소위 한국통이었다.

"삔우린에 가면 우실라 사야도께 내 얘기를 하시구려. 내가 보내서 왔다고 말이오. 그리고 사선정에 대하여 꼭 말씀을 드리세요. 필요하다면 내가 편지라도 써드리리다."

진원 스님은 오늘이라도 당장 우실라 사야도를 찾아가라며 거듭거듭 내 등을 떠밀었다. 그리고 나는 며칠 후 삔우린으로 길을 떠났다.

몰라민에서 오후에 버스를 타고 밤을 새워 달리다 보면 이튿날 아침에 만달레이라는 도시에 다다른다. 거기서 다시 버스를 갈아타고 고원으로 난 오르막길을 올라서면, 만달레이와 삔우린

어름의 히말라야삼나무 숲속에 뻰우린 파욱명상센터가 있다.

나는 오후 늦게야 명상센터 정문에 들어섰다. 정문에는 명상센터 간판 대신에 '파욱 또야 불교대학'이라는 영어 간판이 세워져 있었다. 나중에 듣기로는, 미얀마에서도 재벌급에 드는 부호가 부지를 사고 건물을 지어 기증한 것이라고 했다. 최종적으로는 이곳에 파욱 사야도의 이름을 딴 불교대학을 설립하는 것이 그의 서원이라고도 했다.

정문 가까운 곳에 있는 사무실에 들러 간단한 수속을 마치고 여권과 지갑을 맡기고 나니 벌써 저녁 무렵이었다. 여자 사무원이 내가 머물 꾸띠를 배정해주었다. 꾸띠는 나무로 된 파욱명상센터 본원과는 달리 반듯한 직사각형 벽돌 건물에 화장실까지 있는 현대식 건물이었다. 나는 짐을 풀자마자 그대로 침대에 곯아떨어졌다.

이튿날 인터뷰실로 우실라 사야도를 찾아가서 인사를 드렸다. 마침 그 자리에는 10여 명의 미얀마 제자들이 인터뷰를 기다리고 있었다. 혼자 기다리는 나를 배려했던 것일까, 사야도가 나를 먼저 불러냈다.

진원 스님에게서 우실라 사야도에 대한 얘기를 듣자마자 곧장 짐을 싼 것은 무엇보다도 사야도와의 인터뷰 때문이었다. 진원 스님이 당부한 대로 나는 사선정에 대한 이야기부터 꺼냈다.

"진원 스님의 말씀에 따르면, 제가 색계 사선정에 들어섰다고 합니다. 진원 스님이 꼭 이 말을 먼저 전하라고 해서요."

내가 지어낸 말이 아니라 진원 스님의 주장이라는 것을 덧붙여 강조했다. 그와 함께 내가 파욱명상센터에 온 지 두 달이 넘어가는 중이라는 말도 덧붙인 것 같다.

우실라 사야도가 어느 순간 우하하, 너털웃음을 터뜨렸다. 나에게 미안한 기색을 드러내면서도 그만 안에서 숫구치는 웃음을 도저히 참아내지 못하는 모양이었다.

우실라 사야도는 너털웃음을 겨우 멈추는가 싶자, 고개를 갸웃거리며 자기 앞에 앉아 있는 나를 이모저모 살펴보았다. 내가 실성을 했거나, 아니면 어딘가 모자란 사람은 아닌가 걱정하는 눈빛이 역력했다.

우실라 사야도는 이윽고 고개를 돌려 내 옆에서 가부좌한 채 차례를 기다리는 미얀마 제자들을 둘러보았다. 그러고는 손을 들어 나를 가리키며 몇 마디를 했다. 이번에는 제자들이 일제히 푸하하하, 깔깔깔깔, 저마다 크게 입을 벌려 박장대소했다. 누군가는 급기야 주먹으로 바닥을 쾅쾅 치기까지 했다.

제자들의 웃음은 쉽게 끝나지 않았고, 덩달아 우실라 사야도도 웃음을 멈추지 않았다. 그 정도쯤 되어서야 나는 대놓고 그들의 조롱거리가 되었다는 것을 알 수 있었다.

"이런 젠장할⋯⋯."

무엇보다도 치욕스러운 마음에 나 자신에 대한 욕지기를 참을 수가 없었다. 그와 함께 진원 스님에 대한 욕지기도 올라왔다. 어쩌면 스님은 내가 이런 식으로 망신당할 것을 예상하고도 이곳으로 보낸 것인지도 모른다.

나는 벌떡 일어나서 인터뷰실을 나왔다. 미얀마 스님들은 물론 우실라 사야도도 결코 뒤돌아보지 않았다. 나는 그길로 정문 입구에 있는 출입사무실로 갔다. 지금 당장 명상센터를 나가겠다는 말을 전하자 여자 사무원은 잠자코 고개를 저었다. 그리고 사무실 벽에 걸린 달력을 턱짓으로 가리켰다.

"오늘은 금요일 오후입니다. 맡긴 돈은 모두 삔우린 은행에 입금해서 월요일에나 찾을 수 있어요. 따라서 퇴소도 월요일 이후에나 가능해요."

여자의 손짓, 발짓이 뒤따른 영어를 어렵게나마 그런 식으로 알아들을 수 있었다.

나는 "엎어진 김에 쉬어간다"는 속담대로, 이틀 동안 주로 명상홀에서 결가부좌를 하고 지냈다. 나의 치욕감과는 관계없이 뜻밖에도 니밋따는 심장 부분에서 눈부시게 잘 떠오르고, 조롱감이 되었던 색계 사선정도 변함없었다.

초선정의 황홀감에 들어서면서 니밋따가 자리잡은 심장 부분에 진동이 왔지만 온몸을 덜덜 떨게 하는 거친 기세는 아니었다. 초선정에 이어 이선정에서 기쁨이 시작되어 황홀감이 약해지자 진동이 잦아들고, 삼선정의 행복감이 스며들면서 기쁨이며 황홀감도 희미해진 다음에, 기다렸다는 듯이 세상과의 단절이 시작되면서 고요와 평온으로 넘어갔다.

나는 어쩌면 마지막이 될지도 모르는 사선정의 고요와 평온을 한껏 즐겼다. 만약 삔우린의 명상센터를 나가게 되면, 다시는 명상홀이나 명상센터는 물론 명상 그 자체를 찾는 일도 없을 것이라고 생각했다. 사선정이며 고요와 평온의 세계로 돌아가는 일도 없을 터였다. 또한 딸의 부재를 보고, 실존의 흔적을 찾는 일도 더는 없으리라는 것을 모르지는 않았다.

마지막으로 나에게 찾아온 고요와 평온이 너무도 소중해서, 원래 한 시간 반으로 되어 있는 이곳의 규정을 지나쳐서 서너 시간이 넘도록 명상홀에 앉아 있고는 했다. 밤늦게 꾸띠로 돌아와 침대에 누울 때면, 진원 스님이나 우실라 사야도를 원망하지 말자고 스스로 다짐하며 잠들었다.

토요일과 일요일이 지나고 마침내 월요일을 맞았을 때였다. 명상홀에 들어서는 나를 뜻밖에도 어린 미얀마 스님이 붙잡았다. 그러고는 우실라 사야도가 인터뷰실에서 기다리고 있다고 전했다.

인터뷰실로 들어가서 인사를 드리자, 우실라 사야도는 무표정한 얼굴로 담담하게 말했다.

"처사님은 오늘부터 몸의 서른두 부분에 대한 명상을 하세요. 파욱 사야도의 법문집 《사마타 위빠사나》를 보면 명상하는 방법이 자세하게 나올 거예요."

'몸의 서른두 부분에 대한 명상'이라는 것도 있었나? 나는 잠깐 고개를 갸웃거렸다. 모르기는 해도 내가 아직 펼쳐보지 못한 페이지에 있는 명상수행법일 것이다.

어쩌면 우실라 사야도가 아직도 치욕감에 사로잡힌 나를 달래느라 대충 시켜보는 초보적인 명상일지도 모른다. 나는 사야도를 흉내 내어 무표정한 얼굴에 어떤 감정도 드러내지 않고 인터뷰실을 나왔다.

니밋따를, 그것도 빠띠바가 니밋따를 바라보고 초선정부터 사선정까지 허위허위 한길만을 치달려온 나로서는 '몸의 서른두 부분에 대한 명상'이란 누구에게 들어본 적조차 없는 생경한 명상이었다. 어쩌면 나는 파욱 사야도의 법문집을 보면서도, 빠띠바가 니밋따며 사선정 이외에 다른 것은 거들떠보지도 않았을 것이다.

몰마인의 파욱명상센터 인터뷰실에서 사야도들은 오직 한 가지만을 나에게 주문했다. 한 시간에서 두 시간으로, 두 시간에서 세 시간으로, 세 시간이 넘어서면 네 시간으로, 그렇게 하루 종일이라도 명상시간을 늘려서 니밋따를 바라보라는 지시뿐이었다.

나는 우선 꾸띠에 가서 파욱 사야도의 법문집《사마타 위빠사나》를 펼쳐보기로 했다. 만일 '몸의 서른두 부분에 대한 명상'

이 마음에 들지 않으면 그길로 배낭을 메고 명상센터 정문을 나설 작정이었다. 마음속에서 우실라 사야도에 대한 불신이 사라지지 않았다. 사야도가 지시한 '몸의 서른두 부분에 대한 명상'은 이제 갓 명상센터에 들어온 이들을 위한 초보적인 수행법일 것이라고 지레짐작했다.

꾸띠에 가서 책을 찾아 '몸의 서른두 부분에 대한 명상을 개발하는 방법'을 펼친 순간, 첫 문장에 작은 눈이 번쩍 뜨였다.

> 몸의 서른두 부분에 대한 명상을 개발하고자 한다면, 먼저 아나빠나 사띠로 사선정에 들어가야 한다. 삼매의 빛이 밝게 빛날 때, 그 빛을 이용해서 몸의 서른두 부분을 한 번에 하나씩 관찰해야 한다.

나는 이 구절을 읽고 또 읽었다. 그렇게 몇 번이고 읽어도 이 구절이 도무지 믿어지지 않았다. 우실라 사야도가 누구인가. 불과 사흘 전, 사선정을 한다는 나의 주장에 제자들과 함께 웃어대지 않았던가.

'몸의 서른두 부분에 대한 명상'을 하라는 우실라 사야도는 기실 나의 사선정을 인정한 셈이다. 도대체 어떻게 하여 사야도는 불과 사흘 만에 나의 사선정에 대한 판단을 바꾼 것일까.

몇 달이 훨씬 지난 어느 날, 명상홀에 늦게 들어간 적이 있다.

꾸띠에서 빨래를 하느라 시간을 맞추지 못한 것이다. 그때 나는 비로소 나의 사선정에 대한 우실라 사야도의 판단을 내 식으로 대충 헤아릴 수가 있었다.

명상에 든 수행자들을 방해하지 않기 위하여 나는 될 수 있는 한 발소리를 내지 않고 살금살금 명상홀이 있는 2층 계단을 올라가고 있었다. 계단을 얼추 올라갔을 때, 맞은편 창밖에 붙어 선 채 명상홀을 지켜보고 있는 우실라 사야도와 마주쳤다. 나를 발견한 사야도는 검지를 입술에 대었다.

"쉬잇."

우실라 사야도와 마주치고 나서야 나는 비로소 '몸의 서른두 부분에 대한 명상'을 나에게 시킨 궁금증이 풀렸다. 어쩌면 사야도는 창밖에서 사흘 동안 누구도 몰래 나를 지켜보았을지도 모른다. 바로 그렇게 나의 사선정에 대한 황당한 주장을 인정했던 것일까. 결가부좌한 채로 서너 시간이 넘도록 미동조차 없이 바위처럼 굳어버린 나를 지켜보며 빙긋 웃었을지도 모른다.

손가락 하나, 발가락 하나 움직일 수 없도록 몸이 굳어버리고, 모든 감각은 물론 고통에 대한 통각마저도 잊어버린다. 그렇게 바윗덩어리가 되어 모든 것으로부터 단절된다. 그런 내가 다다른 곳은 오직 한 군데, 평온밖에 없다.

우실라 샤야도가 '몸의 서른두 부분에 대한 명상'을 시킨 당시에는 사야도가 나를 지켜보았으리라고는 상상조차 할 수 없었다. 그런 앞뒤 맥락을 모르면서도 나는 사야도가 몸의 서른두 부분에 대한 명상을 시켰다는 사실만이 감격스러웠다.

　나는 작은 두 눈에 금방이라도 떨어질 듯한 눈물을 매단 채 '몸의 서른두 부분에 대한 명상'을 마지막까지 읽어나갔다.

　　　몸의 서른두 부분은 땅의 요소가 우세한 스무 가지 부분과 물의 요소가 우세한 열두 가지 부분으로 되어 있다. 땅의 요소가 우세한 스무 가지 부분은 다섯 가지를 한 쌍으로 해서 네 종류로 관찰해야 한다. 첫째는 머리털, 몸털, 손발톱, 이빨, 살갗, 둘째는 살, 힘줄, 뼈, 골수, 콩팥, 셋째는 심장, 간, 횡경막, 비장, 허파, 넷째는 장, 장간막, 소화되지 않은 음식, 똥, 뇌.

　　　물의 요소가 우세한 열두 가지 부분은 여섯 가지를 한 쌍으로 해서 두 종류로 관찰한다. 첫째는 담즙, 가래, 고름, 피, 땀, 기름, 둘째는 눈물, 지방, 침, 콧물, 관절액, 오줌.

　　　위에서 주어진 순서대로 한 번에 하나씩 식별한다. 마치 깨끗한 거울에 자기 얼굴을 비춰보는 것처럼 분명하게 보아야 한다.

　　　이렇게 하는 동안 삼매의 빛이 희미해지고 관찰하는 몸의 부분이 흐려진다면, 아나빠나 사띠의 사선정을 다시 확립해야 하고, 그 빛이 밝고 강해지면 몸을 관찰하는 수행으로 다시 돌아와야 한다. 삼매의 빛이 희미해질 때마다 이렇게 해야 한다. 머리털부터 오줌까지 또는 반대로 오줌부터 머리털까지 분명하게 보는 것이 숙달될 때까지 수행해야 한다.

그리고 나서 삼매의 빛으로 자신과 가까이 있는 존재를 관찰해야 한다. 자신의 정면에 있는 사람을 관찰하는 것이 좋다. 그 사람 또는 생명체를 머리털부터 시작해서 오줌까지, 그리고 그 반대로 오줌부터 머리털까지 식별해야 한다. 서른두 부분을 순관順觀으로, 그리고 역관逆觀으로 여러 번 관찰해야 한다. 이것을 성공했을 때 한 번은 안으로 자신의 몸을 관찰하고, 한 번은 밖으로 다른 사람의 몸을 관찰해야 한다. 이렇게 계속해서 수행한다.

이같이 안으로 밖으로 식별할 수 있어야 명상의 힘이 증가한다. 이제 식별의 범위를 조금씩 가까운 곳에서부터 먼 곳까지 확장해야 한다. 멀리 떨어져 있는 존재는 관찰할 수 없다고 생각해서는 안 된다. 사선정의 빛으로 당신은 멀리 떨어져 있는 존재를 육안이 아닌 혜안으로 쉽게 볼 수 있다.

식별의 범위를 동, 서, 남, 북, 북동, 북서, 남동, 남서, 위, 아래, 열 개의 방향으로 확장해야 한다. 사람이든 동물이든 다른 존재이든 열 개의 방향으로 관찰한다. 서른두 부분을 한 번은 안으로, 한 번은 밖으로, 한 번에 관찰한다.

이 부분을 다 읽었을 때, 내가 전혀 차원이 다른 명상의 세계에 들어섰다는 것을 알았다. 새로운 명상의 세계에 비하면 지금까지 내가 수행한 빠띠바가 니밋따나 사선정은 어떤 의미에서는 명상이라고 부를 수조차 없을 정도로 조악하게 여겨졌다. 지금까지 빠띠바가 니밋따며 사선정이란 내가 미처 보지 못했던 깊은 내면으로 들어가기 위한 수단일 뿐이었다. 그리고 아나빠나 사띠의 마음집중이나 알아차림 또한 깊은 내면으로 들어가기 위한 준비에 불과했던 것이다.

아직까지 제대로 들여다본 적이 없는 깊은 내면이란, 한 치 앞도 바라볼 수 없는 암흑만이 끝 간 데 없이 펼쳐진 미지의 공간이었다. 그곳에는 암흑과 함께 끔찍하고 추악한 괴물이 웅크리고 있을 것이었다. 수십 년 세월을 누구에게도 들켜본 적 없이 그곳을 보금자리로 삼아온 한 마리 괴물. 단 한 번도 훈련이란 것을 받아본 적 없이 제멋대로 여러 사람을 파멸시키다가 급기야는 딸의 목숨까지 빼앗은 한 마리 늙은 괴물.

나에게 '몸의 서른두 부분을 바라보는 명상'이란 결국 늙은 괴물이 웅크리고 있는 깊은 내면으로 들어가는 마지막 관문이었다. 바로 그 문을 지나쳐서 늙은 괴물을 만나야 진정으로 딸과 하나가 되고, 딸의 실존의 흔적과 하나가 되는 것이다.

빠띠바가 니밋따의 가장 눈부시게 번쩍이는 빛으로 처음에는 머리털이며 몸털, 손발톱, 이빨부터 시작하여 살이며 힘줄, 뼈,

골수를 지나서 간이며 횡경막, 비장, 허파를 지나 장에 가득 찬 소화되지 않은 음식물과 똥을, 이윽고 가래, 고름, 피, 땀, 오줌을 비춰야 한다. 그렇게 그 모든 것을 빠띠바가 니밋따의 빛 아래 낱낱이 드러내 보여야 한다.

몸 안에 있었으나 지금까지 단 한 번도 보지 못했던 뼈며 골수며 비장이며 허파며 소화되지 않은 음식물이며 똥, 가래, 고름, 오줌 따위들이 빠띠바가 니밋따의 눈부신 빛 아래 펼쳐지는 것을 상상했다. 바로 그 모든 것들 안에서 나에게 단 한 번도 모습을 보인 적이 없는 괴물 또한 마침내 정체를 드러낼 것이다.

나는 '몸의 서른두 부분에 대한 명상'에 들어가기 앞서 우실라 사야도를 찾아갔다. 그동안 나를 이곳까지 이끌어온 딸의 실존이며 실존의 흔적에 대한 것들을 두서없이 꺼냈다. 그러자 사야도는 나를 말리거나 거부하지도 않고 끝까지 듣고는 빙긋이 웃어주었다.

"그동안 참 힘들었겠어요. 더군다나 영어도 서툴다면서요."

"고, 고맙습니다."

내가 고개를 숙이자 우실라 사야도는 여전히 웃음을 머금은 채 다시 입을 열었다.

"제가 보기에 처사님은 자신도 모르는 가운데 이제 막 사선정의 단계에 접어든 것 같습니다. 사선정의 평온이 아니고서는 처사님처럼 결가부좌를 한 채 서너 시간이 넘도록 선정에 들 수 없습니다."

잠자코 있자 우실라 사야도가 말을 이었다.

"특히 처사님의 말에 따르면, 따님의 죽음에서 벗어나지 못한 채 사선정에 접어들었다는 것인데, 그건 놀라운 수행을 한 거예요. 앞으로 처사님이 공부해나갈 여러 가지 명상 중에서도 아주 중요한 과정을 넘어선 셈입니다. 명상센터에 오는 이들은 처사님처럼 마음에 무거운 짐을 지고 오는 경우가 많아요. 그리고 대부분 그 무게에 짓눌려 명상의 초기 단계에서 벗어나지 못하고 말지요. 마음의 짐 때문에 우선 호흡에 대한 집중이 되지 않아서 호흡마저도 제대로 다루지 못합니다. 호흡에 집중할 수 없다는 것은 마음에 집중할 수 없다는 것과 마찬가지입니다. 그렇게 첫 단계의 호흡에서 막히는데 언제 니밋따를 밝히고 선정에 들까요? 설령 어쩌다 니밋따가 뜬다고 해도 금방 사라지기 마련이지요. 명상이란 일단 자신이 짊어진 마음의 짐에서 자유로워지는 공부라고 해도 돼요. 그렇게 자유로워지기만 해도 공부가 많이 깊어지는 것인데, 처사님은 따님의 짐을 외면하지 않고 함께 짊어진 채 니밋따를 밝히고 선정에 들어선 것입니다. 참으로 쉽지 않은 일을 해냈어요."

우실라 사야도는 지긋한 눈길로 나를 내려다보더니 문득 두어 번 고개를 저어 보였다.

"그러나 아직은 아닙니다. 지금 처사님에게는 어려운 고비가 또 남았어요. 무엇보다 몸의 서른두 부분에 대한 명상이 참으로 중요합니다. 그래도 처사님은 니밋따의 빛이 강렬하니까 충분히 가능합니다. 파욱명상센터의 사야도들이 처사님에게 빠따바가 니밋따를, 그것도 자꾸 시간을 늘려 서너 시간 넘게 보라고 한 것은 아주 핵심적인 가르침이었습니다. 만일 내가 한국어를 모른 채 처사님을 만났다면, 나 역시 그런 식의 가르침밖에는 줄 수가 없었을 것입니다. 왜냐하면 빠띠바가 니밋따가 눈부시게 빛날수록 앞으로 배울 여러 명상 속으로 더욱 넓고 깊이 들어갈 테니까요."

우실라 사야도는 말을 멈추고는 잠시 나를 내려다보다가 다시 말을 이었다.

"니밋따는 니밋따대로 중요하지만, 더 중요한 것은 사띠입니다. 한 치의 의식도 끼어들지 않은 사띠라야 몸의 여러 부분, 특히 똥이나 오줌, 골수, 고름, 관절액, 소화되지 않은 음식물 따위를 비롯하여 처사님이 지금까지 한 번도 보지 못했던 자신의 더럽고 역겨운 모든 것들을 볼 수 있는 것이지요."

"……."

"만일 도중에 욕지기라도 솟구친다면, 그것은 사띠가 아니라 이미 의식이 끼어든 것입니다. 그러면 다시 맨 처음으로 돌아가 머리털부터 다시 시작해야 합니다. 처사님의 경우 니밋따의 번쩍이는 빛보다는 오히려 사선정의 평온한 사띠가 중요할 것입니다. 이를테면 사선정, 바로 색계 사선정이지요. 이 색계 사선정은 니밋따 사선정을 일컫는 용어인데, 니밋따 자체가 어차피 물질인 빛으로 만들어져서 색계라는 이름이 붙은 것입니다. 처사님의 명상이 깊어지면 얼마 후에는 물질의 세계인 색계 사선정에서 다음 단계인 무색계 사선정으로 넘어갑니다. 무색계 사선정이란 니밋따의 색계가 사라진 사선정입니다. 부디 처사님의 명상이 깊어져서 무색계 사선정까지 마치기를 빕니다."

누가 강요하지 않았지만 나도 모르게 우실라 사야도에게 삼배를 올리고 인터뷰실을 나왔다. 이를테면 삼배로써 사야도를 마음 깊이 스승으로 모시는 예식을 치른 셈이었다.

몸의 서른두 부분에 대한 명상을 위하여 반드시 거쳐야 하는 색계 사선정의 고요와 평온은 처음부터 바로 들어가는 것이 아니다. 초선정의 황홀감에서 시작하여 이선정의 기쁨을 거쳐 삼선정의 행복감을 지난 다음에야 비로소 사선정의 고요와 평온 속에서 빠띠바가 니밋따의 빛으로 몸의 서른두 부분을 바라보는 것이다. 아니, 몸의 서른두 부분을 바라본다는 표현은 어폐가 있다. 아무리 사띠의 알아차림이라고 하더라도 그런 알아차림이라는 사체寫體가 존재하고, 그 존재에 의해 또 다른 존재인 피사체被寫體가 되는 식의 이중성은 어쩔 수 없이 간극을 드러내고 만다.

몸의 서른두 부분에 대한 명상은 까다로웠다. 바로 그 이중성의 간극 때문이었다. 나는 이중성의 간극을 메우지 못한 채 명상시간의 대부분을 사체와 피사체의 두 존재 사이를 오가면서 보냈다.

며칠이 지나도록 나는 사선정에 들어 빠띠바가 니밋따의 빛으로 순서에 따라 땅의 요소 중 첫 부분인 머리털만을 비추고 있었다. 짧고 숱 없는 흰 머리털만을 하루 종일 비추었을 것이다.

오후의 명상에 든 어느 순간, 머리털들이 죄다 탈각이라도 하듯이 머리통에서 들고 일어서는 느낌이었다. 털샘에 박혀 있던 머리털이 우우우, 소리도 요란하게 한꺼번에 모두 들떠 일어서는 것이었다.

'이러다 남은 머리털마저 모조리 빠져버리는 것은 아닐까?'

나는 어쩔 수 없이 스스로에게 물었다. 그렇게 의식이 돌아온 것과 동시에, 색계 사선정의 평온은 물론이고 니밋따의 눈부신 빛 또한 거짓말처럼 사라져버렸다.

인터뷰 시간에 우실라 사야도 앞에 무릎을 꿇고서 명상시간에 떠오른 질문과, 그와 동시에 사선정이며 니밋따가 모조리 사라져버린 일을 털어놓았다. 그러자 사야도는 내 걱정과는 달리 빙긋이 웃었다.

"걱정하지 마세요. 몸의 서른두 부분에 대한 명상이 잘되고 있는 중입니다. 처사님은 머리털이 자라나는 모습을 본 것입니다.

머리털 하나하나가 낱낱이 자라나는 모습이 마치 머리털이 살갗에서 한꺼번에 들떠 일어서는 것으로 느껴졌고, 그래서 모조리 빠져버리지는 않을까 하는 걱정으로 이어진 것이지요."

"……."

"머리털을 보는 일이 오늘처럼 잘되면 다음에는 온몸의 털을 보고, 손톱과 발톱을 보고, 또 이빨을 보고, 나중에는 온몸의 살갗을 보세요. 머리털처럼 하루에 하나씩 보지 말고 한두 시간의 명상에서 하나씩 본 다음 이빨 단계의 다섯 부분, 즉 머리털, 몸털, 손톱과 발톱, 이빨, 살갗 이렇게 모두를 보고, 다시 살갗, 이빨, 발톱과 손톱, 몸털, 머리털 식으로 역순으로까지 보아야 합니다. 그렇게 되면 비로소 땅의 요소를 보는 첫 단계 명상이 완성되는 것입니다. 다음 단계의 명상에 들어갈 때도 반드시 첫 단계의 다섯 부분에서 시작하여 다음 단계의 다섯 부분으로 나아가고, 그 두 단계가 끝나면 다시 역순으로, 첫 단계로 돌아가는 식으로 하루도 빠짐없이 되풀이하는 것입니다."

다음 날 명상홀에 앉아서 사선정의 고요와 평온 속에서 빠띠바가 니밋따를 띄우자, 머리털이 들떠 일어서던 어제와는 달리 머리털 하나하나가 낱낱이 자라는 것이 비쳐 보이는 것이었다. 털샘에서부터 차츰 키를 높여가는 머리털들이 지극히 미세하고 섬세하게 비치고 있었다.

명상홀에서 꾸띠로 돌아가며 나는 혼자서 머리를 끄덕였다.

어제 머리털이 들떠 일어서던 것이 비로소 이해가 되었다. 자칫 사띠의 알아차림이 머리털의 그 미세하고 섬세한 성장을 놓쳐 버리면, 그것들은 머리털이 머리통에서 들떠 일어서는 식으로 보일 것이 분명했다.

머리털에 이어 다음 단계인 몸의 털로 넘어가자, 온몸의 털들도 어렵지 않게 니밋따에 비쳤다. 결가부좌한 자세 그대로 온몸의 털들도 니밋따에 밝게 모습을 드러낸 채, 저마다 털샘으로부터 시작되는 미세하고 섬세한 성장을 이어가고 있었다. 이어서 양 무릎에 수인을 한 채 얹혀 있는 열 손가락 끝에서 손톱들이 비쳤다. 그리고 꽈배기처럼 비꼬인 채 아랫배에 뒤꿈치를 대고 있는 열 개의 발톱이 비쳤다.

손톱과 발톱 부분이 끝나자 이번에는 이빨로 이어졌다. 이가 빠져 의치를 한 윗니 중에서 의치 부분만이 뻥 뚫려 터널처럼 여겨지는 중에, 양쪽의 이빨들마저 미세하고 섬세한 성장을 이어가고 있었다.

이빨 다음에는 살갗이었다. 니밋따의 빛 아래 드러난 온몸의 살갗은 그 성장이 요란스러웠다. 안쪽 살갗과 밖에 드러난 살갗이 뒤섞여 안팎에서 한꺼번에 성장이 이어지는 식이었다.

이윽고 몸의 서른두 부분에 대한 명상에서 첫 단계의 다섯 부분이 모두 끝났다. 그리고 역순으로 살갗에서 이빨, 발톱과 손톱, 몸털, 머리털로 이어졌다. 그렇게 첫 단계의 다섯 부분을 역순까지 마치고 나서 두 번째 단계로 들어갔다. 온몸의 살들, 살을 거미줄처럼 얽어매고 있는 힘줄들, 그리고 힘줄 안에 있는 뼈들, 뼈 안에 가득히 엉겨 있는 골수, 이어서 콩팥까지 저마다 살아서 꿈틀거린다. 다음에는 물론 차례에 따라 역순이다.

세 번째 단계는 벌떡벌떡 뛰는 심장, 몇 번의 알코올성 간염으로 희끄무레하게 변색된 간, 갈비뼈 아래에 긴 띠처럼 놓여 호흡기관과 소화기관을 나누고 있는 횡경막, 횡경막 한켠에 숨듯이 자리한 비장, 오랜 흡연 탓에 거의 망가지기 직전으로 탁해진 허파가 기다린다.

네 번째 단계는 아랫배를 에두른 큰창자며 그 안에 자리잡은 작은창자, 창자들 사이사이를 얇은 그물처럼 감고 있는 장간막, 창자 속에서 작은 벌레들처럼 꼬무락거리는 소화가 덜 된 음식물, 큰창자의 끝부분에서 항문까지 가득 채운 똥덩어리, 그리고 뒤이어 뇌에 이르렀는데, 기이하게도 뇌는 항문에 있던 똥덩어리와 흡사해 보였다.

여기까지가 바로 몸의 스무 가지 땅의 요소들이다. 몸의 서른두 부분에 대한 명상을 시작한 지 한 달쯤 지났을 무렵, 나는 마침내 물의 요소 열두 가지로 접어들었다. 그러기까지 과정이 결코 쉽지만은 않았다. 땅의 요소들을 차례로 바라보고 이어서 역순으로 되풀이하다 보면, 살아서 꿈틀거리는 것들을 내 몸이라고 여기기가 어려웠다. 그것들은 나와는 전혀 다른 별개의 생물이었다.

무엇보다도 내 몸이라고 여겼던 것들의 더럽고 끔찍한 생물은 바로 내 안에 자리잡은 한 마리 괴물과 결합되어 있을 것이었다. 내 몸의 끔찍한 더러움 말고 달리 무엇이 그 괴물과 결합될 수 있으랴.

치밀어 오르는 욕지기를 도저히 견딜 수가 없었다. 끝내는 명상 중에 몇 번인가 헛구역질을 하고야 말았다. 욕지기가 치밀어 오르면 기다렸다는 듯이 니밋따의 빛도 꺼져버렸다. 그렇게 니밋따가 꺼지면 사띠의 알아차림마저 사라지고, 그 자리에는 곧 캄캄한 어둠이 몰려왔다.

나는 어둠 속에서 다시 초선정부터 시작하여 니밋따의 빛을 띄운 채 가까스로 평온을 되찾아 또다시 몸의 서른두 부분에 대한 명상으로 들어갔다. 그러는 동안에도 욕지기에 대한 부끄러움을 사띠의 알아차림에 숨길 수가 없었다.

돌이켜보면 내 온몸이 아무리 끔찍한 더러움으로 가득 차 있다고 해도, 살아오면서 빚어낸 삶의 더러움에 비한다면 차라리 몸이 순결할지도 몰랐다. 더군다나 삶의 더러움이 만들어낸 추악한 괴물에 이른다면 무슨 변명이 가능하랴.

나는 어렵사리 땅의 요소 스무 부분을 끝내고 물의 요소 열두 부분으로 접어들 수 있었다. 물의 요소는 끔찍한 더러움이 땅의 요소보다 더 심했지만, 자신이 만들어서 결국 딸마저 섬망으로 내몸 한 마리 괴물을 넘어설 수는 없었다.

손톱만 한 쓸개에서 나와 위로 들어가는 노란 담즙, 기관지 아랫부분에 엉겨붙은 물엿같이 끈적한 가래, 치질로 인하여 헐어빠진 항문 주위의 고름 덩어리, 온몸의 혈관을 어지럽게 돌아다니는 더러운 피, 이마에서 비롯하여 두 뺨을 거쳐 목덜미를 적시는 땀, 아랫배의 뱃살을 가득히 채운 기름, 눈가장에 진물처럼 달라붙는 눈물, 살갗 아래에 번지르르한 지방, 침, 뼈마디 사이사이에 고여 있는 관절액, 오줌통을 가득 채우고 요관으로 넘쳐나는 오줌, 그것들이 모두 니밋따의 눈부신 빛에 드러난다. 그리고 사띠에 의해 살아서 꿈틀거린다.

땅의 요소 스무 부분과 물의 요소 열두 부분을 어렵사리 끝낼 무렵이었다. 인터뷰실에 가서 앉자 우실라 사야도가 비스듬한 눈길로 내려다보더니 이내 고개를 저었다.

"처사님은 몸의 서른두 부분에 대한 명상을 모두 끝내기라도 한 것처럼 여기는 모양인데, 정작 어렵고 까다로운 부분은 지금부터입니다."

어쩌면 나도 모르게 얼굴에 내비친 어떤 자만심을 우실라 사야도가 보아버린 것인지도 모른다. 내가 얼굴을 붉히자 사야도가 빙긋이 웃었다.

"내일부터는 처사님 몸의 서른두 부분을 먼저 보고, 그다음에는 앞에 앉은 사람의 몸 서른두 부분을 보세요. 그러고는 다시 한번 역순으로 앞에 앉은 사람의 몸을 보고, 또 처사님의 몸을 보세요. 그것이 익숙해지면 이번에는 옆에 앉아 있는 사람의 몸을 보세요. 처사님을 중심으로 한 사람, 한 사람 동서남북으로 보셔야 합니다. 그렇게 보고 난 후에는 명상홀에 있는 사람들 모두를 한눈에 보셔야 합니다."

우실라 사야도의 말에 나도 모르게 고개를 가로젓고 말았다.

"그게 가능할까요?"

앞으로의 명상은 지금까지와는 차원이 다를 뿐 아니라, 나의 명상이 여기서 멈출지도 모른다는 두려움이 앞섰다. 나의 기색을 눈치챈 사야도가 두어 번 고개를 끄덕였다.

"처사님이라면 가능합니다. 다행스럽게도 처사님의 빠띠바가 니밋따는 순도가 아주 높다고나 할까, 막힘없이 어디든지 쑥쑥 내달리고 있습니다. 아마 파욱에 있는 사야도들이 처사님께 다른 것은 모두 제쳐두고, 오로지 서너 시간 넘게 빠띠바가 니밋따만 붙들고 있게끔 외길로 연습시킨 결과일 것입니다. 너무 걱정하지 않아도 됩니다."

이제 막 우기가 시작되어 꾸띠는 물론 명상홀의 어디에서도 곧잘 눅진눅진한 습기며 물방울이 묻어나던 무렵이었다. 미얀마의 어린 스님들은 명상홀 앞에 모셔놓은 붓다의 온몸을 마른 수건으로 닦아 물기를 훔쳐내고는 했다.

그런 장마철을 나는 몸의 서른두 부분에 대한 명상에만 전념하며 보냈다. 우실라 사야도는 내가 명상홀에 있는 모든 수행자들을 보는 것에 익숙해지자, 이번에는 범위를 넓혀 식당이며 창고 등에서 일하는 미얀마 사람들, 심지어는 무성한 열대 수림 속에 살고 있는 동물들까지 보게 했다.

또다시 명상의 새로운 차원이 시작되었다. 기이한 것은, 나는 물론이고 사람들이나 동물들의 경우에도 몸의 서른두 부분을 제외한 어떤 차이점이 크게 느껴지지 않는다는 것이었다. 특히 동물들의 경우에는 크고 작거나, 날아다니고 기어다니는 차이만이 뚜렷하게 느껴질 뿐이었다.

어느 날 우실라 사야도가 인터뷰실 밖에서 나를 불렀다. 마침 식당에 가기 위하여 주황색 승복의 테라와다 승려들을 위시한 일반 수행자들이 명상센터 앞에 한 줄로 길게 늘어선 자리에서였다.

"처사니임."

우실라 사야도가 설마 나를 불렀으랴 싶어서 처음에는 그쪽을 바라보지도 않았다. 그러자 사야도가 좀 더 분명하게 나를 지적했다.

"어이, 맨 끝에 있는 나이 많은 처사니임."

쏟아지던 장맛비가 잠깐 멈춘 점심 공양시간이었다. 점심 공양에 나오는 모든 음식은 식당 앞에 뷔페식으로 차려졌다. 그리고 명상센터의 서열에 따라 우실라 사야도는 줄의 선두에 서 있었다. 그런데 우실라 사야도가 그 줄의 맨 끝에 서 있는 일반 수행자인 나를 부른 것이었다.

"사야도님께서 저를 부르셨어요?"

내가 묻자 우실라 사야도는 다시 큰 소리로 외치듯 말했다.

"처사님, 여기 줄지어 서 있는 사람들을 한눈에 바라보세요. 이 사람들의 몸 서른두 부분을 모두 바라보세요."

장맛비가 지루했던 것일까. 우실라 사야도가 근엄하던 평소와는 달리 입가에 빙긋이 웃음을 띤 채 엉뚱한 지시를 하는 것이었다. 줄을 서 있던 사람들이 모두 나를 주시했다. 나는 얼핏 눈살을 찌푸린 채 줄을 바라보다가 내처 대답했다.

"모든 분과 함께 사야도님의 알몸도 보입니다. 사타구니에 달린 고추까지 이미 모두 한눈에 보고 말았습니다."

그러자 함께 줄을 서 있던 우리나라 스님들이며 나머지 수행자들 사이에서 깔깔깔 웃음이 터졌다. 미얀마의 테라와다까지 영문도 모른 채 웃음에 합세했다. 요란한 웃음 소동 끝에 우실라 사야도가 빙긋이 웃음을 보태며 말했다.

"저까지 보느라 고생했습니다."

우기가 길어지면서 사선정의 고요와 평온은 더 아늑하고 그윽하게 깊어졌다. 그러자 그 평온 속에서 문득 나의 내면 어딘가에 숨어 있던 우주적인 시공간이 느껴졌다. 그렇게 우주적인 시공간이 느껴지면, 기다렸다는 듯이 나는 사라져버린다.

가장 먼저 호흡이 사라져버리고, 이미 오래전부터 감각들 대신에 자리잡았던 어떤 바윗덩어리마저 사라져버린다. 나는 애오라지 사띠가 되어, 명상홀을 벗어난 우주적인 시공간을 돌아다닌다. 이승이니 저승이니 따위 구별에 갇힌 시공간을 넘어서서 동서남북 어디든지 가고 온다.

그 무렵이었을까, 우실라 사야도에게 조심스럽게 딸에 대하여 운을 뗐다. 지금 하고 있는 몸의 서른두 부분에 대한 명상에 딸을 포함시켜도 되는지 여부를 물은 것이다.

사야도는 기다렸다는 듯이 고개를 가로저었다.

"아직은 안 됩니다. 몸의 서른두 부분에 대한 명상을 끝내고 다음 단계로 넘어가면, 그때 죽음에 대한 명상이 나옵니다. 거기서 따님을 만나세요."

명상센터의 모든 사람과 동물들의 몸 서른두 부분에 대한 명상이 끝나자, 우실라 사야도는 나에게 미얀마라는 나라 전체의 사람들과 동물들을 한꺼번에 바라볼 것을 지시했다. 미얀마가 끝나자 우리나라를 위시해서 지구의 모든 생명체를, 그리하여 동서남북을 위시하여 위아래 열 방향으로 온 우주의 생명체들, 소위 시방세계의 모든 생명체까지도 한꺼번에 바라보라는 지시를 내렸다.

우실라 사야도는 한동안 잠자코 나를 지켜보더니 다시 말을 덧붙였다.

"몸의 서른두 부분에 대한 명상이 깊어져서 시방세계의 생명체들까지도 보게 되면, 그다음에는 처사님의 명상이 깔라파를 헤아리는 단계로 깊어집니다."

"깔라파요?"

"깔라파란 우리 몸의 가장 극미한 원소들을 가리키는 팔리어입니다. 명상에서 이 원소들을 볼 수 있어야 비로소 우리 몸의 모든 것들이 태어나자마자 사라지는 것을 알아차릴 수 있습니다. 몸과 마음, 즉 정신과 물질이라는 것이 한순간에 수백 번, 아니 수천 번 태어나자마자 사라지는 깔라파 외에는 아무것도 아니라는 것을 헤아리게 됩니다."

"……?"

"깔라파를 헤아릴 수 있으면 처사님의 명상은 드디어 사마타에서 위빠사나로 접어드는 것입니다."

실존의 흔적 5

　실기강사가 다시 한번 학생들의 뒤통수를 해머로 내려치듯이
충격을 가한 것은 이제 막 창밖으로 목련이며 진달래, 개나리,
벚꽃이 다투어 피어나던 봄날이었다. 어딘가에서는 아직
이르다 싶은 수수꽃다리의 진한 향기까지 은은하게 풍겨오고
있었다. 공연히 마음이 설레던 학생 중 한 명이 애교 섞인
코맹맹이 소리를 냈다.

　"선생님, 밖에서 저렇듯 환하게 꽃들이 피어나는데, 저것들을
못 본 척하고 그림만 그리기에는 우리 청춘이 너무 가여워요."

　그러자 기다렸다는 듯이 여기저기서 코맹맹이 소리가
뒤따랐다.

　"맞아요. 우리 같은 고삐리들은 사람도 아닌가요? 실기
그만하고 재미있는 이야기해주세요."

　"그래요 선생님, 이야기해주세요."

　학생들이 이구동성으로 떠들자 실기강사는 피식, 코웃음
소리를 내며 학생들을 둘러보았다.

"좋아. 별로 재미없겠지만, 나에게 궁금한 것이 있다면 뭐든지 물어봐."

"정말로요? 정말 뭐든지 물어봐도 돼요?"

"그래. 뭐든지 물어봐. 나에 대해서 최소한 거짓말은 하지 않고 대답해주겠다."

실기강사의 말에 학생 중 한 명이 다분히 농담조로 질문을 던졌다.

"선생님의 꿈은 뭐예요? 아니, 선생님도 꿈이 있어요?"

"왜? 나 같은 실기강사한테는 꿈도 없을 것 같니?"

"아니, 사실은 선생님이 혹시 꿈도 없을까 봐 불안해요."

"걱정해주는 건 고맙지만 나도 꿈은 있다."

"뭔데요?"

실기강사는 약간 입술을 비틀어 빙긋, 예의 악의가 숨은 웃음을 보였다.

"거지."

"거지라고요?"

학생들이 저마다 놀란 나머지 큰 소리를 내었고, 실기강사가 그럴 줄 알았다는 듯이 입을 비틀어 웃었다.

"그래 거지다. 거지라도 이왕이면 글로벌 거지가 되고 싶다."

"에이, 그런 황당한 꿈이 어디 있어요?"

"그래, 좀 황당하기는 하겠구나."

"왜 하필이면 다른 것 다 집어치우고 거지가 꿈이에요?"

실기강사는 여전히 악의를 곁들인 웃음을 머금고 학생들을 둘러보았다.

"외국에 나가 보면 글로벌 거지들이 꽤 많지. 그들은 이렇다 할 살림조차 없이 다 떨어진 배낭 하나만 달랑 메고 오늘도 지구라는 외로운 행성을 떠돌 게다. 이 거지들을 가리켜 그럴싸하게 자발적 빈곤층이라고 부르기도 하더구나. 이 자발적 빈곤층이야말로 요즘 같은 말기적 자본주의 사회에서 가장 두려운 계층일지도 모른다."

실기강사는 어느새 입술에 머금었던 악의적인 웃음마저 거둔 채, 더없이 진지한 표정이었다.

"너희들이 나를 어떻게 보는지 잘 알고 있다. 아틀리에 하나 없이 너희들의 실기실에서 그림을 그리는 가난한 실기강사. 불쌍하고 한심한 인간. 그렇다. 나는 집 한 채 없는 민달팽이 신세로 고작해야 옥탑방 비슷한 단칸방에 월세로 살고 있고, 명품 신사복 한 벌 입어본 적이 없다. 그러나 난 한순간도 나를 불쌍하고 한심하게 여긴 적이 없다. 어떻게 보면 스스로 선택한 자발적 가난이라고나 할까."

실기강사는 불현듯 콧방귀를 뀌었다.

"너희들이 하고자 하는 예술은 어디에서 태어날까? 값비싼 명품 브랜드? 고급 자가용? 고급 아파트? 천만에! 만일 너희들에게 예술적 재능이 손톱만큼이라도 싹트고 있다면, 그따위 비싼 물건으로 신분을 과시하는 겉치레 문화부터 버려라. 그런 문화는 딜레탕트를 자랑하는 너희 부모에게나 필요하다. 그런 부모를 흉내 낸다면 그것은 바로 너희들이 이미 노예가 되었다는 증거.”

실기강사는 문득 갈증이라도 느낀 듯 말을 멈춘 채, 꿀꺽 마른침을 삼켰다. 그러고는 기왕에 내킨 김이라는 듯이 다시 말을 이어나갔다.

“너희들을 노예로 만드는 것들 중에는 자본주의라거나 권력의 지배 이데올로기 따위도 있을 것이다. 그따위 지배 이데올로기에서 벗어나지 않는 한 너희들의 예술적 앞날에 희망은 없다. 물론 예술적 창조 행위도 없다. 그런데도 너희들은 너무 쉽게 지배 이데올로기에 빠져든다. 왜냐하면 지배 이데올로기는 한 손엔 사회적 도태라는 채찍을 들고 한 손엔 사회적 성공이라는 당근을 든 채, 교활하게도 너희들을 노예로 만들기 때문이다. 그렇다고 너희들이 그 지배 이데올로기의 노예에서 해방되는 길이 아예 없는 것은 아니다.”

“……?”

“반항해라. 너희들이 노예에서 벗어나는 유일한 길은 반항하는 것이다. 왜 욕하면 안 되는데? 왜 시기하면 안 되는데? 왜 질투하면 안 되는데? 왜 미워하면 안 되는데?

왜 이성 친구를 만나면 안 되는데? 그렇게 너희들의 마음에 질문하고, 그렇게 반항해라. 무엇보다도 중요한 것은, 지금 너희들이야말로 가장 아름다운 나이라는 점이다. 너희들이 무슨 짓을 해도 너희들의 아름다움은 절대로 망가지지 않는 나이다. 너희들의 가장 아름다운 곳에 바로 마음이 있다. 원래 마음은 생긴 그대로의 자연이고 본능이며 하늘이 내린 선물이다. 너희들의 마음에는 옳고 그르고, 좋고 밉고, 착하고 나쁘고, 예쁘고 추하고 따위의 구별이나 시비가 존재하지 않는다. 그따위 옳고 그름의 구별이나 시비가 바로 너희들을 노예로 만들고 만다."

실기강사는 다분히 연극적인 몸짓으로 오른손 검지를 펼쳐 자신의 가슴을 가리켰다.

"자, 내 가슴을 봐라."

자기도 모르게 몰두해 있는 학생들을 향해 실기강사는 또다시 악의적인 웃음을 보였다.

"너희들처럼 여기에 내 마음도 있다. 나는 지금도 아름다운 내 마음을 믿는다. 아직 단 한 번도 노예가 되지 않은 이 아름다운 마음에, 나는 머지않아 신비와 환희의 경험을 가득 채울 것이다."

실기강사에게서 뿜어져 나오는 어떤 열기에 학생들이 압도당한 표정으로 얼이 빠져 있는 사이에, 그는 잠자코 학생들을 둘러보았다.

"이제 거지라는 나의 꿈이 이해되었으리라 믿는다. 여기서 또 다른 질문은 없는 거냐?"

그러자 누군가가 엉뚱한 질문을 했다.

"선생님, 연애는 몇 번이나 해봤어요?"

실기강사는 기다렸다는 듯이 되물었다.

"연애?"

"예. 제가 보기에 선생님은 누구보다도 연애를 쉽게 잘할 것 같아요."

윤지였다. 그가 아니고는 우리 반에 그런 말을 할 수 있는 학생이 없다. 윤지는 실기강사를 흉내라도 내듯이 입술을 비틀어, 입가에 악의적인 웃음까지 흘리고 있었다. 실기강사는 그런 윤지가 흥미로운 듯 진지한 눈빛으로 한동안 바라보았다.

"왜 내가 연애도 쉽게 잘할 수 있을 거라고 생각하지?"

실기강사가 묻자 윤지는 기다렸다는 듯이 대답했다.

"거지가 꿈이니까요. 그런 꿈을 가진 사람은 쉽게 상대를 옮겨다니며 손가락으로 셀 수 없을 만큼 많은 연애를 할 수 있지 않을까요?"

실기강사는 그런 윤지에게 고개를 저어 보였다.

"나는 단 한 번도 연애 따위 어리석은 짓은 저지르지 않았다."

뜻밖에 단호한 실기강사의 대답에 윤지보다도 먼저 학생들이 어머, 어머, 비명 소리를 내었다. 그리고 그 학생 중 하나가 비명 소리와 함께 질문했다.

"왜요? 왜 연애가 어리석은 짓이에요?"

실기강사는 눈에 흰자위가 드러나게 학생들을 둘러보았다.

"연애란 일종의 당의정에 불과하지."

"당의정이요?"

"그래, 당의정. 너무 써서 먹기 힘든 알약의 겉면에다 당분을 입혀 사람들을 속게 만드는 당의정 말이다. 연애라는 당의정을 널름 먹었다면, 달콤함이 미처 사라지기 전에 그 안에 든 독약을 만나기 마련이지."

"독약이요?"

"그래, 바로 진실이라는 끔찍한 독약."

"어머, 진실이 어떻게 끔찍한 독약이에요?"

실기강사는 두 팔을 활짝 벌리고 손바닥을 위로 펼쳐 보였다. 나에게는 그런 몸짓과 말 자체가 독약 같은 느낌이었다.

"모든 사물에는 안과 밖, 두 면이 있다."

학생들이 전혀 예상하지 못한 실기강사의 몸짓에 놀라고 있는 사이에 그가 다시 말을 이어갔다.

"그 사물이 사람으로 한정될 때는 더더욱 안과 밖, 두 면이 두드러지지. 사람들은 대부분 자기라는 사물의 바깥을 보는 데에 익숙해서 자칫 안은 못 보고 만다. 아니 못 본 척하는지도

모르지. 왜냐하면 안을 보는 것 자체가 독약을 만나는
일이니까.”

　실기강사는 문득 이맛살을 찌푸리더니 오른손을 주먹 쥐어
자신의 가슴을 쿵쿵 쳐댔다.

　“나도 내 안에 있는 독약이 무섭다. 그래서 나도 내 안을
들여다본다는 게 쉬운 일이 아니다. 내 안에 있는 독약은
독성이 너무 강하기 때문이다. 내 독약은 바로 내가 남보다
뛰어났다는 독약이다. 이 독약은 자기에 대한 애정이 과도한
만큼 남의 시선에 쉽게 상처받고 쉽게 분노하게 하지. 이
독약을 없애려고 만든 것이 거지라는 누더기옷이다.”

　실기강사가 문득 크게 소리 내어 한숨을 내쉬었다.

　“나 이외에 다른 사람은 절대로 인정할 줄 모르는 거지가
어떻게 연애를 한단 말이냐? 사랑이니 연애니 하는 당의정이
미처 사라지기도 전에 내 독약이 상대방을 죽일 수도 있는데.”

　아마도 학생들은 실기강사의 얼굴 전체에 하얗게 거품이
번져 있는 모습을 상상했을지도 모른다.

　“나는 연애를 해야 하는 나 자신도 무섭지만, 정작 나하고
연애를 해야 하는 가상의 상대방이 더 무섭다.”

　“왜 상대방이 더 무서워요?”

　“내 안에 있는 것들을 볼 줄 알면서 어찌 상대방의 안은 못
볼 수 있을까? 거지라는 내 누더기가 빤히 보이듯, 상대방이

애써 숨기려 하는 누더기들도 빤히 보이겠지. 어쩌면 상대방이 구태여 숨기려 하는 것들이 아니라, 정작 자신이 뭘 숨기려 하는지 모르는 것들마저도 보이고 마는 거다. 그것도 연애라는 달콤한 당의정이 미처 사라지기도 전에. 그러면 나와 상대방 사이에서 연애라는 당의정은 벌써 아무 쓸모 없어지고 결국 두 개의 독약만이 남는 꼴이 아닐까? 자, 보아라. 나로서는 하나도 힘든데 또 하나의 독약을 더하는 게 바로 연애다."

실기강사가 잠깐 말을 멈춘 사이에 누군가가 나섰다.

"그럼 선생님은 아직까지도 육체적으로 순결한 총각이라는 말씀이세요?"

미처 생각하지 못했던 질문인지 실기강사가 약간 어리둥절하더니 이내 커다랗게 웃음을 터뜨렸다. 미처 웃음소리가 끝나기도 전에 실기강사는 학생들에게 두 팔을 저어 보였다.

"오늘의 연애 강의는 이것으로 끝내자. 여기서 더 나갔다가는 그동안 목구멍에 풀칠하게 해주었던 실기강사 자리도 끝장나겠다."

실기강사는 약간 허탈한 표정으로 학생들을 바라보았고, 학생들도 무언가에 압도당한 분위기가 되어 한동안 실기실에 무거운 침묵이 감돌았다. 그때 누군가가 불쑥 침묵을 깼다.

"선생님은, 참, 귀여우세요."

무거운 침묵과는 전혀 어울리지 않는, 마치 꾀꼬리가 우짖듯 명랑한 목소리였다. 나는 목소리를 헤아리지 않고도 그가 윤지라는 것을 충분히 알 수 있었다. 세상 그 누가 거지를 향해 귀엽다고 칭찬할 수 있을까.

윤지는 실기강사에게 도전이라도 하듯 약간 입을 비틀어 비시시 웃고 있었다. 뜻밖의 말에 놀란 것은 학생들뿐만이 아니었다. 실기강사마저 충격을 받은 표정으로 눈을 크게 뜨고 있었다.

"내가, 귀엽다고?"

"네. 귀엽고 그만큼 착해요."

"귀엽고 착하다고?"

"네."

실기강사는 가까스로 충격에서 벗어난 듯한 표정으로 윤지에게 반격했다.

"호오, 도대체 나의 무엇이 너에게 귀엽고 착하게 보일까?"

"독약을 안에 감춘 누더기."

"독약을 안에 감춘 누더기가 귀엽고 착하게 보인다고?"

"네. 연애를 혐오하면서까지 혼자서만 지켜내겠다는 그 독약이 누군가에게는 얼마나 귀엽고 착하게 보이는지 선생님은 모르는 거예요."

"귀엽고 착하게 보이는 걸 나는 모른다고?"

"네."

윤지가 아직도 충격에서 벗어나지 못하는 실기강사에게, 이번에는 입만 비트는 것이 아니라 한쪽 눈꼬리마저 비틀며 뇌쇄적으로 웃어 보였다. 실기강사는 윤지를 향해 고개를 한 번 갸웃거리더니 말했다.

"흐음, 어쩌면 예술학교 학생 중에서 너만은 연애를 하려고 길거리를 싸돌아다니지 않아도 되겠군."

실기강사와 윤지의 문답을 들으며 나는 윤지에게 살기에 가까운 질투심을 느꼈다. 질투심은 나의 온몸을 파르르, 파르르 떨게 할 만큼 강렬했다. 살면서 누군가에게 그토록 살기에 가까운 질투심을 느낀 것은 윤지가 처음이었다.

'거지의 독약을 귀엽고 착하게 여길 수 있다니!'

나는 정말 윤지와는 비교조차 안 되는 치기스러운 어린아이였고, 윤지는 내가 도저히 올려다볼 수 없는 경지를 거니는 듯 성숙한 여성이었다.

졸업을 앞둔 내가 실기강사의 옥탑방을 혼자서 찾아간 것은 크리스마스 무렵이었다. 누구에게도 말하지 못했지만, 나는 기왕이면 실기강사에게 내 처녀막을 주고 싶다고 간절히 바라고 있었다. 물론 실기강사에 대해 사랑이니 연정이니 하는 따위의 간지러운 마음은 추호도 없었다. 어쩌면 윤지에 대한 질투심이 그런 바람을 갖게 한 것인지도 모른다.

"선생님, 저를 모델로 사용하지 않을래요? 누드도 좋아요. 물론 사용료 없이 무료로 서비스할게요."

실기강사는 대뜸 눈빛을 빛내며 의심스럽다는 듯이 나를 위아래로 훑어보았다.

"너희 둘이 짰니?"

"네? 그게 무슨 말씀이세요?"

"얼마 전에 윤지가 와서 너하고 똑같은 말을 하더구나."

"윤지가요?"

"그래. 나한테 뭔가를 확인받고 싶다면서 모델을 서겠다고. 그것도 너하고 똑같이 누드도 좋다면서."

"윤지가 선생님한테 도대체 뭘 확인받고 싶다는 거예요?"

실기강사가 갑자기 푸웃, 웃음을 터뜨렸다.

"뭐, 육체의 존재 이유라던가. 자기에게 육체가 필요한 이유가 있다면 그걸 나에게 확인받아야 하겠다던데?"

"육체를 확인받겠다고요?"

"맞아, 육체. 분명히 육체라고 했던 것 같다."

"도대체 육체의 무얼 확인받겠다는 거예요?"

"그거야 윤지의 프라이버시니까 윤지한테 물어봐야지. 내가 함부로 밝힐 수야 없지. 그건 그렇고, 너는 도대체 나한테 뭘 확인받고 싶은 거냐?"

그때 내 입에서 미처 생각지도 못했던 대답이 나왔다.

"처녀막이요."

"호오, 처녀막이라고?"

"네."

"너는 윤지보다 더 엉뚱한 녀석이구나."

실기강사는 드러내놓고 이맛살을 찌푸렸다.

"네가 아직 미성년자인 건 알고 있지?"

"선생님, 낼모레면 저도 대학생이 돼요. 아직도 그런 미성년 따위가 중요해요?"

"중요하지. 적어도 이 나라에서는 네가 주겠다고 해도, 너의 처녀막을 망가뜨리면 나는 감옥에 가야 한다. 더군다나 나는 아직까지 너희 학교 선생이다. 선생이 학생의 처녀막을 망가뜨렸다면 나는 당장 신문에 얼굴이 돈짝만 하게 나올 텐데, 그 수모를 어떻게 견디란 말이냐? 그리고 내가 세상에서 끔찍하게 경멸하는 다섯 가지 안에 그 처녀막도 포함돼 있어. 아무리 내가 후아 너를 아낀다고 해도 그 부탁만은 들어줄 수가 없구나."

그러자 나도 모르게 두 눈에서 눈물이 흘러내리기 시작했다. 눈물은 걷잡을 수 없이 쏟아져 옥탑방 바닥을 적셨다.

"그럼, 난, 어떻게 해요?"

나의 물음에 실기강사가 한숨을 쉬더니, 잠자코 방바닥에

고인 눈물을 휴지로 훔쳐냈다. 내 그림을 예로 들어 나에게
완벽한 선과 색채를 완성했다는 말을 해주었을 때부터 나는
다짐했을 것이다.

'바로 저 사람이야, 내 처녀막을 없앨 사람은. 저 사람이
아니면 누구도 그를 대신해서 처녀막을 없앨 수 없어.'

나는 흐느끼는 사이로 겨우 말을 꺼냈다.

"처녀막이 없어진 것을, 나는, 꼭 보여줘야 해요."

실기강사는 난처해하는 한편으로, 가벼운 궁금증도 생긴
모양이었다.

"도대체 누구에게 보여준다는 거냐?"

"아빠요."

"아빠라고?"

"네."

실기강사가 정말로 의외라는 듯이 두 눈을 크게 뜨고 좀 더
가까이 나를 들여다보았다.

"보여주고 싶다는 대상이 왜 하필이면 아빠냐?"

"아빠가 아니면 그런 일이 전혀 무의미하니까요."

"혹시 네 아빠가 양부라든가 그런 관계니?"

"아니에요."

나의 대답에 실기강사가 드러내놓고 머리를 흔들었다.

"넌 정말 해석하기 어려운 녀석이구나. 그러면 어디 네

아빠를 택한 이유를 밝혀봐라."

　나는 손등으로 얼굴에 묻은 눈물을 닦아냈다. 그리고
이제 더는 눈물이 흐르지 않는 눈으로 실기강사를 똑바로
바라보았다.

　"내 처녀막이 없어졌다고 밝히는 것은 아빠에 대한 나의
마지막 예의예요."

　"마지막 예의라고?"

　"네. 그런 다음에 마음 놓고 아빠를 경멸할 거예요."

　"흐음. 먼저 예의를 차린 다음에 경멸할 거라구?"

　"네. 경멸받아 당연한 인생이니까요."

　"네 아빠란 사람, 도대체 무슨 나쁜 짓을 많이 했기에
경멸까지 받을까?"

　나는 가벼운 눈길로 실기강사를 힐끔 쳐다보았다.

　"얼핏 보면 선생님은 우리 아빠하고 판박이예요."

　"호오, 내가 너희 아빠하고 판박이라고?"

　"그래요. 똑같아요. 그런데 똑같으면서도 또 그렇게 다를 수가
없어요."

　"똑같으면서도 또 그렇게 다를 수가 없다고?"

　"아빠가 껍질이라면 선생님은 알맹이라고나 할까요."

　"껍질하고 알맹이?"

　"아니, 가짜하고 진짜라고나 할까요."

"가짜하고 진짜?"

"선생님의 독약은 우리 아빠하고 판박이예요. 독약을 간직한 채 술, 여자, 밤거리의 모든 곳을 헤맨 것도 같아요. 다만 선생님은 거지라는 꿈을 드러내놓고 당당하게 몸에 걸치지만, 우리 아빠는 여전히 작가 노릇이나 하며 위선을 떨고 있는 가짜에 불과해요."

나도 모르게 헉, 하고 소리라도 냈던 것일까. 실기강사가 꿀꺽 마른침을 삼켰다. 나는 말을 이어갔다.

"이 가짜가 잘하는 것 한 가지가 있어요."

"가짜가 잘하는 것?"

"이 가짜가 정말로 잘하는 것은 딱 하나, 자기연민이에요. 그래요, 아빠의 자기연민은 세상의 누구도 감히 따라오지 못할 거예요. 물론 아빠는 스스로는 자기혐오, 자기증오, 자기학대 같은 것들도 잘한다고 여기겠지만, 그런 것들은 어떤 경우이건 아빠의 자기연민을 넘어설 수는 없을 거예요."

나를 지켜보는 실기강사의 눈빛이 갑자기 먼 곳이라도 헤매듯 깊어지더니, 그렇게 깊은 눈빛을 돌려 나를 바라보았다.

"네 아빠라는 분을 한번 만나보고 싶군."

나는 단호하게 고개를 저었다.

"만나면 안 돼요."

"왜 안 되는데?"

"자칫하면 선생님마저도 아빠에게 빼앗길 것 같으니까요. 아빠에겐 기이한 마력이 있어요. 어쩌면 선생님 앞에서 아빠를 욕하는 나까지도 정작 속으로는 아빠를 버리지 못하고 있을 거예요."

실기강사는 뭔가 이해된다는 표정으로 잠자코 고개를 끄덕였다.

"정작 난 아빠보다는 나 자신에게 처녀막이 없다는 걸 확인시키고 싶은 건지도 몰라요."

"그건 또 왜?"

"무엇보다도 난 자신에게 강해지지 않으면 안 돼요. 내가 강해지지 않으면 나 또한 아주 쉽게 아빠와 닮은꼴이 될 테니까요. 그래서 기다렸다는 듯이 자기연민에 빠져들겠지요."

실기강사가 절반쯤 몸을 일으켜 두 손으로 내 머리를 잡더니 이마에 자신의 입술을 가져다 대었다.

"내가 보기에 네 정신은 이미 너의 처녀막을 찢어서 없앴다. 그따위 지저분한 처녀막에서 너는 이미 해방되었어."

나는 이마에 닿은 입술의 달콤함을 좀 더 깊이 음미하듯이 질끈 눈을 감았다. 그런 내 귀에 속삭이는 듯한 실기강사의 목소리가 흘러들어왔다.

"후아 너는 지금까지 내가 본 어떤 여인보다 강하다. 정말로 너는 너 자신을 믿어도 좋다. 너는 이제부터 네가 하고 싶은

대로, 뭐든지 네 마음대로 해도 된다. 너한테 약속하마. 앞으로
얼마든지 옥탑방에 놀러 오너라. 기꺼이 너를 가장 소중한
손님으로 모시마. 비록 이 방에서 살 날이 얼마 남지 않았지만."

나는 실기강사에게 좀 더 다가들며 말했다.

"정말로 나에게 이제 처녀막 따위는 없는 거죠?"

"그래, 없다."

"좋아요. 내 처녀막은 방금 선생님이 없애준 거예요."

나는 자리에서 벌떡 일어나 옥탑방의 창문을 열고 두 팔을
번쩍 들어올렸다.

"만세에, 만세에! 세상 사람 모두 나를 봐라. 나는 이제
처녀막이 없다아!"

거리에는 크리스마스와 연말연시의 들뜬 분위기가 가득했다.
예술학교 학생 노릇을 끝낼 날이 얼마 남지 않았을 무렵이었다.
바로 그 무렵에 실기강사는 결국 예술학교를 그만두었다.
그리고 얼마 되지 않아, 글로벌 거지 노릇을 할지 어쩔지는
모르지만, 어쨌든 달랑 배낭 하나만 메고 이 나라를 벗어났다.

실기강사가 떠나기 며칠 전에 윤지와 나는 그와 함께 있었다.

"언제까지 돌아다닐 거예요?"

내가 묻자 실기강사는 시익, 웃었다.

"모르지."

"그럼 한국에는 안 돌아올 거예요?"

이번에는 내 옆에 있던 윤지가 물었다. 실기강사는 윤지에게도 시익, 웃어 보였다.

"아마 그럴 거다. 너희들이 한국에서 나를 기다리는 한, 내가 다시 돌아오기는 힘들지 않을까? 하하."

내가 윤지보다 먼저 실기강사에게 되물었다.

"우리가 그렇게 부담돼요?"

"그럼 부담되고말고. 윤지만이 아니라 후아 너도 그렇고, 끝까지 나를 귀엽고 착하게 보잖아."

윤지가 말했다.

"그래도 그림은 그려야 하지 않아요?"

"그래, 환쟁이가 그림을 안 그리면 더 이상 환쟁이가 아니지."

"그럼 언젠가는 어디든 정착해야 하잖아요?"

"그건 그렇네."

"그게 어디냐구요?"

내 물음에 실기강사는 아예 드러내놓고 쓴웃음을 지었다.

"왜, 어딘지 알면 찾아오려고?"

"못 찾아갈 것도 없지요."

"아마, 파리 정도가 아닐까? 아니면 저기 쿠바의 아바나 뒷골목일지도 모르고."

"파리나 아바나요?"

이번에는 나보다 윤지가 먼저 물었다. 그러자 실기강사는 윤지에게 빙긋이 웃어 보였다.

"파리가 그래도 그림 그리면서 굶어죽지 않고 견뎌낼 수 있는 만만한 도시니까. 잘만 찾아보면 나 같은 글로벌 거지도 끼니와 잠자리를 마련할 수 있는 빈민굴이 몇 군데 있을 거거든."

실기강사는 여전히 빙긋이 웃으면서 이번에는 나를 바라보았다.

"만일 거기 가서도 그림 그리는 일이 별 볼 일 없어지면, 마지막으로 찾아갈 곳도 이미 정해놓았지."

"거기가 어딘데요?"

"인도의 바라나시라는 곳. 거기 가서 그림 따위도 집어치우고 진짜, 진짜 거지가 되는 거지."

"인도의 바라나시라구요?"

"그래, 갠지스강가에 있는 바라나시에 가면 진짜 거지들이 우글우글하지. 마치 강가의 모래알들처럼 말이야."

윤지와 내가 미처 실기강사의 말을 따라가지 못하고 머뭇거리자 그가 다시 말했다.

"바라나시의 거지가 되는 게 사실 나같이 떠도는 자들에게는 마지막 버킷리스트이기도 하지."

"버킷리스트?"

"그래, 죽기 전에 마지막으로 해보고 싶은 일."

"아니, 세상에 누가 죽기 전에 마지막으로 해보고 싶은 일을 거지로 한다는 거예요?"

"누구긴 누구겠어? 바로 너희들 앞에 있는 녀석이지. 바라나시에 가서 사두들에게 누더기 한 장만 얻어 입으면 된다."

"사두요?"

"응, 사두. 쉽게 우리말로는 땡중. 바라나시 갠지스강의 사두들 틈에 끼어 앉아 있으면 절대로 굶어죽을 염려는 없어. 거기 가면 세계에서 몰려든 관광객들이 적선의 기쁨을 누리기 위해 줄을 서서 우글거리고 있는데, 그 앞에는 그들에게 적선의 기쁨을 베풀려는 거지들도 줄지어 앉아 우글거리고 있지. 나중에는 누가 주는 사람이고 누가 받는 사람인지 구별할 수 없을 정도로 뒤섞이고 말거든. 강가의 화장터 앞으로는 이제 막 화장된 유골과 재가 유유히 흘러가고."

실기강사가 거지의 꿈을 안고서 외국으로 가버린 후, 나는 실제로 내 육체에 붙어 있던 지저분한 처녀막을 버렸다. 그랬다. 나는 하루라도 빨리 처녀막을 던져버리려고 조바심이 난 상태였다.

처녀막을 버리는 일은 일종의 통과의례일 뿐이었다. 처음이어서인지 모르지만, 성적인 쾌감이나 흥분 따위를 전혀 느끼지 못해서 혹시 내가 육체적으로 문제가 있는 것은 아닐까,

다소 걱정이 되기도 했다.

내가 처녀막을 버리기 위해 고른 상대는 거지가 아닌 진짜 노숙자였다. 내가 구태여 노숙자를 고른 것이 실기강사 때문이었는지 아니었는지는 헤아리기가 쉽지 않다.

처녀막을 버리고 아침 일찍 혼자 모텔을 빠져나오면서, 나는 크리스티나 아길레라의 노래를 소리 내어 흥얼거렸다.

"어차피 통과의례라는 절차는 필요했어."

모텔 골목의 쓰레기통을 바라보며, 그 안의 쓰레기들에 내 처녀막이 섞여 있을 것이라고 상상했다. 그런 상상마저도 상쾌한 기분을 더했다.

뼈의 흰색 까시나

뼈의 혐오감에 집중하지 말고 그 뼈를 '하얀색, 하얀색'
하면서 흰색 까시나로 전환할 수 있다. (중략) 그 흰색
에 한두 시간 집중할 수 있을 때, 그 뼈는 사라지고 흰
색 동그라미만 남는다. (중략) 그 흰색 동그라미를 1, 2,
3 또는 4인치의 한계를 정해서 확장을 시도한다. (중략)
이런 식으로 까시나를 1 또는 2야드가 될 때까지 확장
할 수 있다. 성공하면 계속해서 열 개의 방향으로 한계
없이 확장해야 한다. 이렇게 하면 보는 곳마다 오직 흰
색 까시나만 보일 것이다. (중략) 흰색 까시나에 한 시간
또는 두 시간 집중될 때까지 계속해서 수행해야 한다.
그러면 선정의 5요소가 마음에 현저해지고 깨끗하게
될 것이다. 그때가 초선정에 도달한 것이다. (중략) 그리
고 이선정, 삼선정, 사선정을 개발한다.

― 파욱 사야도, 《사마타 위빠사나》

내가 몸의 서른두 부분에 대한 명상을 하는 사이에 어느덧 후덥지근한 우기가 끝나가고 있었다. 어느 날 하늘을 짙게 가리던 먹구름이 벗겨지자 해발 1,000미터의 삔우린 고산지대 어딘가에서 한 줄기 상쾌한 바람이 불어오고는 했다.

바로 그 무렵에 우실라 사야도는 새로운 지시를 내렸다.

"이제부터는 처사님의 몸 안에 있는 뼈로 흰색 까시나를 띄우세요."

나는 놀란 표정으로 작은 눈을 치뜨며 물었다.

"뼈로 흰색 까시나를 띄워요?"

우실라 사야도는 놀랄 줄 알았다는 듯 빙긋이 웃었다.

"그동안 처사님의 빠띠바가 니밋따는 너무 눈부시고 격렬한 나머지 처사님에게 백열지옥이 된 것입니다. 그 백열지옥은 처사님이 과거에 짊어진 무거운 짐을 없애는 데는 도움이 되었지만, 앞으로 해내야 하는 명상에는 오히려 방해가 될 것입니다. 지금 처사님의 사선정이 아직 완벽하지 않고 어딘지 모르게 불안정한 것도 바로 빠띠바가 니밋따가 너무 강하기 때문입니다. 앞으로 백열지옥이 계속되면 니밋따마저도 그 백열지옥을 견디지 못하고 그만 사라져버릴지도 몰라요. 그러면 처사님의 명상도 무색계 사선정 같은 다음 단계로 넘어가지 못하고 여기서 끝날 수도 있습니다."

내 얼굴에 떠오른 두려운 기색이라도 느꼈던 것일까. 우실라 사야도가 눈길을 돌리며 말을 이었다.

"흔히 인도의 요가에서는 우리의 빠띠바가 니밋따가 나타나는 것만으로도 아트만이라는 에고 덩어리의 자아自我에서 벗어나 브라만이라는 진아真我에 이르렀다고 주장하는 이들도 있습니다. 범아일여梵我一如니 뭐니 하면서요. 그이들은 이 진아를 신이나 우주적인 실체로 여겨, 사람이 죽어도 진아만은 없어지지 않는다고 믿는 것이지요. 붓다께서는 그런 이들의 무명이 안타까워 무아라는 닙바나의 법을 세상에 펼치신 것입니다."

우실라 사야도는 아직도 두려운 기색을 감추지 못하고 있는 나를 한동안 잠자코 바라보더니 다시 말을 이었다.

"그동안 한국에 가서 여름 한 철을 지내며 스님들과 일반 처사님들에게 명상을 지도하곤 했는데요, 그분들 중에는 인도의 요기들처럼 허상에 빠져 있는 분들이 적지 않았습니다. 빠띠바가 니밋따는 물론이고 욱가하 니밋따만 떠도, 니밋따 자체를 해탈인 양 잘못 알고 있는 것이지요. 화두선이나 묵조선 따질 것 없이 그런 식으로 잘못 아는 분들이 있었습니다. 염불만 열심히 하는 어떤 분은, 염불에 몰두하다 보면 자기도 모르는 사이에 몸 밖으로 빛이 새어나와서 먼 곳에 있는 사람들이 실제로 그 빛을 보기도 한다는 속임수에 걸려 있기도 했습니다. 그런 빛을 자체 발광이라나 뭐라나 한다면서요."

우실라 사야도는 잠자코 나를 지켜보더니 말머리를 돌렸다.

"사람의 마음에서 일어나는 가장 원초적인 생각, 다른 모든 생각에 앞서서 일어나는 것이 바로 '나'라는 생각입니다. 이 나라는 생각이 싹튼 다음에야 모든 생각이 일어날 수 있지요. 이인칭의 그대가 존재할 수 있는 것은 오직 일인칭의 '나'가 마음속에 일어난 다음일 뿐입니다. 바로 이 '나'라는 것이 일어나는 곳을 찾기 위해서는 반드시 까시나의 빛이 필요한 것이지요. 거기야말로 우리 내면에서 가장 깊고 캄캄한 곳입니다. 까시나는 바로 그 빛으로 캄캄한 내면에 들어가서, 내면 어딘가에 있는 '나'라는 생각의 자리를 찾기 위한 일종의 방편인 셈입니다. 무명의 어리석음으로 덮씌워진 눈으로는 한 번도 제대로 본 적이 없는 이 내면의 세계가 너무 깊고 캄캄해서 어쩔 수 없이 만든 불빛이 까시나라고 해도 무방할 것입니다."

우실라 사야도는 잠깐 한숨을 쉰 다음에 다시 말을 이었다.

"지금부터 처사님은 빠띠바가 니밋따 대신에 까시나를 띄우시는 겁니다. 그렇게 자신의 뼈에 집중하여, 그 뼈에서 새벽별처럼 맑고 고운 빛을 만들어야 합니다. 바로 그 빛이 까시나입니다. 앞으로 처사님이 뼈에 대한 집중으로 만드는 까시나는 반드시 새벽별처럼 맑고 곱게 빛나야 합니다."

나는 우실라 사야도 앞에 있다는 사실마저도 잊고 입 밖으로 소리를 내어 중얼거렸다.

"새벽별처럼 맑고 곱게 빛나야 한다구?"

그러자 우실라 사야도가 기다렸다는 듯이 말했다.

"이미 처사님은 몸의 서른두 부분에 대한 명상을 잘 마쳤으니 뼈에서 까시나를 보는 것이 많이 어렵지는 않을 것입니다. 우선 처사님의 온몸에 있는 360여 개의 뼈들을 니밋따로 하나하나 낱낱이 살펴보세요. 집중하여 살갗이며 살이며 근육에 덮여 있는 뼈란 뼈들을 머리끝부터 발끝까지 남김없이 바라보세요. 뼛속에 있는 골수까지 바라보세요. 혐오스럽게 여겨질수록 더욱더 힘을 내어 뼛속으로 파고드세요. 바라보고 또 바라보세요. 그러다 보면 언젠가는 그 혐오스러운 뼈들 속에서 빛이 나올 것입니다. 이 세상에서 가장 깨끗하고 맑은 빛입니다. 바로 그렇게 처사님의 뼛속에서 나온 빛이 까시나인 것입니다."

잠깐 망연해져서 바라보고 있는 나를 우실라 사야도는 어루만지듯 지긋한 눈빛으로 바라보았다.

"앞으로 사마타 단계를 지나서 정신과 물질, 십이연기 같은 위빠사나 단계로 명상이 깊어지려면 지금 반드시 까시나를 밝혀야 합니다."

"……."

"이 까시나 중에는 처사님이 하려는 뼈의 흰색 까시나 말고도, 머리털 같은 푸른색 까시나, 지방이나 오줌 같은 노란색 까시나, 피 같은 붉은색 까시나, 그리고 평평한 곳을 골라서 바라보는 땅 까시나, 한 사발의 물을 떠놓고 바라보는 물 까시나, 촛

불을 켜놓고 바라보는 불 까시나, 창문이나 나뭇잎을 스치는 것을 느끼는 바람 까시나, 벽 틈이나 마룻바닥에 비치는 햇살을 지켜보는 빛 까시나, 문이나 창문을 통해서 바라보는 허공 까시나, 그렇게 모두 열 가지 까시나가 있지요. 처사님은 그중에서 뼈 까시나 하나에만 집중하면 됩니다."

우실라 사야도는 손가락을 하나하나 짚어가며 까시나에 대한 설명을 마치고는 너무 걱정하지 말라는 식으로 빙긋이 웃었다.

"앞으로 죽음에 대한 명상이나 사무량심四無量心, 자애명상 같은 공부가 끝나고 무색계 사선정에 들면 까시나는 저절로 사라집니다."

"까시나가 사라진다구요?"

작은 눈을 한껏 크게 뜨고 건너다보는 나에게 우실라 사야도는 잠자코 고개를 끄덕였다.

"물론 까시나가 계속 빛나는 경우도 있지만, 그때는 까시나가 있고 없고는 큰 의미가 없습니다. 그때는 무엇보다도 해탈의 지혜가 소중하지요. 무릇 우주의 모든 생명 있는 존재들 중에서 무상하지 않은 법은 없으며, 그 무상으로 고통받지 않은 법은 없으며, 결국 무아를 벗어난 법은 없습니다."

온몸에 있는 360여 개의 뼈들을 들여다보며 소위 까시나 명상을 한 지 한 달이 되었을까. 비로소 뼈들이 차츰 희끄무레하게 밝아오는 것이었다. 처음에는 뼈에 붙은 힘줄이며 지방질, 골수에 든 것들이 눈앞에 느글거려서 걸핏하면 공양을 건너뛰기 일쑤였다.

그런데 언제부터인지 모르게 온몸의 뼈들이 차츰 하얗게 바뀌더니 드디어 깊고 맑은 빛을 내기 시작했다. 그리고 마침내 결가부좌하고 있는 나의 온몸에서, 결가부좌한 모습 그대로 한 덩이가 된 뼈들이 빛을 내는 것이었다.

처음 보는 그 빛은 새벽별이라기보다는 손으로 건들면 청아한 방울 소리를 낼 것 같은, 푸른빛이 감도는 새하얀 빛이었다. 온몸의 뼈에 달라붙은 힘줄이며 지방, 뼛속에 든 느글느글한 골수마저 새하얗게 빛나는 것이었다. 그렇게 얽히고설킨 360여 개의 뼈들이 거짓말처럼 사라지고, 대신 그 자리에는 결가부좌 자세의 새벽별만이 은은하면서도 깊고 맑게 빛났다.

까시나였다.

그것은 내가 지금까지 살아오면서 보았던 어떤 것들보다도 아름다웠다.

까시나를 바라보던 내 눈에 한 방울 눈물이 맺힌 것은 바로 그 아름다운 때문이었을까. 아니, 어쩌면 까시나에서 얼핏 딸의 모습을 보았기 때문은 아니었을까.

내가 까시나를 보게 되자 우실라 사야도는 나에게, 그 까시나를 심장에 있는 심장토대로 옮겨서 그 심장토대를 벽걸이 삼아 단단하게 고정시키라는 지시를 내렸다.

"까시나가 처사님의 심장토대에 굳게 자리를 잡고 있으면, 마음이나 생각이나 정신 그런 헛것들이 혹시나 다른 곳들을 헤매어도 결코 까시나의 빛에서 벗어나는 일은 없을 것입니다. 처사님의 심장토대에서 까시나가 빛나면 빛날수록, 몸이나 느낌이나 마음이나 정신 같은 모든 헛것들이 어디를 어떻게 헤매든지 결국 까시나의 빛에서 벗어날 수 없게 됩니다. 심장토대에 매달린 까시나가 빛나면 빛날수록 그 모든 헛것들은 한낱 거품이 되고 맙니다. 일어나자마자 사라지는 찰나적인 거품이 되고 말지요. 까시나를 심장토대에 걸어놓기만 하면 이제 무슨 의지를 내어 억지로 하는 공부 따위는 전혀 불필요합니다. 처사님도 모르는 사이에 까시나의 맑고 아름다운 새벽별 아래서 저절로 공부가 깊어지는 것입니다."

우실라 사야도는 잠깐 말을 끊고 나를 내려다보다가 다시 말을 이었다.

"심장토대에 까시나를 붙들어놓는 것을 파욱 사야도께서는 일념이라고 합니다. 그런데 심장토대에서 까시나가 빛나는 것은 수행자가 억지로 하려고 해서 되는 것이 아닙니다. 까시나 수행을 하다 보면 까시나 자체가 저절로 심장토대에서 빛나게 되는 것입니다. 명상 초기 호흡에 마음을 집중하거나 사띠로 알아차리는 것들도 어쩌면 모두 까시나로 일념에 이르기 위한 수행이었을 것입니다. 그렇게 까시나에 일념이 되면 결국 나라는 생각, 즉 자아마저 없어지는 단계가 시작되는 것이지요. 몸이나 느낌이나 마음이나 생각이나 정신이나 심지어 영혼이라거나 하는 모든 헛것들의 주인 노릇을 해온 이 자아라는 것이 없어져버리는 것입니다. 그렇게 자아까지 없어지면 뭐가 남을까요?"

"무아, 입니까?"

나의 물음에 우실라 사야도가 빙긋이 웃었다.

"그래요, 거기에는 무아가 기다리고 있습니다. 이제 자아라는 것은 어디에도 없습니다."

우실라 사야도는 인터뷰 끝에 뭔가 미진한 듯한 표정으로 말을 덧붙였다.

"만약에 처사님이 까시나를 심장토대에 굳게 매달면, 그때는 따님을 만나도 됩니다."

"정말입니까?"

"예. 정말입니다."

"까시나로 제 딸을 만날 수 있을까요?"

"처사님의 까시나가 완벽하게 개발되면, 그때 죽음에 대한 명상으로 들어가세요. 그러면 바로 그 죽음에 대한 명상에서 따님을 만나게 될 것입니다."

실존의 흔적 6

내가 레온을 처음 만난 것은 이태원에 있는 큐빗이라는 클럽에서였다. 노는 일에는 나와 오랜 단짝이 된 윤지가 오랜만에 물 좋은 곳을 찾아냈다며 데려간 곳이었다. 큐빗으로 들어가 자리를 잡자마자 윤지가 손가락으로 플로어 중앙의 디스크자키를 가리키며 나를 돌아보았다.

"어마, 저 아이 여기 있네?"

"누군데?"

내가 물었고, 윤지가 고개를 돌려 나를 보았다. 둘 사이에서 남자를 '아이'라고 지칭하면, 그것은 통상 함께 놀기 위해 작업을 해도 될 만한 상대라는 표시였다.

"나, 저 아이 TV에서 본 것 같아."

"TV?"

"응."

"그럼 탤런트?"

"그건 몰라. 그래도 분명히 TV에서 봤어."

디스크자키는 얼핏 보기에도 외국인이었다.

"나 보기엔 외국인인데?"

"맞아. 외국인이야."

윤지가 디스크자키를 가리켰던 손가락으로 이번에는 자신의 이마를 쿡 찔렀다.

"왜, 한국에 사는 외국 아이들이 나와서 수다 떠는 프로 있잖아? 거기에 저 아이 분명히 게스트로 나왔어. 유럽 어디에선가 왔다고 그랬는데?"

그 무렵 TV에 외국인 남녀들이 출연해 우리나라에 와서 겪는 문화 차이에 대하여 서툰 우리말로 잡담을 나누는 예능 프로가 있어서, 나도 지나치듯이 가볍게 눈길을 주고는 했다.

윤지의 말에 나는 유럽 어디에선가 왔다는 디스크자키를 예능 프로의 출연자 보듯이 무심하게 바라보았다. 디스크자키는 석고상처럼 뚜렷한 이목구비에 남달리 윤기가 흐르는 흑발이었는데, 누구의 눈에도 쉽게 띄는 이색적인 외모인 것만큼은 분명했다.

나는 여전히 디스크자키에게서 눈길을 돌리지 않고, 그래 저 정도의 인물이라면 예능 프로에 캐스팅될 만하지, 라고 생각했다.

"그런데 아무래도 이상하지?"

윤지가 말을 걸었고, 나는 여전히 디스크자키를 바라보며 건성으로 대꾸했다.

"뭐가 이상한데?"

"TV에까지 나온 걸 보면 분명히 소속사가 있을 텐데, 왜 이런 클럽 따위에 나온 걸까?"

"듣고 보니 그것도 그러네."

"혹시 소속사에서 쫓겨났나? 아니면 알바하러 스스로 나왔나?"

"글쎄. 나름대로 무슨 이유가 있겠지."

나는 윤지에게서 고개를 돌려 웨이터를 손짓해 불렀다.

"헤이, 삼촌!"

갓 스물이 지났나 싶은 앳된 표정의 웨이터가 왔을 때 나는 다짜고짜 디스크자키를 가리켰다.

"저 아이 좀 불러줄 수 없어요?"

"DJ 말예요?"

"그래."

그러자 웨이터가 난처한 표정으로 나를 내려다보았다.

"지금 당장이요?"

"누가 지금 당장이래? 좀 있다 저 아이가 한가해지면 그때 불러도 돼요."

나는 지갑에서 잡히는 대로 지폐 몇 장을 꺼내 웨이터의 포켓에 찔러넣었다. 그러자 그가 한 손을 허리 뒤로 빼고

상반신을 구십도로 깊이 굽히는 웨이터식 인사를 하며
물러났다.

"알았어. 누나 말 그대로 전할게. 하지만 저 아이 많이 비싸요.
본인이 DJ 일을 좋아해서 여기 나오지만, 잘나가는 탤런트 울고
갈 만큼 비싸요."

웨이터가 엄지를 척 세우고 돌아가자, 기다렸다는 듯이
윤지가 입술을 비틀며 웃었다.

"왜 웃는데?"

"아무리 너라도 이번에는 잘못 찍은 것 같아서."

"내가 뭘 잘못 찍었는데?"

"저 아이 아무래도 꾼이 아닐까?"

"꾼? 중년 아줌마들이 침 바르는 호빠 같은?"

"그래. 아무래도 그쪽 냄새가 물씬 나."

"호오, 그쪽 냄새라고?"

"그래, 벌써 손을 많이 탄 냄새."

나는 윤지에게 고개를 저어 보였다.

"그래도 상관없어."

"호오, 너답지 않게 웬일이야? 넌 그런 애들 질색하잖아?"

"저 아이 말이야, 뭔가 좀 달라 보여."

"뭐가 달라 보이는데?"

"불안정해."

"당연히 불안정하겠지. 호스트바 쪽에서 손을 탔으면 물론 정상은 아닐 거야."

"설마 호스트까지?"

"야, 내 눈이 어떤 눈이냐?"

윤지가 되물었고, 이번에는 내가 입술을 비틀었다.

"호스트라도 괜찮아."

"너, 도대체 뭣 때문에 저런 아이한테 꽂힌 거야?"

윤지의 목소리가 높아졌고, 나는 목소리를 낮추었다.

"저 아이, 우리하고 닮았잖아."

"우리하고 닮았다고?"

"저렇게 불안정한 표정을 얼굴에 덮어쓸 정도라면 저 아이, 애초부터 정상에서 많이 어긋나버렸을 거야."

"흠, 애초부터 어긋났단 말이지?"

"그래, 지금 저 자리에서 절대 정상으로는 돌아갈 수 없을 정도로. 저 아이는 어디에도 안주하지 못한 채 캄캄한 어둠 속을 유령처럼 여기저기 떠돌아다니겠지."

"마치 우리처럼 말이지?"

"그래."

"여기저기가 연애 같은 거라면 우리처럼이란 말도 맞겠네."

윤지가 허리까지 굽혀가며 키득거렸고, 나도 덩달아 웃었다.

"당근."

윤지는 예고 2학년 무렵부터 나와 단짝이 되어 미성년자들도 출입을 슬쩍슬쩍 눈감아주는 클럽 따위를 넘나들었다. 그러다가 졸업할 무렵에는 좀 더 과감하게 직장인들이 즐기는 나이트클럽까지 드나들기도 했다.

대학에 들어가서는 클럽이나 룸살롱같이 나이 많은 꼰대들이 깊고 질펀하게 노는 지저분한 자리까지 서슴지 않았다. 어쩌면 윤지와 나의 노는 자리는 대학을 졸업한 후 몇 년간 그야말로 절정이었을 것이다.

예중에서 예고까지 6년이나 매달렸던 서양화를 때려치우고 대학에서 컴퓨터디자인으로 전공을 바꿨던 나는 손쉽게 컴퓨터 게임회사에 취직이 되었다. 그리고 2년도 안 되는 사이에 팀장 자리까지 꿰찼다.

그 후에 나는 팀장 자리를 집어치우고 마침내 프리랜서가 되었다. 컴퓨터디자인 업계에서 그야말로 끼가 철철 넘쳐나는 젊은 커리어우먼이 되면서 노는 자리도 한층 격조가 높아지고 세련되어갔다. 정말이지 윤지와 나의 노는 자리는 세상 어떤 여자도 부러울 것이 없는 경지에 올라서서, 서로 단 한 번도 질린 적이 없는 단짝이 되었다.

윤지는 제법 큰 전자회사 사장의 외동딸로, 나와는 달리 먹고사는 일에 대해 한 번도 진지한 걱정을 해본 적이 없었다. 대신에 윤지는 그만큼 순진하고 또 그만큼 어리석기도 했는데,

어쩌면 나는 그런 양면성이 좋아서 그렇게 오랜 단짝이 되었던 것인지도 모른다.

윤지가 남자아이들과 노는 일만큼이나 잘하는 것은 백화점 같은 곳에서 옷이며 화장품 따위를 슬쩍슬쩍 훔치는 일이었다. 예중에 입학했을 때부터 이미 여러 백화점을 돌아다니며 익힌 솜씨라고 했다. 물론 처음에는 한두 번 걸린 일도 있었지만, 아빠가 나서서 무마해준 덕분에 도벽이 더욱 대범해졌다고 했다. 윤지는 도벽에 대한 자부심으로 얼굴까지 반짝거리면서, 지금은 거의 신의 경지에 올랐다는 솜씨를 나에게 자랑했다.

나와 함께 백화점 매장을 한 바퀴 돌고서 화장실로 들어가면, 윤지는 얼굴 가득 반짝이는 웃음과 함께 브래지어며 스타킹, 심지어 팬티 속에 감춰온 사소한 물건들을 내밀고는 했다.

"너도 한번 해봐. 얼마나 스릴 있는데. 이 맛을 들이면 남자들 울리는 재미 따위는 오히려 싱거워져."

윤지는 티 없이 고운 천사 같은 얼굴 그대로, 눈썹 하나 변하지 않은 채 남자들에게도 기꺼이 악마 같은 짓을 저질렀다.

윤지와 나는 예고를 졸업한 후 한 해 가까이 서로 떨어져 있기도 했다. 윤지가 미국으로 유학 가고 나는 컴퓨터디자인학과를 다니던 시기였다. 그리고 윤지가 짧은 유학생활을 집어치우고 다시 돌아오면서 우리의 노는 자리는 한층 풍성하고 깊어졌다.

귀국한 지 얼마 되지 않은 어느 날, 윤지가 술이 엉망으로 취해 엉엉 울며 고백했다. 한국 유학생의 초대로 그 학생 집에서 열린 파티에 갔다가 다섯 명의 남자들에게 집단으로 성폭행을 당했다는 것이었다. 미처 몇 잔을 마시기도 전에 정신을 잃어버렸는데, 아마도 수면제나 최음제 따위를 넣은 것이 분명하다고 했다. 윤지가 깨어났을 때는 이미 모든 상황이 끝난 후였다.

윤지는 눈물범벅이 된 얼굴로 크윽, 웃음소리를 내며 덧붙였다.

"그 유학생들 말이야. 교회도 열심히 다니고, 대학에서 공부도 제법 하는 아이들이었어. 바로 그 자식들이 나를 건드린 거야. 그런데 말이야. 나중에 떠돈 말로는 그 자식들이 나를 건든 이유가 딱 한 가지였대."

"뭔데?"

"내가 순결해 보였다나."

"순결해 보인 그게 이유다?"

"응, 천사처럼."

"푸웃, 네가 천사처럼 보였다구?"

"돌이켜보면, 그 자식들 말야. 이미 한국을 떠나면서부터 완전히 망가져서 어떻게 돌이킬 수 없게 되어버렸던 거지. 그게 유학생이라는 아이들의 내면이야. 그 내면에는 자기가

지니지 못한 맑고 아름다운 것들은 죄다 부숴서 망가뜨리고
싶은 본능밖에는 없어. 어떻게 보면 훨씬 전부터 난 스스로
이미 망가졌을 텐데 말이야. 열네 살 때 친오빠한테 성폭행을
당했거든. 그런데 그따위 자식들한테 부서지고 망가지니까,
오빠한테 부서지고 망가진 것이 차라리 순수해 보일 정도였어.
오빠는 최소한 나에 대해 성적인 갈망이라도 있었을 테니까.
그 자식들은 그런 갈망마저도 없었던 거야. 그 자식들이 한
짓이 너무 더럽고 저질이어서 난 두고두고 구역질을 해야 했어.
모르긴 해도 내 평생을 씻고 또 씻어도 그 자식들한테서 당한
더러움은 없어지지 않겠지.”

　윤지와 내가 마치 약속이라도 한 것처럼 정한 노는 자리의
원칙은 철저하게 원나잇이었다. 아무리 좋았던 상대라도
절대로 두 번은 만나지 않는다. 상대의 나이는 물론 직장이나
전화번호 따위도 알려고 하지 않는다.

　‘굿바이, 깔끔하게.’

　물론 하루도 되지 않아 상대의 얼굴은 이미 기억에서
지워진다. 우리가 공감한 것은, 만일 그런 식으로 노는 자리를
찾지 못했다면 우리의 몸과 마음은 더 이상 돌이킬 수 없을
만큼 참혹하게 파괴되었을 것이라는 점이었다.

　디스크자키에게 간 웨이터가 이쪽을 가리키며 뭐라고 말을
전하는 눈치였다. 이윽고 디스크자키가 나를 바라보았다. 나는

기다렸다는 듯이 그를 향해 팔랑팔랑 손을 흔들었다.

디스크자키와 눈이 마주치는 순간 나는 얼결에 아, 하고 외마디 신음을 내고 말았다. 그런 나에게는 석고상처럼 이목구비가 뚜렷한 그의 이국적 외모며 윤기 흐르는 흑발 따위는 모두 사라지고 눈동자만이 남아 있었다. 그 눈동자의 주인공이 바로 레온이었다. 역시 내가 잘 찾아냈어. 나는 마치 쓰레기통을 뒤지다가 버려진 보물이라도 발견한 것처럼, 사람을 찾아내는 내 안목을 스스로 인정했다.

레온의 눈동자는 드물게도 터키석 빛깔이었다. 그 청록의 터키석 눈동자가 어떤 갈증으로 암울하게 타오르고 있었다. 나는 비로소 그의 표정에서 느꼈던 불안정을 이해했다. 저런 갈증이라면 충분히 사람을 오래도록 떠돌게 했겠지.

돌이켜보면, 갈증으로 타오르는 레온의 암울한 눈동자에서 내가 처음으로 본 것은 어떤 수렁이었다. 밑바닥을 헤아릴 수 없는 깊은 수렁이 그에게 갈증이 되어 타오르고 있었다. 나에게는 바로 암울한 터키석 눈동자와 어울려 타오르고 있는 갈증이며 수렁이 끔찍하리만큼 아름답게 여겨졌다.

죽음에 대한 명상

《대념처경》과 《청정도론》에 따르면, 죽음에 대한 명
상은 전에 본 적이 있는 시체를 이용해서 개발할 수 있
다고 한다. 그렇기 때문에 죽음에 대한 명상을 개발하
기 위해서는 다시 시체에 대한 혐오감으로 초선정에
들어가야 한다. 그 외부의 시체로 초선정을 얻었을 때
'나의 이 몸은 죽어야 할 운명이고, 이 시체와 마찬가
지로 죽게 될 것이다. 이것을 피할 수는 없다'라고 생
각해야 한다. (중략) 선정의 5요소가 떠오를 때까지 당
신은 시체 속에서 생명 기능의 사라짐에 대해 집중을
계속한다.

― 파욱 사야도, 《사마타 위빠사나》

까시나의 새하얀 새벽별 아래 나는 딸을 반듯이 눕혔다. 입관
한 지 얼마 되지 않은 냉동 상태의 시신이었다. 결코 수의 따위
를 입힐 수 없었던 나는 딸이 생전에 가장 좋아했던 보랏빛 원피

스를 입혔다.

　냉동실에서 관을 꺼내어 소위 입관이라는 의식으로 딸을 마지막으로 본 것은 당연한 것처럼 나 혼자였다. 엷게 화장한 딸의 얼굴은 보랏빛 원피스 위에서 한 송이 꽃처럼 아름답게 피어나고 있었다.

　나는 딸의 마지막 모습을 누구에게도 보여주지 않았다. 남서울 화장장으로 떠나기 전날 밤, 텅 빈 장례식장의 문을 아예 닫아걸고 딸과의 마지막을 혼자서만 만끽했다. 딸의 죽음을 아무에게도 알리지 않고, 딸을 아는 모든 사람들로부터 딸의 마지막 모습을 차단시킨 셈이었다. 그렇게 딸과의 마지막 밤을 혼자서 지켜내는 자신이 차라리 자랑스러웠다.

　내가 만들어낸 까시나의 새하얗고 투명한 빛이 조명처럼 딸의 시체를 비추고 있다. 이윽고 까시나의 빛이 딸의 시체를 감싼 보랏빛 원피스며 속옷 따위들을 하나씩 하나씩 벗겨내고, 마침내 딸은 알몸이 된다.

　아름다운 얼굴과는 달리 딸의 알몸은 참혹하다. 아니, 아니다. 참혹한 것은 어쩌면 인형처럼 예쁘게 화장한 얼굴인지도 모른다. 딸의 예쁜 얼굴과 그 얼굴에 이어진 몸뚱어리의 부조화가 도저히 용납되지 않는다.

　화장한 얼굴이 까시나에 의해 드러나는 순간, 무엇보다도 나는 솟구치는 거부감을 억누를 수 없었다. 인형처럼 예쁘장하게 화장한 얼굴에서 그대로 이어지는 몸뚱어리의 연결 자체가 나에게 욕지기를 강요하는 흉물이었다.

어디선가 까시나의 빛 아래 드러나는 자신의 모습을 지켜보고 있을 딸의 새된 목소리가 들려오는 듯했다.

"이따위 얼굴은 내 몸뚱어리, 아니 내 삶에 대한 모독이야."

목덜미에서부터 왼쪽 어깨를 감돌아 등을 타고 오른쪽 어깨까지 한 마리 뱀처럼 똬리를 틀며 이어진 대상포진의 자국들, 자신에 대한 살기를 견디지 못할 때마다 커터로 그어댄 손목이며 넓적다리의 주저흔, 폐렴으로 너덜너덜해지고 기흉으로 뻥뻥 구멍이 뚫려 벌집처럼 된 허파, 아직도 누런 가래가 엉겨붙은 기관지, 암세포가 해파리처럼 번져 있는 오른쪽 유방, 등창으로 짓물러지기 시작한 허리며 항문께의 농양, 그리고 제 세상인 듯 어디에나 번져 온몸을 활개치던 악성 바이러스…… 그 모든 것이 지금 새벽별 같은 까시나 아래 낱낱이 드러나고 있다.

온갖 병을 잡화상처럼 늘어놓은 추악한 몸뚱어리 위에 인형인 듯 예쁘게 화장시킨 얼굴이 흉물스럽지 않으면 도대체 무엇이 흉물스러우랴. 인형인 듯 예쁜 얼굴 자체가 딸의 몸뚱어리보다 훨씬 더 흉물스러웠다.

순간적으로 이쯤에서 까시나로 딸의 몸뚱어리를 비추는 죽음에 대한 명상을 그만두는 것이 나을지도 모른다는 생각이 들었다. 까시나며 죽음에 대한 명상 자체를, 딸은 어쩌면 다른 시공간 너머에서 마지막으로 자신을 모욕하는 것으로 받아들일지도 몰랐다.

기이한 것은, 그렇듯 명상이며 사선정과는 무관하게 흉물스럽고 욕지기가 일어나도, 심장토대에 자리를 잡은 까시나는 여전히 새하얗고 아름답게 딸을 비추고 있다는 점이었다. 까시나는 거부감이나 흉물 따위에 전혀 영향을 받지 않는 것이었다.

나는 비로소 까시나에 대한 우실라 사야도의 가르침을 인정할 수 있었다.

"……심장토대에서 까시나가 빛나는 것은 수행자가 억지로 하려고 해서 되는 것이 아닙니다. 까시나 수행을 하다 보면 까시나 자체가 저절로 심장토대에서 빛나게 되는 것입니다…… 몸이나 느낌이나 마음이나 정신 같은 모든 헛것들이 어디를 어떻게 헤매든지 결국 까시나의 빛에서 벗어날 수 없게 됩니다."

까시나 아래 벌거벗고 있는 딸의 시체 위에 나는 조심스럽게 나의 시체를 덮씌웠다. 그런데 두 시체가 겹치는 순간, 더 이상 참아낼 수 없는 욕지기가 거세게 솟구쳐 올라왔다.

분명히 나도 시체가 되어 딸의 시체 위에 덮씌워졌다. 나의 시체는 몸의 서른두 부분에 대한 명상에서 보았던 끔찍한 내 몸과 달라진 것은 없었다. 그럼에도 나는 몸 안의 가장 깊고 깜깜한 곳에서부터 솟구쳐 오르는 욕지기를 도저히 견뎌낼 수가 없었다. 나는 그만 번쩍 눈을 뜨고 말았다.

나는 미처 결가부좌 자세를 풀지도 못한 채 명상홀 바닥에 나뒹굴었다. 그런 나는 더 이상 시체도, 더 이상 알몸도 아니었다.

결가부좌 자세를 풀고 조심스럽게 다른 수행자들 사이로 명상홀을 빠져나왔다. 꾸띠로 돌아오자 드디어 나의 작은 눈에서 눈물이 솟구쳐 올랐다.

나는 결국 죽음에 대한 명상의 첫날을 명상홀이 아닌 꾸띠에서 보냈다. 딸의 시체에 내 시체를 덮씌우는 것 자체를 나는 어떤 식으로든 허용할 수 없었다.

'이건 딸의 시체가 아닌 명상 자체에 대한 모독이야. 설사 시체에 대한 모독이래도 이런 모독은 없어.'

나는 그날 오후 우실라 사야도와의 인터뷰를 포기했다. 그리고 꼬박 하루를 꾸띠에서, 딸의 시체를 모독한 나의 시체와 함께 보냈다.

이튿날 새벽부터 다시 명상홀에서 결가부좌를 했다. 이윽고 사선정에 들어 새벽별처럼 맑고 고운 까시나가 뜨자, 어제와는 달리 딸의 시체보다 먼저 내 시체를 까시나의 빛에 반듯이 눕혔다. 아니, 시체가 아니라 저 까마득한 시절부터 내 안의 가장 깊고 깜깜한 어둠 속에 들어앉아 있던 한 마리 괴물을 눕혔다. 그리고 괴물을 아주 먼 곳에 있는 것처럼 아득하게 바라보았다.

그런 어느 순간이었을까, 한 마리 괴물이 나도 미처 모르는 사이에 까시나의 빛 속에서 시체로 변하는 것이었다. 그리고 그 시체는 차츰 괴물이 아닌 나의 시체로 바뀌었다. 어제와는 달리 그것은 더 이상 욕지기도 일으키지 않았고, 아주 먼 곳에 있는 것처럼 아득한 거리를 유지하고 있었다.

여전히 맑고 곱게 빛나는 까시나 아래서 나는 내 시체 위로 딸의 시체를 불러왔다. 그렇게 딸의 시체가 내 시체 위에 포개지자, 두 시체는 서로의 알몸을 이불처럼 덮어주는 것이었다. 이윽고 두 시체는 머리끝부터 발끝까지 하나로 밀착되어 겹쳐졌다.

마치 물이 스며들듯, 나의 시체와 딸의 시체는 조금씩 경계가 허물어지면서 하나가 되어갔다. 까시나의 맑고 깨끗한 빛 아래 두 시체가 하나의 시체가 되는 것이 어쩌면 죽음에 대한 명상의 과정인지도 모른다.

스무 개의 손가락이 열 개의 손가락이 되고, 네 개의 팔이 두 개의 팔이 된다. 스무 개의 발가락이 열 개의 발가락이 되고, 네 개의 다리가 두 개의 다리가 된다. 두 얼굴이 하나의 얼굴이 되고, 두 몸뚱이가 하나의 몸뚱이가 되면서 서로의 시체가 서로의 시체로 녹아들고 있다. 그렇게 두 시체는 완벽한 하나의 시체가 된다.

딸도 없고 나도 없다. 애오라지 하나의 시체뿐. 서로가 서로에게 녹아들어 하나가 된 시체에서 느닷없이 진동이 시작되었다. 머리끝에서 발끝까지 덜덜 떨리는 진동은 오래도록 계속되었다.

진동에 이어 황홀감이 시체 위로 해일처럼 밀려왔다. 나는 그 황홀감이 바로 죽음에 대한 명상의 초선정이라는 것을 알아차릴 수 있었다. 다름 아닌 초선정의 '위따까'와 '위짜라'였다. 둘이 아닌 하나의 시체라는 대상을 향한 위따까의 마음과 계속해서 대상에 고정되어버린 위짜라의 마음이 황홀감으로 시체를 진동시키는 것이었다.

초선정을 나만이 아닌 딸도 하나의 시체가 되어 겪고 있었다. 그렇게 하나가 된 시체에 세상의 온갖 꽃들이 가득히 피어오르고 있었다.

온갖 꽃들이 피어나는 황홀감이 잦아드는가 싶자, 온몸이 덜덜 떨리던 진동도 함께 멈추었다. 그런 황홀감과 진동이 잦아들면서, 어느새 이선정의 '삐띠'라는 기쁨이 그 자리를 대신하고 있었다.

하나의 시체에는 깊이, 좀 더 깊이 기쁨이 스며들었다. 기쁨은 깊이를 헤아릴 수 없는 샘물 같은 곳에서 솟아나오고 있었다. 밑바닥을 모르는 곳에서 솟아난 기쁨은 방금까지 황홀감에 들떠 있던 시체를, 어딘가를 향해 아래로 아래로 끌어내리는 것이었다.

이선정의 기쁨이 시체를 아래로 끌어내려서 이제 더 이상 내려갈 수 없는 어떤 바닥에 닿았다 싶을 때, 이윽고 기쁨이 사라졌다. 그렇게 이선정은 시체를 물밑 깊은 곳에 내려놓았다.

이선정의 기쁨이 사라지자 이번에는 시체에 삼선정의 행복이 찾아왔다. 그리고 시체의 두 눈이 커다랗게 열리며 눈물이 솟아나왔다. 눈물은 샘물처럼 끊임없이 솟았다. 시체가 흘리는 눈물은 그 자체로 신비하기 그지없었다.

그랬다. 시체가 흘리는 눈물의 신비함 때문에라도, 언제까지나 눈물은 멈추지 않았다. 마치 시체가 아닌 한 생명이 태어나서 처음 흘리는 눈물인 것처럼.

나에게 신비한 눈물은 문득 하나가 된 시체의 두 눈을 통하여 딸이 흘리는 눈물처럼 여겨졌다. 만일 딸이 아닌 내가 흘리는 눈물이라면, 시체의 눈물이 저렇듯 신비하게 여겨질 리 없다.

나는 무한정 흘러내리는 눈물 자체가 다름 아닌 삼선정의 '수카'라는 행복감이라는 것을 뒤늦게 알아차릴 수 있었다. 삼선정의 행복감 속에서 나도 아니고 딸도 아닌, 또 다른 새로운 존재가 흘리는 눈물이었다.

까마득히 먼 시공간으로부터 나의 목소리가 들려왔다.

"만일 죽는 순간이 오면, 절대로 후아 너 혼자 죽게 하지는 않을 테다. 아빠가 함께할 거야. 그래서 죽는 순간만이라도 통증에서 너를 지켜낼 테다."

먼 시공간에서 딸의 목소리가 뒤를 이었다.

"알았어, 아빠. 절대로 나보다 먼저 죽지 마."

다시 내 목소리가 뒤를 이었다.

"너를 놔두고 내가 먼저 죽는 일은 없어."

다시 딸의 목소리가 뒤를 이었다.

"제발 나보다 단 한 시간이라도 더 살아야 해."

먼 시공간에서 들리는 서로의 목소리를 확인하면서 하나가 된 시체는 알아차릴 수 있었을 것이다. 지금 삼선정의 행복감은 바로 딸과 내가 함께 맞은 죽음의 순간이라는 것을.

참으로 오랜 시공간이 지난 다음에, 딸과 나는 비로소 함께 죽음의 순간을 맞은 것이다. 둘의 시체가 하나의 존재가 되면서 죽음의 순간을 완성한 것이다.

딸과 함께 죽음의 순간을 완성하는 동안, 시체에는 이미 사선정이 스며들어 있었다. 언제 어떻게 스며들었는지 기척도 느끼지 못하는 사이에, 시체에는 이미 깊고 고요한 평온이 자리잡고 있었다.

깊고 고요한 사선정의 평온 위로, 하얗고 투명한 까시나가 엷은 망사 커튼처럼 드리워졌다. 그리고 까시나의 커튼 위로 수수께끼처럼 숫자들이 하나씩 떠올랐다.

2, 0, 2, *, 7, 1, 7

까시나의 엷은 커튼 위에 어른거리는 숫자들의 의미를 나는 얼핏 알아차리지 못했다. 그러나 그 숫자들이 차츰 흔들리며 멀어진다 싶을 때, 불현듯 알아차릴 수 있었다.

202 * 7 17

바로 내가 딸을 찾아서 시공간을 건너갈 날짜였다. 다행인 것은 딸과 내가 같은 시공간에서 만날 날이 머지않다는 점이었다.

실존의 흔적 7

좀 유행가스런 표현으로 레온은 나의 마지막 남자다. 하마터면 서로 가족을 이룰 뻔했던 남자이기도 하다. 만일 내가 악성 바이러스 백혈병에 걸리지만 않았더라면, 그래서 격리병실에 입원하지만 않았더라면, 그래서 결혼이나 가족에 대해 좀 더 유연한 마음을 가졌더라면, 나도 그와 결혼이라는 미답의 길을 걸었을지도 모른다.

이태원의 클럽 큐빗에서 레온을 만나 바로 호텔까지 간 날, 그와 나는 물론 쿨한 사이답게 지내고 쿨한 사이답게 헤어졌다. 서로에 대해 아무것도 묻지 않고, 아무것도 알지 않고 굿바이를 했다.

한 달인가 지나 윤지와 내가 우연히 큐빗에 갔을 때, 레온이 불쑥 우리 자리를 찾아왔다. 윤지가 먼저 말을 건넸다.

"우리, 거기 부른 적이 없는데?"

레온이 깜짝 놀라며 굳은 표정으로 허리까지 빳빳이 세웠다.

"아, 미안합니다. 그렇지만 이쪽 분에게 물어보고 싶은 게 있어서요."

윤지가 얼핏 눈살을 찌푸리며 나를 돌아보았다. 그것 봐라, 지저분한 아이일 거라고 했잖아, 라고 윤지의 눈길은 말하고 있었다. 윤지가 레온에게 말을 건네기 전에 내가 먼저 나섰다.

"호오, 저한테 물어볼 게 있다고요?"

내 말이 끝나기가 무섭게 레온이 고개를 끄덕였다.

"혹시 체리트리 엔터테인먼트에 오시지 않았나요?"

"체리트리?"

"그래요. 체리트리."

"아, 이제 알 것 같기도 해요. 그 체리트리."

내가 길거리 캐스팅이라는 좀 황당한 방식으로 뽑혀간 엔터테인먼트가 바로 체리트리였다. 이류 혹은 삼류라고 말할 수밖에 없는 업체였는데, 아무래도 처음부터 낌새가 지저분한 것 같아서 한 번의 만남 끝에 집어치운 곳이었다.

"그런데 왜요?"

나는 턱을 세워 레온을 올려다보았다.

"그 사무실에서 우연히 마주친 것 같아서요."

"딱 한 번 갔는데, 그때 나를 봤다구요?"

"예."

"그런데 왜 나는 댁을 못 봤죠?"

"체리트리 쪽에서 될 수 있으면 모르는 사람들에게는 나를 숨겼거든요.”

“그랬었나? 그런데 나에게 볼일이라도 있어요?”

레온이 여전히 굳은 표정으로 고개를 가로저었다.

“더 이상 거기 가지 마세요. 좋은 곳이 아녜요. 이 말을 꼭
해주고 싶었어요.”

“말씀은 고마워요. 그러잖아도 더 이상 가지 않아요.”

레온이 우리 자리에서 돌아서는데 윤지가 불쑥 나섰다.

“이봐요. 혹시 호스트바에 근무했던 적은 없어요?”

레온이 다시 몸을 돌려 윤지를 바라보았다. 그리고 잠시
망설이는 눈치더니 고개를 끄덕였다.

“예. 있어요.”

레온이 그렇게 나올 걸 미처 예상하지 못했는지 윤지는
오히려 어리둥절한 표정으로 혼잣말처럼 반문했다.

“있다고?”

“예. 두세 번이지만 호스트 노릇도 했어요.”

윤지를 바라보는 청록의 눈동자가 제대로 마주 볼 수 없을
만큼 강렬한 빛을 내며 암울하게 타오르고 있었다. 그런 레온을
지켜보며 나는 외마디 신음을 내고 말았다.

“아아.”

레온의 눈동자에서 타오르는 암울한 불길은 곧장 나의
온몸에 화르르 옮겨붙었다. 나는 자리에서 벌떡 일어서서

레온의 손목을 잡았다.

"자, 나랑 여기서 나가요."

나는 윤지를 돌아보지 않았다. 그러자 윤지가 내 뒤통수에 대고 외쳤다.

"후아, 지금 네가 무슨 짓을 하는 줄은 아는 거니?"

"나?"

"그래."

"나, 지금 아주 근사한 짓을 하는 거지."

내 말에 윤지가 온 얼굴을 일그러뜨렸다.

"우리의 눈부셨던 원나잇도 여기서 끝나는구나."

나는 온 얼굴이 일그러진 윤지를 돌아보지 않고 팔랑, 가볍게 손을 흔들었다.

"그거야 모르지. 하지만 오늘 나에겐 원나잇보다 몹시 소중한 게 있거든."

나는 레온과 함께 클럽 큐빗을 나왔다.

레온의 터키석 눈동자에서 타오르는 불길과 그 불길을 일으키는 깊은 수렁은 변함없이 끔찍하게 아름다웠다. 지금 당장 그 불길과 수렁에 빠져들지 않으면, 흡사 폭탄처럼 온몸이 터져버릴 것만 같았다. 내 안에 깊이 숨은 파괴본능이 폭탄의 도화선에 불을 붙이고 있었다.

호텔 침대 위에서 서로의 몸을 탐할 때, 레온이 내 몸 안으로

더 이상 들어올 수 없을 만큼 깊이 들어오면서 흐느끼는 듯한
소리를 냈다.

"고맙습니다."

"뭐가?"

"거기서, 날 받아줘서요."

"받아준 건 내가 아니라 오히려 그쪽 같은데?"

레온이 얼굴 바로 위에서 고개를 흔들었다. 그의 머리칼이 내
얼굴을 부드럽게 어루만졌다.

"그렇지 않아요. 당신을 만나지 않았다면 나는 많이 막막했을
거예요. 앞으로 어떻게 살아야 할지 앞이 조금도 보이지
않았으니까."

레온의 몸을 깊이 받아들이며, 나는 원나잇 따위로
지켜내고자 했던 나의 어떤 값어치가 무엇인지 비로소 깨달을
것 같은 느낌이었다. 내 몸의 가장 깊은 곳까지 들어온 레온이
그것을 몸으로 알려주고 있었다.

'어쩌면 저 깊은 곳에서 빛나는 저것이 나의 진짜
처녀막일지도 몰라.'

나는 아직까지도 내 몸 깊은 곳에서 빠져나가지 않고 있는
레온의 등을 어루만지며 생각했다.

격렬한 순간이 지나자 레온이 차마 나를 제대로 바라보지
못하고 고개를 돌린 채 물었다.

260

"내가 더럽지 않아요?"

나는 가만히 레온의 등을 쓰다듬었다.

"그대가 아름다워요."

레온이 기다렸다는 듯이 몸을 뒤집어, 내 얼굴 바로 위에서 나를 들여다보았다.

"내가, 아름답다고?"

"그래, 끔찍하게 아름다워요."

나는 터키석 눈동자를 올려다보았다. 그의 눈동자 속에는 갈증으로 타오르는 암울한 불길은 더 이상 보이지 않았다. 그리고 불길을 일으키는 깊은 수렁 또한 더 이상 보이지 않았다. 다만 자신도 해석할 수 없는 한 가닥 기쁨 같은 것이, 그의 암울한 불길과 수렁의 한구석에서 있는 듯 없는 듯 건듯 스쳐 지나가고 있었다.

얼마 후부터 레온이 강남역 부근의 내 오피스텔로 들어와 우리는 자연스럽게 한방을 쓰게 되었다. 내가 그를 받아들인 것은 무엇보다도 그의 절박한 사정 때문이었다.

"저기요."

아침에 호텔방을 나오기 전, 레온이 난처한 표정으로 나를 불렀다.

"왜?"

"혹시 당분간 당신 오피스텔에서 함께 지낼 수는 없을까요?"

"좋아. 그렇게 해요."

나는 이런저런 이유 따위를 묻지도 않고 대답했다.

"정말 고마워요."

내가 쉽게 허락하자, 레온은 대뜸 감격한 표정으로 두 팔로 나를 깊이 얼싸안았다.

레온은 사람을 한없이 깊이 빠져들게 하는 터키석 눈동자와는 달리, 뜻밖에도 단순하고 곧은 성격이었다. 그런 성격만큼 누구를 대할 때도 자신의 표정을 관리하지 못하고 속마음까지 그대로 드러내는 타입이었다. 레온이 난처한 표정을 하고 있다면, 뭔가 정말 난처한 처지일 것이 분명했다.

그는 그날 당장 내 오피스텔로 이사했다. 이삿짐이라고 해야 커다란 트렁크 두 개와 그가 몹시 아끼는 몇 가지 운동기구가 전부였다.

다행히 오피스텔은 거실과 방으로 나누어져서 두 사람이 살기에 많이 불편하지는 않았다. 이사 후 우리가 맨 먼저 한 일은 서로 존댓말 따위는 하지 않는 거였다. 무엇보다도 나는 보물처럼 소중한 나의 값어치를 발견하게 해준 그가 몹시 좋아지기 시작했다.

이사한 날 저녁, 레온과 나는 오피스텔 근처 식당에서 돼지갈비를 먹었다. 기이하게도 그는 한국 음식 중에서 돼지갈비를 가장 좋아한다고 했다. 왜 하필이면 돼지갈비냐는 나의 질문에, 어렸을 때부터 엄마가 자주 해줘서라고 아주 쉽게 대답했다.

레온은 술을 별로 좋아하지 않아서 맥주 한 병 정도가 정량이었다. 그는 반 잔 정도 남아 있던 맥주를 단숨에 비우고는 입을 열었다.

"내가 큐빗에서 아르바이트할 때, 체리트리 엔터테인먼트 사람들이 나를 발견한 거야."

나는 손에 들고 있던 돼지갈비 뼈다귀를 접시에 내려놓으며 고개를 끄덕였다.

"그랬구나. 나는 카페에서 커피를 마시다가 그 녀석들 눈에 띄었는데."

레온도 나처럼 길거리 캐스팅으로 뽑혀간 것이었다. 모르긴 해도 동서양을 아우르는 외모가 쉽게 눈에 띄었을 것이다.

레온은 캐스팅되자마자 곧바로 TV 예능 프로그램에 출연했는데, 독특한 외모에 비해 시청자들의 반응은 별로 좋지 않았다. 무엇보다도 레온은 예능감이나 탤런트적인 순발력 따위가 부족해서 피디나 진행자의 눈에 들지 못했다.

"내가 몇 개월 살았던 압구정 오피스텔은 체리트리에서 마련해줬던 거야."

"그래서?"

"내가 몇 군데 예능 프로그램에서 잘리자 그들은 기다렸다는 듯이 나를 호스트바 쪽으로 넘겼어. 재벌급 여자들이랑 룸살롱 마담 같은 여자들을 상대하는 비밀스런 멤버십 바였다고 해. 거기서 그런 여자들을 상대로 두어 번 불려가기도 했어."

"됐어. 이제 그런 이야기는 그만해."

나는 오른손 검지로 가만히 레온의 입술을 눌렀다.

"자, 우리 술이나 한잔 더 해."

나는 레온의 술잔에 내 술잔을 가볍게 대었다.

프랑크푸르트에 있는 대학을 졸업하고 역시 프랑크푸르트에 있는 회사에 취직하여 회사원 노릇을 하던 레온은 어느 날 모든 것을 집어치우고 훌쩍 한국으로 건너왔다. 어쩌면 어머니가 그에게 물려준 향수를 더 이상 견디지 못한 것인지도 모른다.

어머니의 향수를 마음에 안고 찾아온 고국에서, 레온은 캄캄한 어둠 속을 유령처럼 떠돌다가 결국 정상으로 돌아갈 길마저 잃어버린 것인가. 그리하여 지금 내 앞에서 터키석 눈동자를 어떤 갈증으로 암울하게 태우고 있는 것인가. 그리하여 끝내 밑바닥을 헤아릴 수 없는 나의 깊은 수렁과 어울려, 끔찍하리만큼 아름답게 타오르고 있는 것인가.

훗날 내가 자칫하면 남에게 전염시킬 수도 있는 악성 바이러스에 걸렸다는 사실을 알게 된 레온이 무엇보다도 먼저

한 일은 자신도 검진을 받는 것이었다.

"나도 병원에서 검진을 받았어. 아무 이상도 없다니까 내 걱정은 하지 마."

레온은 전혀 아무렇지도 않게 오피스텔에서 나와 함께 지내며 기꺼이 나를 간호했다. 그리고 나에 대해 적잖이 신경 쓰며 나를 위로하려 들었다.

"아주 어렸을 때부터 아빠와 엄마가 걸핏하면 피 묻은 옷을 입고 집에 와서 바이러스 따위는 나한테 일상적인 일이었어."

레온은 잠시 머뭇거리더니 한마디 덧붙였다.

"네 아빠를 너 몰래 만난 적이 있어."

"아빠를 만났다고?"

"네 아빠가 연락해서 만났는데, 나를 만난 걸 너에게는 비밀로 해달라더라."

"무슨 일인데 비밀까지?"

"네 아빠가 그러셨어. 너를 버리라고."

"나를 버리라 그랬다고?"

"응. 그것도 지금 당장 버리고 독일로 돌아가라는 거였어."

"왜?"

"아무래도 네 아빠, 좀 이해가 안 되는 사람이야. 앞으로 시간이 가면 갈수록 내가 너를 힘들게 할 뿐이라나. 도저히 납득이 안 되는 이유였어. 어떻게 딸이 병들었다고, 너를 버리라고 강요할 수 있는 거니?"

레온의 말에 나는 더 이상 참지 못하고 그만 홍소를 터뜨리고 말았다.

"우하하하, 역시, 아빠답네."

어쩌면 아빠는 레온과 관계없이 내가 자칫 그에게 매달리는 흉한 상황이 올 수도 있다는 걸 염려했는지 모른다. 아빠가 이해되지 않는 것은 아니었다. 아빠는 나름대로 그러는 것이 나를 위하는 길이라고 여겼을 것이다.

"우리 아빠는 탐미주의자거든."

"탐미주의자?"

"응, 탐미주의자. 아마 우리 아빠는 내가 죽더라도 끝까지 아름답게 죽기를 바랄 거야. 우리 아빠에 대해서는 거기까지만 알아도 돼. 더 이상은 모르는 편이 좋아."

사실 내 병이 거의 불치병으로 밝혀지면서 레온에게 운을 뗀 적이 있었다. 이제 슬슬 헤어질 때가 되었어, 서로 가벼울 때 헤어지자, 라고. 그때 레온은 뜻밖에도 강하게 고개를 저었다.

"아직 치료제가 없는 병이라는 이유로 후아 너를 외면할 생각은 없어. 내 나름대로 너를 떠날 수 없는 이유도 있는 거야. 비록 언제까지라고 못 박을 수는 없지만, 내 능력이 되는 한 곁에 있어줄게."

"흐응, 네 나름대로의 이유가 뭔데?"

레온은 얼핏 눈살을 찌푸리더니 곧바로 나를 향해 웃어
보였다.

"아무것도 아냐. 언젠가 네가 건강해지면 그때 말해줄게."

레온이 고개를 젓는 바람에 그 뒤로는 헤어지는 일이 쉽지
않게 되어버렸다. 레온이 그렇게 나오자 나도 그만 매달리는
마음이 되어버린 것인지도 모른다. 그를 언제 떠나보내야
하는지 마음의 정리가 확실하지 않게 된 것이다.

레온으로서는 나의 예상과는 달리 꽤 오래 버텨준
셈이었다. 그러나 내가 입원하면서 아빠가 너무 강하게 그의
간병을 거부하는 바람에 결국 나에게서 등을 돌렸다. 어쩌면
속마음으로는 아빠보다도 내가 더욱 적극적으로 그의 등을
떠밀었는지도 모른다. 그래서 레온에게 떠날 것을 권했다는
아빠가 고마웠는지도. 그가 등을 보이기 전에 내가 먼저 등을
돌린 것은 아빠 덕분이었다.

마침 레온이 영국 맨체스터 비즈니스 스쿨의 싱가포르 소재
MBA에 합격했다는 소식을 들었을 때, 나는 화를 내면서까지
그의 등을 떠밀었다. 당시 구직자들이나 갓 취직한 새내기
직장인들에게, 다양한 경영이론과 글로벌 감각을 익히는
MBA는 확실한 신분 상승 코스로 여겨지기도 했다.

아무리 나에 대한 정이 깊다 하더라도 그런 신분 상승 코스를
버릴 만큼 깊을 리는 없었다. 나를 향한 그의 정은 그 정도가

꼭지인 셈이었다. 나는 내 앞에서 미적거리는 그를 위해 내 카드로 싱가포르 MBA의 입학금을 넣어주었다.

레온을 보내면서 나는 일말의 서운함도 없었다. 아니, 서운하기보다는 오히려 몸과 마음이 더 망가지기 전에 그를 보내는 것이 마지막 행운 같기도 했다.

내가 병실에서 아빠와 지낸 1년 동안, 레온은 싱가포르에서 풀타임 MBA 1년 과정을 마쳤다. 그리고 독일로 돌아가 글로벌 회사의 정식 직원이 되었다.

자애심 명상

이 훌륭한 사람이 위험에서 벗어나기를!

이 훌륭한 사람이 정신적 고통에서 벗어나기를!

이 훌륭한 사람이 육체적 고통에서 벗어나기를!

이 훌륭한 사람이 건강하고 행복하기를!

— 파욱 사야도, 《사마타 위빠사나》

내가 우실라 사야도에게 까시나의 엷은 망사 커튼에 떠오른 '202*7 17'이라는 숫자를 밝히자, 사야도는 걱정스럽다는 듯이 대뜸 말했다.

"숫자에 크게 신경 쓰지 마세요. 너무 빠르다 싶으면 나중에 다른 명상을 통해서 얼마든지 고칠 수 있습니다."

우실라 사야도는 그 숫자가 가리키는 기간이 나에게 너무 촉박하다고 여긴 것인지도 모른다. 나는 사야도에게 고개를 저어 보였다.

"고치고 싶지 않습니다."

내가 까시나의 엷은 커튼에 드리운 숫자를 보았을 때, 딸도 그 숫자를 보았을 것이 분명했다. 왜냐하면 딸과 내가 하나의 시체가 되어 함께 보았으므로. 그렇게 나는 딸이 바로 그 숫자를 좋아하는 것을 느낄 수 있었다.

함께 시체가 된 몸에서 문득 딸의 것이라고 여겨지는 손이 가만히 나왔다. 딸의 손은 불쑥 까시나의 엷은 커튼을 만지려고 했다. 아니, 딸이 만지려는 것은 망사 커튼이 아니었다. 딸은 커튼 위의 숫자를 어루만지려던 것이었다. 나는 딸의 손이 담고 있는 무한한 정감을 느꼈다.

딸은 망사 커튼에 적힌 숫자를 만지지는 못했다. 딸의 손이 숫자 대신 허공을 스치는 순간, 나는 번쩍 눈을 떴다. 그리고 죽음에 대한 명상을 끝내버렸다.

내가 눈을 뜨자 당연하게 까시나는 꺼져버리고, 엷은 망사 커튼도 사라졌다. 그러나 나는 까시나와 엷은 망사 커튼이 사라지는 따위는 조금도 아쉽지 않았다. 아쉽기는커녕 어쩌면 찰나의 순간에 내 눈앞에서 허공으로 사라졌을지도 모르는 딸을 안간힘을 다해서 막은 느낌이었다. 나는 아직 떠나지 않고 내 안에서 한몸으로 자리잡고 있을 딸이 참으로 기꺼웠다.

만일 내가 눈을 뜨지 않고 명상을 계속 이어갔다면, 딸과 거기서 헤어졌을 것 같은 예감이 들었다. 그렇게 딸은 손뿐만이 아니라 온몸이 나에게서 벗어나 저 무한공간으로 사라졌을지도 몰랐다.

죽음에 대한 명상이 끝나자 우실라 사야도는 기다렸다는 듯이 자애심 명상을 권했다.

"죽음에 대한 명상을 잘 끝내셨습니다. 죽음 중에서도 따님을 시체로 만나는 명상이 쉽지 않았을 텐데요. 바로 그걸 이룬 공력으로, 이제 처사님은 자애심 명상을 하셔야 합니다. 이 자애심은 사무량심 가운데서도 소중한 부분입니다. 나머지는 연민, 함께 기뻐함, 평온입니다. 처사님이라면 자애심 외에 나머지 명상은 하지 않아도 될 것입니다."

인터뷰실을 나오려다 말고, 나는 불현듯 다시 사야도 앞에 앉았다.

"죽음에 대한 명상을 끝내고 나서 이상하게 딸을 잘 느낄 수가 없습니다. 저와 함께 하나의 시체를 이루었던 딸의 흔적이 아주 희미하게 느껴질 뿐입니다. 혹시 딸이 제가 찾지 못하는 어딘가로 벌써 가버린 것은 아닌지 염려되기도 합니다. 명상이 다 끝날 때까지 아직은 딸을 보내서는 안 될 것 같은 예감입니다. 적어도 딸을 떠나보내는 것은 명상 속에서가 아니라 저의 자의로 결정하고 싶습니다."

우실라 사야도에게 죽음에 대한 명상을 설명하던 끝에, 미처 다 밝히지 않았던 나머지를 밝혔다. 일부러 감추려던 것은 아니지만, 어쩐지 그런 부분까지 시시콜콜 다 밝혀야 되나 싶어 망설

여졌던 것이다.

"따님에 대한 부분은 잠시 미뤄두세요. 머지않아 몇 가지 사마타 명상이 끝나고 위빠사나 명상으로 넘어가면, 그때 위빠사나의 지혜가 열려 따님의 존재 여부를 저절로 알게 될 것입니다. 지금은 잊고 지내세요."

우실라 사야도는 긴가민가하는 내 표정이 마음에 걸리는 듯 다시 말을 이었다.

"따님과는 처사님 말대로 시체가 되어 두 몸이 합체를 이루었지요. 지금 처사님의 몸 안에 따님이 함께 있는지, 아니면 이미 다른 곳으로 가버렸는지 하는 의문에 얽매일 때가 아닙니다. 그리고 그런 의문 또한 위빠사나 해탈의 지혜가 아니라면, 이것이다 하는 정답을 달리 찾을 수가 없을 것입니다."

자애심 명상은 별로 어렵지 않았다. 다만 약간 안타까운 것이 있다면, 죽음에 대한 명상에서처럼 드러내놓고 딸과 하나가 될 수 없다는 정도였다.

자애심 명상에서는 시체가 아닌 살아 있는 존재만을 명상의 대상으로 한다. 자애심 명상에 들어가면서 나는 자연스럽게 딸과 거리가 벌어진 셈이었다.

자애심 명상은 몸의 서른두 부분에 대한 명상처럼 맨 처음에는 자기 자신을 명상의 대상으로 한다. 붓다는 〈말리카경〉에서 밝히고 있다.

마음을 가지고 모든 방향을 찾아보아도

거기서 자기 자신보다 더 사랑스러운 사람은 찾을 수 없다.

같은 방식으로, 모든 방향의 존재들은

어느 누구보다도 자기 자신을 사랑한다.

그래서 자기 자신의 행복을 원하는 사람은

다른 존재를 해쳐서는 안 된다.

자애심 명상은 자기 자신을 다른 사람과 동일시하고, 마음을 사랑으로 채우기 위해서 다음과 같은 네 가지 마음으로 자애심을 개발한다.

내가 위험에서 벗어나기를!

내가 정신적 고통에서 벗어나기를!

내가 육체적 고통에서 벗어나기를!

내가 건강하고 행복하기를!

자애심 명상은 우선 까시나의 맑고 깨끗한 빛으로 사선정에 들어 바로 자기 자신을 향해 까시나의 빛을 밝힌다. 그렇게 자기 자신이 빛에 드러나면, 바로 그 빛에 드러난 자기라는 대상을 향해 자애심을 발휘한다.

"내가 위험에서 벗어나기를!"

맨 처음에 나는 내 귀에도 들리지 않을 만큼 작고 가는 소리로 속삭이듯이 읊었을 것이다. 아무리 자애심 명상이라고 해도, 나 자신을 향하여 그렇듯 노골적으로 빌 수는 없었다.

작게 속삭이는 나의 소리는 뜻밖에도 귀청은 물론 두개골마저도 부술 듯이 엄청난 성량으로 울리고 있었다. 마치 증폭시킨 확성기처럼 언제까지나 귀청이며 두개골에서 우웅, 우웅, 울려대고 있었다.

나는 벼락이라도 맞은 듯 정신이 들었다.

'지금 이 확성기 소리를 듣고 있는 것은 내가 아니다.'

나는 다시 확인했다.

'지금 이 확성기 소리를 듣고 있는 것은 바로 괴물이다.'

괴물이 아니라면 아무도 들을 수 없는 작은 목소리를 우웅 울리는 확성기의 증폭으로 바꾸어 들을 수 있는 존재는 이 시공간에 없다. 나는 내 안에 있는 괴물을 향해 안간힘을 다해 외쳤다.

"내가 위험에서 벗어나기를!"

한 번, 두 번, 세 번, 그렇게 열 번을 넘어 수십 번, 수백 번, 수천 번, 수만 번을 외치는 사이에 나도 모르게 주격이 달라져 있었다.

"괴물이 위험에서 벗어나기를!"

내가 아닌 괴물이라는 한마디만을 슬로건처럼 외치며 꼬박 하루를 보냈다. 마지막 명상시간을 보내고 밤늦게 꾸띠로 돌아오자 또다시 눈물이 솟구쳐 올랐다.

다음 날 명상시간에도 자애심 명상의 대상은 내가 아닌 괴물이었다. 그런데 뜻밖에도 바로 괴물에게서 초선정이 시작되는 것이었다.

나는 괴물이 황홀감에 싸여서 온몸을 덜덜 떨어대는 것을 곤혹스러운 눈길로 지켜볼 수밖에 없었다. 그렇게 몇 시간이 지나도 괴물은 사라지지 않고 여전히 초선정의 황홀감에 빠져 온몸을 덜덜 떨고 있었다.

그런 어느 순간, 나는 괴물이 홀연히 사라지는 것을 볼 수 있었다. 그렇게 괴물이 흔적도 없이 사라진 자리에는 바로 괴물이 될 수밖에 없는 어떤 조건이 초선정의 황홀감에 덜덜 흔들리고 있었다.

파욱명상센터를 찾아오던 첫날, 문득 시공간 너머에서 붓다의 낭랑한 목소리로 들었던 바로 그 조건이었다.

"비구들이여, 괴로움의 무더기가 일어나는 성스러운 진리란 무엇인가? 무명無明의 어리석음을 조건으로 어리석음을 행하려는 힘이 일어나고, 힘을 조건으로 알음알이가 일어나고, 알음알이를 조건으로 정신과 물질이 일어나고…… 존재를 조건으로 태어남이 일어나고, 태어남을 조건으로 늙음·죽음·슬픔·비탄·육체적 고통·정신적 고통·절망이 일어난다……."

결국 무명의 어리석음을 조건으로 '더러운 피'라는 조건이 일어나고, 그 더러운 피를 조건으로 늙음·죽음·슬픔·비탄 따위 온갖 조건들이 일어나서, 사라진 괴물 대신 초선정의 황홀감에 온몸을 덜덜 떨고 있었다.

이를테면 나에게 괴물이란 온갖 조건들의 집합이었다. 그렇게 며칠을 지나는 사이에도 자애심 명상의 대상은 괴물이자 그 조건들이었다.

"괴물이 위험에서 벗어나기를!"

"괴물이 정신적 고통에서 벗어나기를!"

"괴물이 육체적 고통에서 벗어나기를!"

"괴물이 건강하고 행복하기를!"

내가 아닌 괴물이라는 온갖 조건들이 이선정의 기쁨을 지나 삼선정의 행복에 다다르는 것을 나는 여전히 곤혹스러운 눈길로 지켜보았다. 그렇게 괴물이, 아니 괴물을 이룬 온갖 조건들이 기뻐하고 행복해하는 것을 지켜보았다.

밤늦게 꾸띠로 돌아오는 길에는 기다렸다는 듯이 또다시 눈물이 솟구쳤다. 나는 그 눈물 속에 아직도 남아 있는 황홀이며 기쁨이며 행복을 구태여 부인하지 않았다.

나는 딸이 아직 나를 떠나지 않고 내 안에서 함께 지내는 것을 믿게 되었다. 내 안에 있는 괴물의 존재를 인정하고, 그런 괴물에게 자애심을 쏟는 것은 내가 아닌 딸이었다. 딸이 아니라면 전혀 불가능할 일이었다.

어느 순간부터 나의 자애심 명상은 여느 수행자들과는 다르게 나만의 스타일이 되었다. 이를테면 언제부터인지 모르게 자애심 명상의 대상에서 좋아하거나 존경하는 사람, 사랑스러운 사람 들은 빠져 있었다.

나의 자애심 명상의 대상은 오로지 미워하는 사람, 싫어하는 사람 혹은 증오하는 사람이었다. 수십 년을 내 주인 노릇을 해온 괴물 따위를 자애심 명상의 대상으로 삼는 자가 어떻게 감히 존경하는 사람이나 사랑하는 사람을 대상으로 할 수 있으랴.

자애심 명상에서 나는 미워하거나 싫어하는 사람들을 남김없이 '이 훌륭한 사람'이라고 불렀다. 나로서는 당연한 일이었다. 그리고 급기야 사람의 범주를 벗어나 모든 존재를 향해 '이 훌륭한 사람'이라는 호칭을 붙였다.

이 훌륭한 사람이 위험에서 벗어나기를!
이 훌륭한 사람이 정신적 고통에서 벗어나기를!
이 훌륭한 사람이 육체적 고통에서 벗어나기를!
이 훌륭한 사람이 건강하고 행복하기를!

이윽고 자애심 명상의 대상이 명상센터의 수행자들을 벗어나서 미안마며 한국에서 알았던 사람들로 확대되었다. 그리고 비로소 자애심 명상의 대상이 초선정, 이선정, 삼선정의 과정을 지나는 변화를 깨닫게 되었다.

자애심 명상의 대상이 초선정의 황홀에 들어 온몸을 덜덜 떨기 시작하면 그 대상은 이미 바뀌어 있는 것이다. 마치 내가 아닌 괴물로 바뀌고, 그리하여 괴물이 조건으로 바뀌었던 것처럼.

이를테면 '이 훌륭한 사람이 위험에서 벗어나기를!'이라는 슬로건이 초선정에 들면 이미 대상에서 사람은 사라져버리고, 거기에는 애오라지 '위험'만이 남는다. 그리하여 사람이 아닌 '위험'이 남아서 초선정의 황홀에 온몸을 벌벌 떨고, 그렇게 이선정의 기쁨과 삼선정의 행복으로 넘어간다.

'이 훌륭한 사람이 정신적 고통에서 벗어나기를!'이라는 슬로건도 마찬가지다. 초선정에 접어들면 사람은 사라지고 정신적 고통만이 남아서 황홀에 벌벌 떨다가 이선정, 삼선정으로 넘어간다. '육체적 고통'이며 '건강과 행복'도 마찬가지다.

어쩌면 자애심 명상의 대상은 처음부터 사람이 아니고, 그 사람이 지닌 어떤 조건으로서의 위험이며, 정신적 고통이나 육체적 고통, 그리고 건강이나 행복이었던 것이다. 그렇다. 자애심 명상의 진정한 대상은 그 사람을 건강과 행복으로부터 차단하여 위험이나 고통에 빠져들게 하는 조건 자체였던 것이다.

이 훌륭한 사람이 왜 위험에 빠졌는가?
이 훌륭한 사람이 왜 정신적 고통을 앓고 있는가?

이 훌륭한 사람이 왜 육체적 고통에 시달리는가?

이 훌륭한 사람이 왜 건강하고 행복하지 못한가?

처음부터 자애심 명상의 대상은 어차피 '이 훌륭한 사람'에 대한 질문 자체였다. 명상에 들어 까시나가 빛나면, 그 모든 질문에 대한 정답처럼 선정이 시작되는 것이다.

좀 더 깊이 들어가서 대상이 사람이라는 경계를 벗어나게 되면서 저절로 대상은 모든 존재로 확대되었다.

모든 존재가 위험에서 벗어나기를!

모든 존재가 정신적 고통에서 벗어나기를!

모든 존재가 육체적 고통에서 벗어나기를!

모든 존재가 건강하고 행복하기를!

자애심 명상의 대상이 사람만이 아닌 생명 있는 모든 존재로 경계가 넓혀지자, 거기에 뒤따르듯이 열 개의 방향으로 범위도 넓어졌다. 자애심 명상에 들어 빛나는 까시나는 미얀마와 한국을 넘어서서 지구라는 행성을 돌다가 이윽고 우주로 나아갔다.

동방·서방·남방·북방·남동방·남서방·북동방·북서방·상방·하방, 이 열 개의 방향을 불교에서는 시방세계十方世界라고 부른다. 명상센터에서부터 마을, 도시, 나라, 세계, 태양계, 은하계, 우주로 무한하게 범위가 넓혀지면서 시방세계로 나아가자 자애심 명상도 무한하게 깊어졌다. 나는 까시나의 빛을 밝힌 채 캄캄한 우주를 향해 쉼 없이 나아갔다.

문득 뒤를 돌아보면 나는 어디에도 보이지 않았다. 내가 결가부좌하고 있던 자리에는 터져버린 풍선 같은 잔존으로, 나라는 존재는 희미하게 사라지고 있을 뿐이었다. 낯선 존재들을 찾아서 까시나로 시방세계를 떠도는 사이에 나라는 존재는 거짓말처럼 사라져버린 것이다. 나는 어디에도 없다. 애오라지 암흑의 공간을 밝히며 나아가는 까시나가 있을 뿐이다.

어느 날 밤늦게 꾸띠에 돌아오는데 엉뚱한 질문이 솟구쳤다.

"저 무한천공의 우주에도 붓다가 정말로 존재할까?"

부끄럽지만 그 질문에 대한 답을 당장에 구할 수는 없었다. 그러나 얼마 지나지 않아 결국 대답이 왔다.

"제아무리 무한천공의 우주라고 한들, 존재가 있는 곳에는 반드시 붓다가 있다. 존재란 어차피 고통받을 수밖에 없고, 존재가 고통받는 곳을 어떻게 붓다가 외면하랴."

삔우린 명상센터는 완연히 우기에서 벗어나고 있었다. 내 꾸띠 앞에 손바닥만큼 일군 꽃밭에서는 미얀마의 꽃들 몇 송이가 활짝 꽃잎을 열고 있었다.

붓다는 자애심 명상에 대하여 간곡히 말씀하셨다.

비구들이여, 자애심으로 마음의 해탈이 훈련되고 개발되고 숙달되고 탈것이 되고 기초가 되고 확고해지고 견고해지면, 열한 가지 이익이 기대된다. 무엇이 열한 가지인가?

잠을 편안하게 자고,

편안하게 깨어 있고,

악몽을 꾸지 않고,

인간에게 사랑받고,

인간이 아닌 존재들에게서도 사랑받고,

신들이 보호하고,

불·독약·무기로 해침을 받지 않고,

마음이 쉽게 집중되고,

얼굴빛이 밝고,

혼란 없이 죽고,

출세간으로 나아가지 않는다면 범천에 태어난다.

실존의 흔적 8

레온은 프랑크푸르트의 빌딩가에 있는 회사의 사무실에서 열심히 컴퓨터 자판을 두드리고 있었다. 밝고 깔끔한 디자인이 돋보이는 넓은 사무실에는 스무 명 남짓한 직원들이 저마다 자기 자리에서 바쁘게 업무를 보았다.

레온은 길고 먼 방황을 끝내고 이제야 겨우 제자리를 찾은 셈인가. 나는 지금까지 보지 못했던 레온의 새로운 모습을 지켜보며 가만한 눈길을 보내었다.

'여기가 결국 네 자리였던 거니?'

직원들 속에 섞여 있어도 레온의 잘생긴 외모는 전혀 묻히지 않았다. 백인답게 윤곽이 뚜렷한 이목구비와 창백하기까지 한 하얀 피부, 그리고 여전히 윤기가 흐르는 검은 머리칼.

나는 바로 옆에서 한동안 그를 주시했다. 그리고 어느 순간 그만 충동을 이기지 못하고 윤기가 자르르한 그의 검은 머리칼을 어루만졌다. 존재하지 않는 나의 손가락들은 그의 검은 머리칼을 만지지 못하고 허공을 스쳐 지날 뿐이었다.

그러나 존재하지 않는 나의 손가락들은 파르르 떨리며
머리칼의 감촉을 느끼는 듯했다.

레온은 자신의 머리칼을 어루만지는 내 손가락에는 전혀
무감각했다. 내가 다가가자마자 화들짝 내 존재에 반응하던
아빠와는 달리, 내 손가락은 물론 내 존재마저도 전혀 느껴지지
않는 모양이었다.

'레온, 너답구나.'

나는 잠자코 레온에게서 돌아섰다. 내 존재를 알아채지
못하는 그에 대하여 서운하다거나 아쉽다거나 하는 마음은
들지 않았다. 나는 이미 그런 그를 당연하게 여기고 있었다.

한번 돌아서면 아예 뒤돌아보지 않는 단순함이야말로 그의
혈관의 절반을 채우고 있는 혈통의 장점일 것이다. 그리고 그런
단순함이야말로 내가 그에게서 보았던 어떤 깊은 수렁조차도
그로 하여금 무사히 건너가게 했을 것이다.

나는 레온을 바라보며 마지막 인사말을 했다.

'그래, 너라도 내 몫까지 살아남으렴.'

레온에게서 몸을 돌리려던 바로 그 순간이었다. 이제 막
나만의 시공간으로 건너가려던 나는 있지도 않은 눈을 크게
뜨고 말았다.

레온이 나를 바라보고 있었다. 그렇게 그의 눈동자와
마주치면서, 나는 존재하지도 않는 몸을 부르르 떨고 말았다.

레온의 눈동자는 분명히 나의 존재를 느끼고 있었다. 무엇보다도 터키석 눈동자가 나를 향해 커다랗게 열린 채 굳어지고 있었다.

기이하게도 커다랗게 열린 레온의 눈동자에는, 그리고 그만큼 확대된 공간에는 어떤 두려움이 가득 차 있었다. 터키석 눈동자를 뿌옇게 채운 두려움을 바라보며 나는 물었다.

'도대체 나의 무엇이 너의 눈동자를 이리도 커다랗게 열리게 하는 두려움이 된 거니?'

레온은 절체절명의 순간이라도 맞이한 듯, 얼굴뿐만이 아니라 온몸까지 사색으로 굳었다. 그를 바라보며 나는 존재하지도 않는 내 눈에서 한두 방울 눈물이 흘러 두 볼을 적시는 기분이었다.

레온이 별안간 자리에서 벌떡 일어나더니 주섬주섬 책상 위의 서류 따위를 서둘러 치웠다. 그리고 황급히 사무실을 나서는 것이었다. 그의 뒷모습이 어쩐지 나를 피하는 것처럼 여겨져서 나는 더 이상 그를 뒤쫓아 가지 않았다.

내가 살아생전의 레온을 마지막으로 본 자리였다.

강한 끌림에 이끌려 내가 찾아간 곳은 프랑크푸르트의 한 묘지였다. 레온의 관 앞에 그의 아버지와 어머니를 위시한 몇 명의 조문객들이 비통한 표정으로 서 있었다.

레온의 어머니가 관의 한 귀퉁이를 두 손으로 쥐어뜯으며
부르짖었다.

"내가 레온을 죽인 거다, 내가."

레온의 어머니는 말리는 레온의 아버지를 뿌리치며 온몸으로
관을 얼싸안았다.

"레온, 도대체 너는 한국에서 이 어미를 대신하여 무엇을
찾으려 했던 거냐? 도대체 무엇을 찾겠다고 이 어미마저
포기한 나라를 찾아갔다가 결국 네 목숨을 버린단 말이냐?"

흐느끼는 레온 어머니의 목소리에 겹쳐, 내가 사무실로
찾아갔을 때 마주쳤던 그의 눈동자가 다시 떠올랐다. 그의
청록색 눈동자는 커다랗게 열린 채, 두려움과 공포에 가득 차
있었다.

레온의 장례식이 끝나고 모두가 새로운 무덤에서 돌아설
때, 혼자 남아 있던 그의 아버지가 안주머니에서 종이 한 장을
꺼내었다. 그리고 그 종이에 천천히 불을 붙였다.

종이 한 장에 불이 붙는 그 짧은 순간에 나는 그것이 유서라는
것을, 그리고 거기에 쓰여 있는 내용이 무엇인가를 한눈에 알
수 있었다. 그리고 그가 사무실에서 청록의 눈동자를 커다랗게
뜨고 보여주었던 두려움과 공포가 무엇 때문이었는가도 알 수
있었다.

존재하지도 않는 내 온몸이 떨리도록 안타까웠다. 나는 어쩔

수 없이 레온에게 소리를 질렀다.

'이 바보야. 모든 사람이 다 죽어도 너만은 죽으면 안 되는 거야. 더군다나 자살이라니. 너라면 얼마든지 나를 견뎌내고 살아남을 수 있었던 거라고. 그런데 나로 인해 네 목숨까지 버린다는 것은 이 세상에서 내가 받았던 모독 중에서도 가장 끔찍한 모독이야. 적어도 너만은 어떤 경우에도 나에게서 자유로운 존재로 우뚝 서 있었어야 했어.'

아아, 레온의 몸을 깊이, 깊이 받아들이며, 나의 가장 깊은 곳에서 나는 얼마나 소중한 보물로 빛났던가. 내가 원나잇 따위로 지켜내고자 했던 나의 어떤 값어치들이 다름 아닌 소중한 보물이 되어, 나의 가장 깊은 곳에서 얼마나 눈부시게 빛났던가. 그때 나는 생각했었다.

'어쩌면 저 깊은 곳에서 빛나는 저것이 나의 진짜 처녀막일지도 몰라.'

그렇게 레온은 나에게 끔찍하게 아름다웠다. 그때 내가 바라본 그의 터키석 눈동자 속에는 더 이상 갈증으로 타오르는 암울한 불길은 없었다. 그리고 그 불길을 일으키는 깊은 수렁도 더 이상 없었다.

레온의 무덤을 뒤로하는 그의 아버지를 바라보며, 존재하지도 않는 나의 두 눈에서 눈물이 흘렀을 것이다. 그 눈물을 마지막으로, 실존의 흔적을 찾아 여기저기 헤매는 나의 어떤 과정도 마지막에 다다랐다는 것을 깨달을 수 있었다.

묘지에서 돌아서는 나의 눈에 레온의 무덤은 더 이상 보이지 않았다. 그의 무덤 대신 내가 본 것은 희뿌윰한 안개 같은 것이었다. 어쩌면 그것은 안개가 아니라 요즘 들어 점점 희미하게 느껴지는 눈, 코, 귀, 입 같은 나의 감각들인지도 모른다.

나는 아빠에게 돌아가는 길을 서둘렀다.

무색계 선정

수행자로 하여금 무색계 선정의 성취를 추구하도록 이끄는 최초의 동기는, 색계 존재가 지니는 본질적인 위험에 대한 명확한 인식이다. 무기나 칼에 의해 상처를 입거나 죽음을 당하는 것, 병으로 괴롭거나 굶주림과 갈증에 시달리는 것은 바로 물질인 몸이 있기 때문이다. 반면, 무색계에 사는 존재에게 그런 일은 일어나지 않는다.

—《맛지마 니까야》

자애심 명상이 끝난 뒤 인터뷰에서 우실라 사야도는 빙긋이 웃으며 말했다.

"처사님은 이제 무색계 선정을 하셔도 됩니다. 색계 사선정에 충분히 숙달되었으므로, 무색계 선정으로 들어서는 데 큰 어려움은 없을 것입니다."

나는 가만히 고개를 끄덕였다.

"지금까지 처사님의 명상을 이끌어주었던 까시나는 무색계의 공간에 들어가면 사라지게 됩니다. 어차피 까시나 또한 물질이므로 색계를 넘어서서 무색계로 들어서면 당연히 없어지는 것입니다. 까시나를 강을 건너가는 데 필요한 배로 생각한다면 이해가 쉽겠지요. 강을 건너기 위해서는 배가 필요하지만, 건넌 다음에는 오히려 무거운 짐이 됩니다. 색계 사선정에서는 까시나가 선명한 표상으로 선정의 대상이었다면, 무색계 사선정에서는 더 이상 선정의 대상이 아닌 것입니다."

내가 잠자코 있자 우실리 사야도는 다시 말을 이어갔다.

"무색계 선정은 공무변처空無邊處, 식무변처識無邊處, 무소유처無所有處, 비상비비상처非想非非想處에 따른 토대가 대상이 됩니다. 공무변처는 무한한 공간이 토대이고, 식무변처는 무한한 의식이 토대이며, 무소유처는 아무것도 없음이 토대이며, 비상비비상처는 지각도 아니고 비지각도 아닌 토대입니다. 각 선정의 토대에 따라 바로 그 토대가 선정의 대상이 되는 것입니다."

내가 이맛살이라도 찌푸렸던지 우실라 사야도가 덧붙였다.

"말이 좀 어려워서 그렇지 명상을 하는 데 큰 어려움은 없을 것입니다. 처사님이 지금까지 해온 색계 선정에서 더욱 깊어지고, 더욱 고요해진다고 생각하면 됩니다."

무색계 선정은 지금까지 해왔던 죽음에 대한 명상이나 자애심 명상처럼 우선 색계 사선정에 들어 까시나의 새하얗고 투명한 빛을 밝히는 것으로 시작되었다. 그래서일까, 까시나는 어느 때보다 더 밝고 아름답게 타올랐고, 결가부좌한 나의 몸을 금방 가득히 채워버렸다.

시간이 얼마만큼 지나자, 언제부터인지 모르게 내 몸은 까시나에 파묻힌 채 그림자인 듯 가늘고 희미한 결가부좌의 형체만을 남기고 사라졌다. 그리고 잠시 후에는 가늘고 희미한 형체마저 흔적 없이 사라져버렸다.

내 몸이 있던 자리에는 딱 사라진 몸만큼의 덩어리가 된 까시나만이 하얗고 투명하게 타오르고 있었다. 나는 그렇게 까시나로 하얗고 투명하게 타오르면서 소리 없이 외쳤다.

'우주의 끝까지, 아니 공간의 끝까지 무한하게!'

어느 순간 까시나의 덩어리가 힘차게 솟구치는가 싶더니 흡사 커다란 불덩어리라도 된 듯이 위로, 위로 날아올라갔다. 그러고는 혜성처럼 긴 꼬리를 남기며 까마득히 멀어져갔다.

까시나가 멀어져가는 곳은 끝이 보이지 않는 무한의 공간이었다. 한 줄기 빛마저 스며들지 않은 무한공간의 순흑純黑 속으로 까시나는 날아가고 또 날아갔다. 어디를 둘러보아도 끝이 보이지 않는 무변無邊의 공간에는 이미 시공간 따위는 사라지고 없는 듯했다.

그렇게 가없이 날아가던 어느 순간, 까시나가 사라져버렸다. 혜성처럼 긴 꼬리를 흔들던 까시나가 사라져버린 공간에는 기다렸다는 듯이 무변의 순흑만이 남아 있었다.

하루에 한 방향을 따라서 동서남북을 위시한 열 방향의 시방세계를 날아가는 까시나는 어느 순간에 이를 때마다 곧바로 사라져버렸다. 어느 방향이든 까시나가 사라진 공간에는 무변의 순흑만이 가득 차 있었다.

열흘가량 까시나를 따라 순흑의 공간을 날아갔을 때였다. 나는 비로소 공무변처의 토대에 들어선 것을 알았다. 무한천공의 순흑을 토대로 삼아 나의 선정은 더욱 깊고 고요하고 더욱 순정해져 있었다.

내가 공무변처에서 식무변처로 넘어가던 날이었다. 명상홀에서 결가부좌를 하고 있을 때, 심장 부분에 불현듯 날카로운 송곳에 찔리는 것 같은 통증이 오는 것이었다. 나는 이를 악물고 통증을 온몸으로 견뎌내며, 눈물을 흘리지 않기 위해 작은 눈을 부릅떴다. 그리고 스스로에게 말했다.

"눈물을 보이지 마라. 후아가 가는 길에 눈물을 보일 수는 없지 않느냐?"

무색계 선정에 들어 까시나의 하얗고 투명한 빛 속으로 내 몸이 형체마저 남기지 않고 사라져버릴 때부터 나는 막연하게나마 짐작하고 있었다. 드디어 딸과 헤어질 때가 왔다는 것을.

이제 딸은 저 가없는 시공간으로 사라져야 한다. 마치 무한천공의 순흑 속에 까시나가 사라지듯이. 차츰 소멸되기 시작한 딸의 감각이 남김없이 사라지는 날이 바로 오늘일 수도 있다.

어쩌면 내가 무한천공 공무변처의 순흑 속에 머물 때부터, 이 승과 저승을 넘나들며 실존의 흔적을 뒤적이고 다니던 딸의 감 각들은 이미 사라져버린 것인지도 모른다. 나의 선정 속에서 희 나리처럼 아직 꺼지지 않고 희미하게 남아 있는 것은 딸의 감각 이 아니라, 딸이 바로 나를 위해 아껴둔 어떤 것일지도.

공무변처에서 식무변처로 들어가기 위해 색계 사선정에 들어 다시 하얗고 투명한 까시나를 밝혔다. 그리고 그 까시나로 다시 무한천공 순흑의 공간으로 들어갔다. 순흑의 공간은 바로 그 순 흑을 가득 채운 채, 어디에도 끝이 보이지 않는 무한한 의식이 충만해 있었다. 나는 가득한 의식을 향해서 소리 없이 외쳤다.

'의식, 세상의 끝까지 무한한 의식!'

몇 번인가를 외친 끝에 무한천공의 순흑 속에 충만한 의식을 헤치며 드디어 날아올랐다. 얼마나 날아간 것일까. 공무변처 가 득한 의식 속에서 불현듯 까시나가 사라져버렸다.

까시나가 사라져버린 가없는 순흑에는 의식만이 자리잡고 있 었다. 드디어 식무변처의 토대에 들어선 것이었다.

식무변처의 순흑이 된 의식은 이미 나의 의식이 아니었다. 의 식 자체로 하나의 완성을 이룬 순흑의 의식은 바로 그 순흑을 토 대 삼아 선정을 더욱 깊고 고요하고 순정하게 만들고 있을 따름 이었다.

식무변처의 순흑의 의식 속에서 딸은 벌써 사라지고 없었다. 일말의 흔적조차 남기지 않고 어디론가 사라져버린 것이다.

명상홀에서 꾸띠로 돌아오며 나는 더 이상 울지 않았다. 아니, 울지 않은 것이 아니라 제대로 울 수조차 없었다. 나에게 순흑의 의식이 있는 한, 더 이상 딸에게 눈물조차 보일 수 없게 된 것이다.

무색계 선정의 무소유처와 비상비비상처는 별로 어렵지 않았다. 공무변처, 식무변처와 함께 이 네 가지 선정은 모두 동일한 궤도를 도는 열차처럼 자연스럽게 이어지고 있었다. 이를테면 공무변처가 끝나는 곳에는 당연한 것처럼 식무변처 토대가 기다리고, 식무변처 토대가 끝나는 곳에는 당연한 것처럼 무소유처 토대가 기다리고 있는 식이었다. 그렇게 무한한 공간에서 의식으로 넘어오고, 다음에는 공간이나 의식마저 텅 비워지는 무소유가 기다린다.

드디어 나는 무소유의 토대 위에 선 채 소리 없이 외친다.

'아무것도 없다. 아무것도 없이 비워진다.'

텅 비워진 무소유의 토대를 지나자, 마지막 단계인 지각도 아니고 비지각도 아닌 비상비비상의 토대가 나온다.

비상이며 비비상이라니!

지각이며 비지각이라니!

비상비비상의 지각이나 비지각의 토대에서 나는 딸도 없이 혼자서 딸의 섬망을 만났다. 나에게 비상비비상의 토대란 섬망의 토대나 다름없었다.

내가 부득불 파욱명상센터를 찾은 것은 바로 선정 때문이었다. 선정으로 들어가면, 바로 거기에서 단말마를 피해 딸이 들어선 섬망을 만날 수 있을 것만 같았다.

나는 드디어 비상비비상의 토대에서 섬망을 만난 것이다. 그리하여 딸이 어떻게 섬망에 들어섰는지, 그 섬망에서 어떻게 죽음으로 건너갔는지 알게 되었다.

지각이라는 조건으로 시작된 더러운 피에서 딸의 죽음, 슬픔, 비탄, 육체적 고통, 정신적 고통이 이어지고, 그런가 하면 그 지각은 어떠한 통증도 없는 비지각으로 이어진다. 그렇게 비지각이 지각과 교차하다가 급기야 지각과 비지각이 하나가 된다. 그리하여 지각은 물론 비지각마저도 텅 비워져버린다.

도대체 섬망과 비상비비상의 토대가 무엇이 다르랴.

지금 나의 무색계 선정에서는 섬망과 지각이, 그리고 섬망과 비지각이 교차하면서 비상비비상의 토대가 서로 하나가 되었다. 그렇게 섬망과 지각이, 섬망과 비지각이 교차되었다.

딸도 없이 나 혼자 들어선 비상비비상의 토대는 고요하고 또 고요하고, 깊어지고 또 깊어졌다.

실존의 흔적, 마지막

나는 아빠와 헤어졌다.

헤어진 것은 아빠만이 아니다.

내가 이승에 남기고 왔던 존재의 부재와 실존의 흔적,
환상통이나 메아리처럼 저승까지 더불어 왔던 감각들과도
마침내 헤어진 것이다.

식무변처의 무한천공 순흑 속에 있는 아빠를 향해 나는 남아
있던 마지막 감각으로, 있지도 않은 두 손을 저어 보였다.

"안녕, 아빠!"

사대요소 명상과 깔라파

마음은 각각의 물질 토대에 의존해서 일어난다. (중략) 이것을 보기 위해서 물질을 구성하는 요소를 관찰할 필요가 있다. 그것은 깔라파라 불리는 아주 작은 소립자를 꿰뚫어 볼 필요가 있다는 의미이다. 물질이 깔라파 이외에 아무것도 아니라는 것을 관찰할 필요가 있다. 그러나 깔라파는 궁극의 실재가 아니다.

— 파욱 사야도, 《사마타 위빠사나》

무색계 선정이 모두 끝난 날, 우실라 사야도는 덤덤하게 말을 건넸다.

"처사님은 무색계 사선정을 끝으로 사마타 명상을 거의 마친 셈입니다. 오늘부터는 위빠사나 명상으로 들어가세요."

"위빠사나 명상이라면, 사성제며 십이연기 말씀인가요?"

내가 아는 체를 하자 우실리 사야도는 짐짓 내 물음을 무시한 채 말머리를 돌렸다.

"지금까지 처사님이 해온 사마타 명상은 참 즐겁고 행복한 명상이었을 수도 있어요. 어떻게 보면, 사마타 명상은 위빠사나 명상을 제대로 수행하기 위한 일종의 준비운동이라고 해도 무방합니다."

우실라 사야도의 말에 나도 모르게 더듬거리며 큰 소리로 묻고 말았다.

"주, 준비운동이라고요?"

우실라 사야도는 가볍게 고개를 한 번 끄덕이는 것으로 답을 대신했다. 그리고 문득 정색하고 말을 이었다.

"우선 사대요소를 명상하세요. 사대요소란 우리 몸을 땅·물·불·바람의 네 가지 요소로 나누어 알아차림하는 명상입니다. 기실 우리 몸이란 이 사대요소 이외에는 아무것도 아닌 것입니다. 이 사대요소가 우리 몸과 마음의 전부라는 것을 확실하게 알아차림해야 합니다. 그런 알아차림에 이르면 사대요소 자체마저 결국 아무것도 아니게 됩니다."

내가 잠자코 있자 우실라 사야도는 다시 말을 이어나갔다.

"사대요소 중 땅의 요소에는 단단함, 거칢, 무거움, 부드러움, 매끄러움, 가벼움의 여섯 가지 특징이 있습니다. 특이한 것은 단단함이 있으면 부드러움이 있고, 거칢이 있으면 매끄러움이 있고, 무거움이 있으면 가벼움이 있는 것으로 상반된다는 것입니다. 그리고 물의 요소에는 흐름이 있으면 응집이 있어요. 불의 요소에는 따뜻함이 있으면 차가움이 있고, 바람의 요소에는 지탱이 있으면 밂이 있지요. 이렇게 모두 열두 가지 특징이 있는데, 이 상반되는 열두 가지 특징들이 뒤섞여 온몸에 돌아다니는 것을 단번에 알아차림하는 것입니다. 처사님은 이미 몸의 서른두 부분에 대한 명상을 하고, 죽음에 대한 명상과 자애심 명상까지 마친 후라서 크게 어렵지 않을 것입니다."

사대요소 명상의 시작은 우실라 사야도의 말처럼 크게 어렵지는 않았다. 처음에는 땅의 요소에서 물의 요소, 그리고 불의 요소, 바람의 요소로 하나씩 나누어서 알아차린다.

오래 앉아 있다 보면 문득 엉덩이가 무거워진 것을 알아차림한다. 그렇게 무거움을 알아차림하는 순간, 기다렸다는 듯이 저절로 무거움이 가벼움으로 뒤바뀐다. 무거움과 가벼움은 모두 땅의 요소다.

명상홀 마루에 닿은 발바닥의 거칢을 알아차림한다. 그렇게 거칢을 알아차림하는 순간, 기다렸다는 듯이 저절로 거칢이 매끄러움으로 뒤바뀐다. 거칢과 매끄러움 역시 땅의 요소다.

빳빳하게 세운 등뼈에서 단단함을 알아차림한다. 그렇게 단단함을 알아차림하는 순간, 기다렸다는 듯이 저절로 단단함이 부드러움으로 뒤바뀐다. 단단함과 부드러움 역시 땅의 요소다.

무릎 위에 올려진 손가락 끝에서 차가움을 알아차림한다. 그렇게 차가움을 알아차림하는 순간, 기다렸다는 듯이 저절로 차가움이 따뜻함으로 뒤바뀐다. 차가움과 따뜻함은 모두 불의 요소다. 심장에서 몰려온 따뜻함이 차가움과 자리를 바꾼 것이다.

숨을 들이쉴 때 쏴아, 하는 울림과 함께 등줄기를 타고 아래로 밀려가는 밂을 알아차림한다. 그렇게 밂을 알아차림하는 순간, 기다렸다는 듯이 저절로 꼬리뼈 부분에서 솟구친 버팀으로 뒤바뀐다. 밂과 버팀은 모두 바람의 요소다.

온몸의 혈관을 타고 흐르는 피의 거센 흐름을 알아차림한다. 그렇게 흐름을 알아차림하는 순간, 기다렸다는 듯이 저절로 흐름을 막아서는 응집으로 뒤바뀐다. 흐름과 응집은 모두 물의 요소다.

사대요소 명상에 차츰 익숙해지면서 나는 선정에 대한 그동안의 여러 가지 궁금증을 풀 수 있었다. 색계 사선정에서 선정에 들었을 때, 곧잘 어떠한 통증도 없이 서너 시간을 훌쩍 지나치고는 했던 이유를 알게 된 것이다.

선정에 들어서 알아차리는 온몸의 변화는 바로 땅·물·불·바람이라는 사대요소가 만들어낸 뒤바꿈이었던 것이다. 이를테면 엉덩이가 무거워지면 가벼움이 자리를 바꾸고, 등뼈가 단단해지면 부드러움이 자리를 바꾸고, 손가락의 차가움을 따뜻함이 바꾸는 식이다.

중요한 것은, 선정의 알아차림에 빠져 있다 보면 사대요소의 열두 가지 변화는 나의 의식이나 의지 따위와는 전혀 상관없이 이루어진다는 점이다. 하기는 수행자의 의지나 의식이 끼어드는 선정이란 어차피 존재할 수 없지 않으랴.

사대요소가 빠르게 뒤바뀌면서, 나는 어느 순간 온몸의 통증마저 잊어버렸다. 어쩌면 사대요소의 변화 속에서 통증 또한 무엇인가로 뒤바뀌어버린 것인지도 모른다.

땅·물·불·바람 같은 사대요소는 마치 꿈결과도 같이 온몸을 휘감아 도는 어떤 흐름 속에서 움직인다. 저절로 움직이면서 저마다 맡고 있는 역할을 바꾸는 것이다.

부끄러운 고백을 하자면, 선정 중에 온몸에서 통증이 사라져버리는 변화를 나는 붓다께서 나에게만 특별하게 내리는 지복祉福이 아닐까 생각했다는 점이다. 선정의 황홀이나 기쁨이나 행복도 마찬가지였다.

기이하게도 땅·물·불·바람 같은 사대요소 명상은 여러 나라에 비슷한 수행법이 많다. 인도의 요가나 티베트 밀교만이 아니라 중국의 기공氣孔, 우리나라의 선도仙道 같은 수행법이 그러하다.

그러나 사대요소 명상과 다른 수행법은 추구하는 지향이 완벽하게 다르다. 사대요소 명상은 우리 몸과 마음이 애오라지 물질로 이루어진 것일 뿐 그 외에 아무것도 없다는 궁극의 무아를 지향한다면, 다른 수행법은 건강이나 생명 같은 자아확인을 지향한다.

사대요소 명상에 집중하다 보면, 열두 가지 요소가 한데 뒤섞여 어지럽게 온몸을 돌아다니고, 차츰 그 속도도 빨라진다. 그러다 보면 자칫 알아차림마저 놓쳐버리고, 각 요소의 현란한 흐름 그 자체가 되어 있기 십상이다.

사대요소 명상에 숙달되어 그 흐름이 빨라지자 자주 현기증에 시달렸다. 현란한 흐름을 지켜보는 것만으로도 거의 탈진 상태에 빠지기도 했다. 해종일 명상홀에 앉아 있다 꾸띠로 돌아가는 길이면, 어지러움을 못 견디고 여러 번 길가에 주저앉았다. 그런 어지러움 속에서는 몸이 마치 속이 텅 빈 허깨비처럼 여겨지기 십상이었다.

그 무렵 나는 온몸이 새하얀 구름으로 변한 것처럼 아득한 거리감에 빠지기도 했다. 온몸에 나타나는 새하얀 구름을 너무 심한 현기증으로밖에 달리 여길 수는 없었다.

온몸을 뒤덮던 새하얀 구름은 어느새 얼음처럼 투명한 덩어리로 뒤바뀌어 있었다. 투명한 얼음덩어리로 변한 몸이 금방이라도 낱낱이 찢겨나가는 것은 아닐까, 하는 의심마저 들고는 했다.

나는 투명한 얼음덩어리에 싸여 사대요소 명상을 견뎌야 했다. 그런 어느 날, 드디어 온몸을 뒤덮은 투명한 얼음덩어리들이 쩍쩍 금이 가는 것을 알아차림으로 보았다.

쩍쩍 금이 가는 것은 얼음덩어리뿐만이 아니라 나의 온몸 자체이기도 했다. 그렇게 온몸을 덮은 얼음덩어리가 쩍쩍 금이 가는가 싶자, 기다렸다는 듯 그 틈 사이로 수천수만의 빛 조각들이 눈부시게 쏟아지는 것이었다.

내가 현기증이며 얼음덩어리, 눈부신 빛의 조각들에 대한 두려움을 밝히자, 우실라 사야도는 뜻밖에도 빙긋이 웃었다. 사야도는 나의 두려움 따위에는 일말의 걱정도 없었다.

"축하합니다. 처사님은 모르는 가운데 지금 온몸의 사대요소들이 처사님을 새롭게 태어나게 하고 있는 중입니다."

"새롭게 태어나게 한다구요?"

"처사님의 몸은 이미 어제의 몸이 아닙니다. 어디 몸뿐입니까? 마음도 이미 어제의 마음이 아닙니다. 바로 오늘 새롭게 태어나는 몸과 마음이지요. 그걸 처사님의 몸과 마음이 알아차림한 것입니다."

우실라 사야도는 다소 흥분한 기색으로 말을 이었다.

"처사님의 몸과 마음은 어제와 오늘 단위로 사라지고 다시 태어나는 것이 아닙니다. 이미 1초 단위로, 아니 1초가 아니라 찰나의 순간에도 몸과 마음이 사라지고 다시 태어나며 처사님을 바꾸고 있는 것입니다. 그리고 처사님은 찰나의 순간에도 몸과 마음이 뒤바뀌고 있는 것을 아주 잘 알아차림하는 중이구요."

우실라 사야도는 다시 말을 이었다.

"사대요소 명상이 깊어지면서 어쩌면 저절로 깔라파 명상으로 들어간 것인지도 모르지요. 아마 처사님도 전혀 모르는 사이에 일어난 변화일 것입니다. 깔라파는 물질의 극미 원소입니다. 물질이 더 이상 미세하게 나누어질 수 없는 가장 극미한 단위의 원소를 우리는 깔라파라고 부르지요. 이제 처사님은 깔라파 명상에 전념하세요."

우실라 사야도의 말에 나는 작은 눈을 부릅떴다. 사야도는 그런 나의 눈길을 짐짓 무시했다.

"처사님이 본 그 눈부신 빛의 조각들은 바로 깔라파의 미세한 분자들입니다. 그리고 투명한 빛은 깔라파의 다섯 감성이며, 또한 다섯 투명요소라고 불리기도 합니다. 처사님은 바로 다섯 투명요소인 몸·눈·귀·코·혀의 투명요소를 알아차림한 것입니다. 그중에서 몸 투명요소는 온몸, 즉 여섯 감각의 토대에서 발견되어 몸 전체가 투명한 덩어리로 보인 것이지요. 이 다섯 투명요소를 제외한 나머지는 모두 불투명요소입니다."

우실라 사야도는 어느 순간 나를 어루만지듯 한 눈길을 보냈다.

"깔라파에는 기본 팔원소, 그리고 구원소 깔라파, 십원소 깔라파가 있습니다. 이 세 가지 깔라파만 사띠로 제대로 알아차리게 되면 일단 처사님의 명상은 끝나는 셈입니다. 다음에는 위빠사나의 닙바나 지혜가 열리는 마지막 단계로 넘어가는 것이지요."

우실라 사야도는 잠깐 말을 끊고 한동안 나를 내려다보더니 다시 말을 이었다.

"깔라파의 다섯 투명요소 중에서 우선 눈 투명요소부터 시작합시다. 눈의 투명요소에서 땅·물·불·바람의 요소를 식별하는 것입니다."

사대요소 명상이나 깔라파를 식별하는 데 선정이나 사선정은 불필요하다. 온몸에서 사대요소의 특징이나 미세분자인 깔라파를 식별하는 데는 사마타가 아니라 위빠사나에 있다는 근접삼매만이 필요할 뿐이다.

어쩌면 사마타의 본삼매나 초선정, 이선정, 삼선정 같은 선정에 들어가면 자칫 사대요소 명상이나 깔라파를 알아차림하지 못할지도 모른다. 사대요소 명상이나 깔라파를 식별해내는 데는 마음집중보다는 근접삼매에서 작은 요소 하나 놓치지 않는 알아차림이 더 중요한 것이다.

우실라 사야도의 지시에 따라 근접삼매에 들어 눈을 들여다보았을 때, 눈은 커다란 연못이 되어 있었다. 연못이라지만 물가가 보이지 않을 만큼 넓었다. 그 연못에서 미처 숫자를 헤아릴 수 없는 수백, 수천만의 물방울 같은 것들이 수면에서 들고 일어서는 것이었다. 아니, 들고 일어났다 싶은 순간에 사라져버리고 있었다.

물방울들이 일어났다가 사라지는 일은 언제까지나 되풀이되었다. 그것들이 무엇인지 나는 정체를 헤아릴 수 없었다. 그러기에는 너무나 빠른 속도였다. 물방울의 정체조차 헤아리지 못한 채 두세 시간이 넘는 명상시간 동안 그것들이 일어났다가 사라지는 끝없는 반복만을 지켜볼 따름이었다.

인터뷰실에서 우실라 사야도는 나를 향해 고개를 끄덕였다.

"그 물방울 같은 것들이 사대요소에서 물의 특징이자 바로 일어나자마자 사라지는 깔라파입니다. 처음인데 비교적 잘 알아차림했습니다. 다음에는 코에서 사대요소며 깔라파를 알아차림하세요."

사대요소며 깔라파를 알아차림하다가 밤늦게 꾸띠로 돌아가면 거의 초주검이 되었다. 거기다 여전히 계속되는 현란한 현기증도 결코 만만치 않았다.

다음 날 역시 근접삼매에 들어 코를 바라보았을 때였다. 무슨 동굴같이 캄캄한 공간을 갑자기 지독하게 매운 냄새가 가득 채우는 것이었다.

처음에는 그 냄새가 명상센터의 식당에서 풍겨오는 것으로 착각했다. 도대체 무슨 요란한 요리를 하기에 명상홀까지 냄새를 풍기는 걸까. 아마 나도 모르게 잠깐 머리를 갸우뚱거렸을지도 모른다.

그러나 식당의 냄새가 명상홀까지 풍겨오기에는 너무 먼 거리였다. 지독하게 매운 냄새는 콧구멍 속 동굴을 가득히 채웠다가 삽시간에 사라지고, 사라지는가 하면 또다시 채우기를 반복했다. 냄새의 정체가 무엇인지 알아차리기에는 역시나 너무 빠른 속도였다.

지독하게 매운 냄새와 콧구멍 속 동굴이 너무 엉뚱하게 여겨져서 인터뷰 시간에 나는 얼버무리듯이 더듬거렸다. 우실라 사야도는 뜻밖에도 나를 향해 흔쾌하게 고개를 끄덕여주었다.

"잘해냈습니다. 사대요소에서 바람의 특징이기도 한 깔라파가 아주 잘 알아차림되었습니다."

우실라 사야도는 빙긋이 웃으면서 말을 덧붙였다.

"이번에는 심장토대에서 일어나는 깔라파를 알아차림하세요."

"심장토대라구요?"

우실라 사야도가 나의 물음에 가만히 고개를 끄덕였다.

"명상 중에 결가부좌하고 있는 손가락이나 발가락의 감각을 느껴보세요. 무심코 손가락이나 발가락에 무슨 감각이 생길 때가 있는데, 그 감각은 어디서 비롯된 것일까요?"

우실라 사야도의 질문에 얼핏 짚이는 데가 있었다.

"심장토대입니까?"

우실라 사야도가 잠자코 고개를 끄덕였다.

"그렇습니다. 심장이 아니라 심장토대입니다. 그 심장토대에서 손가락 혹은 발가락 끝까지 감각이 가는 동안에 깔라파가 일어났다가 사라지는 것을 알아차림하세요."

인터뷰를 끝내고 절을 하는 나에게 우실라 사야도는 무심코 생각났다는 듯 말을 건넸다.

"처사님이 만일 죽음에 대한 명상을 다시 한다면, 전에 보았던 숫자에서 훗날로 날짜가 바뀌어 있을 것입니다. 아니, 구태여 죽음에 대한 명상이 아니더라도 이미 날짜가 바뀌었을지 모릅니다."

무심하게 건넨 우실라 사야도의 말에 나는 일말의 거부감을 느꼈다.

'그런 짓이야말로 딸에 대한 모독이야.'

나는 머뭇거리지 않고 대뜸 고개를 저었다.

"바꾸는 것도, 바뀌는 것도 저는 싫습니다."

심장토대에서 손가락 끝까지 깔라파가 일어나는 과정을 알아차림하면서 나는 경악할 수밖에 없었다. 심장토대에서 일어난 깔라파가 사라졌다가 다시 일어나고, 또 사라지면서 마침내 무릎 위에 놓인 오른손 검지를 까닥거리게 하는 과정을 바라보면서, 나의 작은 눈은 찢어지는 통증을 느낄 만큼 커다랗게 뜨이고 말았다.

명상을 하다 말고 두 눈을 번쩍 뜬 나를 알은체하는 수행자는 명상홀 안에 아무도 없었다. 그러나 나는 경악스러운 나머지 더이상 명상홀에 앉아 있을 수가 없었다.

무엇보다도 나를 경악하게 한 것은 심장토대에서 검지에 이르는 그 찰나의 과정에 일어났다가 사라지는 수천수만 깔라파의 명멸이었다. 심장토대에서 일어난 깔라파가 그런 명멸의 과정을 거쳐 오른손 검지를 까닥일 때까지 단 1초도 걸리지 않는 찰나의 일이었다는 사실이 나를 더욱 경악하게 했다.

나는 가만히 자리에서 일어나 명상홀을 나왔다. 꾸띠로 돌아오는 나의 눈에는 예의 수천수만 깔라파의 명멸이 언제까지나 이어지고 있었다.

나는 비로소 우실라 사야도의 축하를 이해할 수 있었다.

"축하드립니다. 처사님은 모르는 가운데 지금 온몸의 사대요소들이 처사님을 새롭게 태어나게 하고 있는 중입니다."

깔라파가, 그것도 심장토대에서 오른손 검지에 이르는 수천수만 깔라파의 명멸이 어쩌면 위빠사나 지혜의 마지막 과정일수도 있다는 사실을 나는 까마득히 몰랐다. 그것을 깨닫게 된것은 아주 훗날의 일이다.

기실 사람의 몸과 마음이란 변하지 않는 것이 없고, 고통스럽지 않은 것이 없으며, 일어났다가 사라지지 않는 것이 없다는 것을 깨닫는 것이 위빠사나의 가장 수승한 지혜가 아니랴. 나는 깔라파와 위빠사나를 연결시키는 것을 꿈길에서조차 헤아리지 못했던 것이다.

나는 수박 겉핥기 하듯 깔라파의 껍질만을 겉핥기로 지나치고 있었다. 그러던 어느 날 나에게 한 여자가 찾아왔다. 40대쯤으로 여겨지는, 단발머리에 흰 저고리와 검정 치마를 입은 한복차림의 여자가 삔우린의 명상센터까지 나를 찾아온 것이었다.

여자는 명상홀 앞 계단에서 나를 기다리고 있었다.

내가 놀란 표정을 짓자 여자는 단도직입으로 물었다.

"어떻게 깔라파를 보셨어요?"

"어떻게 깔라파를 보다니요?"

나는 여전히 놀란 표정으로 반문했다.

"아니, 깔라파를 어떻게 보았냐구요?"

여자는 마치 시비라도 걸듯이 되물었다. 나는 여자의 시비에서 벗어나듯 잠깐 숨을 돌렸다. 그리고 대답했다.

"어떻게 보기는요. 나도 모르는 사이에 저절로 보였지요."

여자는 나의 말에 일순 고개를 갸우뚱하고는 다시 위아래로 끄덕거렸다. 얼굴에 실망한 기색이 가득 담겨 있었다.

"저절로 보았다? 그렇게밖에는 달리 말할 수가 없겠군요."

여자가 여전히 실망한 기색으로 나를 바라보았고, 내가 무심코 말했다.

"웬만하면 하지 마세요."

여자가 커다란 눈으로 나를 올려다보았고, 나는 이번에는 고개를 설레설레 저어 보였다.

"너무 어지럽고 현기증이 나서 못 견디겠어요. 깔라파만 보고 나면 금방이라도 기절할 것 같거든요."

"……?"

"지금까지의 즐거운 선정과는 달라요. 깔라파를 보는 것 자체가 무엇보다 너무 고통스러워요. 괜한 욕심을 부려 깔라파를 시작한 게 아닌가 후회되기도 합니다."

무책임한 대답에 여자는 드러내놓고 실망한 기색을 보였다. 그러고는 이내 등을 보이고 멀어져갔다.

나중에 들린 소문에 따르면, 여자는 미얀마에 와서 테라와다 여승이 되어 주로 명상센터를 돌아다니며 수행한 지 10년이 훌쩍 넘었다는 것이었다. 그리고 나를 만난 다음 날 곧바로 귀국길에 올랐다고 했다.

위빠사나의 지혜 자체를 까마득히 몰랐던 나의 어리석음은 결국 나만의 어리석음으로 끝나지 않았던 것이다. 어쩌면 여자는 10년을 넘어서면서까지 깔라파 언저리에서 헤매었을지도 모른다.

여자는 나보다도 훨씬 수승한 경지였을 것이다. 위빠사나 해탈의 지혜 바로 앞에서 급기야 나를 찾아왔을 것이다.

'아아, 어쩌자고 나는 나뿐 아니라 끝내 그 여자까지 어리석음에서 벗어나지 못하게 한 것일까?'

여자뿐만이 아니라 나 또한 위빠사나 해탈의 지혜 바로 앞에서 헤매고 있었을 것이다. 자신이 순간마다 변하고, 그런 순간의 변화가 자신을 고통에 헤매게 하고, 그렇게 자신이 극미하게 분해되는 어지러움과 현기증밖에 아무것도 없는 과정 자체가 바로 위빠사나의 지혜가 아니었으랴.

자신이 순간마다 변하는 과정이 바로 무상이고, 그런 순간의 변화에 어지러움과 현기증을 느끼는 과정이 고통이며, 그런 순간의 고통 속에서 어디를 둘러보아도 나라는 존재는 보이지 않는 과정이 무아가 아니고 무엇이랴.

나는 어디에 무엇으로 사라진 것일까

나는 어디에 무엇으로 사라진 것일까?

무게 0그램, 부피 0제곱밀리미터로
더 이상 감각도 없이,
더 이상 존재의 부재도 없이,
더 이상 실존의 흔적도 없이.

혹시 아빠의 선정 속에 스며들어
나 또한 무아의 흐름이 된 것은 아닐까?

나가는 글

나는 빈손으로 돌아왔다.

다만 두 눈은 옆으로 째졌고,

코는 길이로 세워져 있다는

사실만 깨달았을 뿐.

― 도원道元 선사

어느 날 우실라 사야도가 나에게 엉뚱한 질문을 했다.

"처사님, 혹시 위에 새로 생긴 명상센터로 거처를 옮기지 않
겠습니까?"

"새로 생긴 명상센터라면, 파욱 사야도가 오신 곳 말인가요?"

"그래요. 마침 내가 한국에 가야 할 일이 생겼는데, 지금 처사
님의 수준에 맞게 수행을 맡길 분이 파욱 사야도밖에 안 계십니
다. 처사님만 좋다면 내일이라도 함께 가서 파욱 사야도께 부탁
을 하려고 합니다. 파욱 사야도께 처사님을 맡기면 내가 마음
편하게 한국에 다녀올 수 있겠어요."

내가 쉽게 대답을 못 하고 뭉그적거리자, 우실라 사야도가 내 눈치를 살피더니 다시 말을 이었다.

"꼭 오늘이 아니어도 좋으니 나중에라도 편하게 대답해요."

이튿날 인터뷰실에서 우실라 사야도 앞에 앉은 나는 망설이지 않고 말했다.

"파욱 사야도께는 가지 않겠습니다."

삔우린의 새로 생긴 명상센터에는 주로 파욱 사야도와 함께 파욱명상센터에서 온 테라와다 스님들이 머물고 있었다. 그이들은 태국이며 베트남, 말레이시아, 스리랑카, 싱가포르 등 동남아 일대에서 저마다 젊은 아라한의 사명감을 짊어지고 온 모양이었다.

우실라 사야도는 드러내놓고 난처한 표정으로 나를 건너다보았다.

"이번에 한국에 가면 서너 달을 머물지도 모릅니다."

"괜찮습니다. 혼자서 해보겠습니다."

"그러시다면, 잠깐만요."

우실라 사야도는 잠시 자신의 서랍을 뒤적이더니 두꺼운 책 세 권을 꺼내 내 앞으로 밀었다.

"위빠사나 상급편이라고나 할까요. 파욱 안에서 소중히 여기는 책들입니다. 내가 없는 동안 이 책을 모두 이해하기만 해도 적잖은 수행이 될 것입니다."

우실라 사야도가 한국으로 들어가고 며칠 후 나 또한 뻰우린 명상센터를 떠났다. 그리고 오랜 시간이 지날 때까지 위빠나사를 위시한 명상수행은 물론 곳곳에 있는 명상센터들에 눈길조차 주지 않았다.

나는 옛날 40대의 출분 시절처럼 미얀마를 위시해서 태국, 라오스, 캄보디아, 말레이시아, 베트남 등을 한 해 가까이 돌아다녔다. 때로는 중국의 국경을 넘어 윈난의 시솽반나 등 남중국을 헤매기도 했다.

우리나라로 돌아가는 일이 어쩐지 두렵고 무서웠던 것인지도 모른다. 무엇보다도 두렵고 무서웠던 것은 그동안 익힌 명상을 통하여, 아는 이들의 몸과 마음을 마치 내 것인 듯 함부로 드나들지도 모른다는 우려 때문이었다.

라오스 남녘에 있는 메콩강변의 사반나케트라는 도시에 머물 때였다. 19세기 프랑스 식민지 시절에 교통의 요지로 세워졌다는 사반나케트는 거리 전체가 퇴락하여 지금은 역사도시라는 이름만 남아 있었다. 그 폐허의 거리에서 나는 메콩강의 황톳빛 물결 위로 이제 막 붉은 해가 빠져드는 일몰을 바라보고 있었다.

넋이라도 나간 듯 한껏 감상에 젖은 나의 눈길에 강물만이 아니라 낡은 함석지붕 위에 비스듬히 기우는 붉은 노을마저도 비수처럼 아프게 찔러오는 것이었다. 나는 차마 어디에도 눈길을 줄 수 없어서 허둥대었을 것이다. 이따금씩 눈물이 맺혔다가 두 볼을 타고 흘러내려 발아래로 떨어지고는 했다. 낡아서 허물어 지고 있는 거리 자체가 너무 애달프고 그만큼 아름다워서였는 지도 모른다.

그때 내 입에서 나도 모르게 신음이 새어나왔다. 그리고 신음 과 함께 비명처럼 외마디가 따라 나왔다.

"풍광風狂!"

나의 외마디를 기다리고 있었다는 듯이 폐허의 풍경 위로 누 군가의 모습이 환상으로 펼쳐졌다. 낡은 누더기를 걸친 헐벗은 누군가는 메콩강에서 불어오는 바람에 봉두난발을 휘날리고 있 었다.

한산 선사였다. 아니, 선사가 아닌 한산 풍광이었다. 낡은 영 화의 한 장면처럼 펼쳐지는 한산 풍광을 나는 물기가 남아 있는 눈을 들어 오래도록 바라보았다.

당송시대의 한산 풍광을 라오스의 역사도시 사반나케트의 폐 허에서 환영으로 만난 것이었다. 풍광은 풍전風顚 혹은 양광佯狂, 양전佯顚으로도 불리는데, 모두 '미친 중'이라는 뜻이다.

'미친 중' 한산 풍광이 메콩강의 강바람에 봉두난발을 휘날리 며 낭랑한 목소리로 시를 읊었다.

발 사이로 풀들이 무성하게 자라나고
정수리에 붉은 먼지가 쌓이네.

나는 벌써 보네,

누군가 내 시체에 술이며 과일을 차리는 것을.

아직 살아 있는 몸과 마음으로 자신의 시체를 바라보며, 한산 풍광은 갈증에라도 시달렸던 것일까. 바지 옆구리에 찼던 술병을 통째로 입에 들이부었다. 그리고 다시 시를 읊었다.

강가에 있는 한 그루 나무를 보네.

늙어빠진 흠절 따위는 알은체 말지니.

밑동에 도끼며 칼자국이 아직 어지러워라.

서리는 누렇게 시든 잎을 벗기고

파도는 썩은 뿌리에 철썩이네.

태어나는 곳, 마땅히 이렇게 되리니.

한산의 시구절에 이어 당송시대의 풍광들이 떼를 지어 사반나케트의 폐허 위에 우르르 모습을 드러내었다. 습득拾得 풍광, 포대布袋 풍광, 보지寶誌 풍광, 선혜善惠 풍광, 풍천豊干 풍광, 승가僧伽 풍광, 법운法雲 풍광, 단하丹霞 풍광, 보화普化 풍광……

화려하게 꽃 피던 당송시대의 선禪은 얼마 지나지 않아 된서리가 내려 꽃잎들이 떨어지고, 그렇게 꽃잎이 진 자리를 풍광들이 메운다. 가까스로 누더기 하나만 걸친 채 봉두난발을 나부끼는 풍광들이 몰려들자, 마침내 선의 세계는 사방에서 구리고 썩은 똥냄새를 풍긴다.

늙어서 운신하기 힘든 몸으로 침과 콧물을 흘리며 나잔懶殘 풍광은 자신을 기용하기 위해 찾아온 관리를 향해 고함을 질러댄다.

"그 자리 좀 비켜! 네가 아까부터 내 햇빛을 훔치고 있잖아, 이 도둑아!"

풍광은 처음부터 머리를 깎은 적도 없고, 승복을 입은 적도 없으며, 절집의 따뜻한 침구에 몸을 눕혀본 적도 없었다. 나라에서 관리하는 국가고시에 합격해야 제대로 머리 깎고 사찰에 드는 따위 제도나 규칙은 애초부터 풍광과 어울리지 않았던 것이다.

승도 아니고 속도 아닌 풍광은 도저히 사찰에서 살 수 없는 사람들이었다. 그렇다고 세속의 생활에 얽매일 수도 없었다. 풍광은 이상한 시나 주문을 외우며 마을과 마을을 돌아다니고 유리걸식했을 것이다. 그렇게 마을에서 인과응보 따위의 통속적인 설법을 하거나 점을 봐주는 것으로 몇 푼을 얻기도 했을 것이다.

풍광은 밤이면 길가의 임자 없는 불당이나 공동묘지에서 한뎃잠을 자는 것이 일상이었을 것이다. 그러다가 겨울이면 이따금 객사한 시체로 사람들 앞에 모습을 드러내기도 했을 것이다.

단하 풍광이 시체 옆에서 입에 거품을 문다.

"무명의 어리석음에서 깨어나면, 지금까지 나라고 여겼던 뼛조각들이 산산이 부서져 흩날린 뒤에 무언가 다른 것이 있다. 무엇이 있다고 해도 전에 있던 것과 같은 상태는 아니다. 뼛조각들이 부서져 흩날린 뒤 그 빈자리에 무엇이 나타났을 뿐이다. 그것은 처음부터 있었던 것이다. 바로 진주다. 그러고 보면 찢어진 옷을 걸치고 유랑하던 나도, 실은 진주가 비추어내고 있던 나다. 나 이외에 다른 진주가 있었던 것은 아니다. 진주는 누구에게나 처음부터 있었던 것이다."

회양 풍광도 참견을 마다하지 않는다.

"너는 좌선을 하고 있느냐? 그렇지 않으면 좌선한 붓다를 흉내 내고 있느냐? 선은 앉거나 눕는 데 구애되지 않으며, 앉아 있는 붓다는 선정의 자세에 구애되지 않는다. 진리는 어디에도 얽매이지 않으니, 일부러 취하거나 버려서는 안 된다. 너는 앉아 있는 붓다를 배워서 산 붓다를 죽이고 있구나. 좌선 따위에 사로잡히는 것은 선에 도달하는 길이 아니다."

선은 금빛으로 번쩍이는 우람한 사찰이나 늠름하게 차려입은 금란가사에 있지 않았다. 선은 바로 풍광의 똥과 오줌, 썩은 냄새 속에 자리를 잡았던 것이다.

비록 풍광은 아니지만 임제 선사나 동산 선사 또한 당시의 정령政令을 위반하고 몰래 출가한 소위 사도승私道僧이었다. 타오르는 구도심을 억제하기 어려웠던 젊은 임제와 동산은 정령을 피하면서까지 몰래 절집에 숨어들었다.

임제 선사는 언제까지나 자신을 산승山僧으로 낮추어 불렀다. 산에 숨어 사는 '가짜 중'이라는 뜻의 산승을 훗날까지도 결코 버리지 않았다. 그는 불교의 테두리를 벗어나 끝까지 자유인이자 출가 이전부터 이미 가짜 중이었던 것이다.

임제 선사가 자신을 산승이라고 부른 것은 한편으로는 전통의 두꺼운 껍질을 파괴하려는 긍지 높은 자부의 뜻도 없지 않았다. 그리하여 금란가사를 입어본 적이 없는 임제 산승과 동산 산승은 훗날에 이르러서는 저마다 임제종과 동산종의 개산조開山祖가 되었다.

풍광은 처음부터 선사상禪思想 그 자체는 아니었다. 그것은 바로 제도화하고 고착화한 선사상에 대한 비판으로 생긴 것이다.

당송의 선이 풍광의 것이 되었을 때, 선사상은 역사성을 획득하게 된다. 선은 이미 출가자의 것이 아니다. 그러나 비승비속非僧非俗의 풍광이 설 자리는 당송 이후 아예 사라져버린다. 송대 이후 중국 문명이 재편됨과 동시에 선사상도 변질되어, 철저하게 승은 승이고 속은 속으로 굳어버린 것이다.

여러 해가 지나, 나 또한 세상으로 돌아와 그동안의 사마타 명상이며 위빠사나 명상과 거리를 두었다. 그러면서도 사반나케트 폐허의 역사도시에서 만난 한산을 위시한 여러 풍광들은 끝내 잊어버리지 못했다.

그리하여 한산 풍광이 물었던 회광반조廻光返照의 질문을 오늘 나 또한 스스로에게 묻고 또 묻는다.

몸이 있는가?
또는 몸이 없는가?
이것이 나냐?
또는 내가 아니냐?

작가의 말

아비보다 먼저 딸이 이승을 떠나고, 그렇게 집을 떠나 부유하듯 돌아다닌 시간이 10년 가까이 된다.

더 이상 글을 쓰리라는 작정도 없이 절필 비슷하게 지낸 것도 같은 시간이다. 그런데 쑥스럽게도 '작가의 말'을 쓰고 있다. 나름대로는 이승에서 마지막 업을 지우는 일이라고 변명한다.

'덕문德門'이라는 법명을 내린 원경 큰스님의 만기사, 해인사 골짜기의 소리원 고시원, 그리고 김남주와 고정희 두 동무를 기리는 땅끝순례문학관은 참으로 따스하고 은혜로웠다. 특히 '작가의 말'까지 쓰게 된 백련재 문학의집은 마지막 지복이었다.

인연이 되어 책을 펼치는 이들이 있다면, 한두 번이 아니라 열 번, 백 번을 펼쳐서 그이들 깊은 곳에 못 박힌 고통까지 녹아나게 되기를.

숨

2021년 6월 1일 초판 1쇄 | 2024년 8월 28일 3쇄 발행

지은이 송기원
펴낸이 이원주, 최세현 **경영고문** 박시형

기획개발실 강소라, 김유경, 강동욱, 박인애, 류지혜, 이채은, 조아라, 최연서, 고정용, 박현조
마케팅실 양근모, 권금숙, 양봉호, 이도경 **온라인홍보팀** 신하은, 현나래, 최혜빈
디자인실 진미나, 윤민지, 정은예 **디지털콘텐츠팀** 최은정 **해외기획팀** 우정민, 배혜림
경영지원실 홍성택, 강신우, 김현우, 이윤재 **제작팀** 이진영
펴낸곳 (주)쌤앤파커스 **출판신고** 2006년 9월 25일 제406-2006-000210호
주소 서울시 마포구 월드컵북로 396 누리꿈스퀘어 비즈니스타워 18층
전화 02-6712-9800 **팩스** 02-6712-9810 **이메일** info@smpk.kr

ⓒ 송기원(저작권자와 맺은 특약에 따라 검인을 생략합니다)
ISBN 979-11-6534-352-1 (03810)

쌤앤파커스(Sam&Parkers)는 독자 여러분의 책에 관한 아이디어와 원고 투고를 설레는 마음으로 기다리고 있습니다. 책으로 엮기를 원하는 아이디어가 있으신 분은 이메일 book@smpk.kr로 간단한 개요와 취지, 연락처 등을 보내주세요. 머뭇거리지 말고 문을 두드리세요. 길이 열립니다.

＊ 이 책의 표지, 본문 중 일부는 '을유1945' 서체를 사용했습니다.